Enivrante liaison

---

Un espoir de bonheur

KAREN BOOTH

# Enivrante liaison

*Traduction française de*
MADELEINE POULAIN

PASSIONS

HARLEQUIN

*Collection :* PASSIONS

*Titre original :*
BLUE COLLAR BILLIONAIRE



**HARPERCOLLINS FRANCE**
83-85, boulevard Vincent-Auriol, 75646 PARIS CEDEX 13
Service Lectrices — Tél. : 01 45 82 47 47 - www.harlequin.fr
ISBN 978-2-2804-6363-8 — ISSN 1950-2761

Composé et édité par HarperCollins France.
Imprimé en décembre 2021 par CPI Black Print (Barcelone)
en utilisant 100% d'électricité renouvelable.
Dépôt légal : janvier 2022.

FSC www.fsc.org MIXTE Papier issu de sources responsables FSC® C159065

Pour limiter l'empreinte environnementale de ses livres, HarperCollins France s'engage à n'utiliser que du papier fabriqué à partir de bois provenant de forêts gérées durablement et de manière responsable.

# - 1 -

— Lexi chérie, tu n'es pas obligée de le faire…

Lexi Alderidge adorait son père, mais son instinct protecteur la rendait folle. Elle n'était plus une petite fille. En tant que femme divorcée de trente-huit ans, elle espérait que Winston finirait par le comprendre.

— Au contraire, je *suis* obligée, rétorqua-t-elle. Puisque j'ai décidé de rester à Royal, il me faut un travail. Je n'ai pas l'intention de me tourner les pouces toute la journée en regardant passer la vie.

Lexi s'était rendu compte de cela quelques mois auparavant, lorsqu'elle était rentrée chez ses parents à Royal après son divorce. Malheureusement, ses anciens travers l'avaient aussitôt rattrapée, et elle était retombée sous le charme de son ancien petit ami du lycée. Ce dernier l'avait quittée le jour même où ils auraient dû se marier.

Convaincue après ces deux catastrophes que l'amour et elle n'iraient jamais ensemble, Lexi était bien décidée à oublier les hommes pour se concentrer sur son nouveau travail à la banque Alderidge, dont son père était le propriétaire. Elle y occupait le poste de vice-présidente du marketing.

Winston croisa les bras sur son bureau en acajou massif et la toisa d'un air préoccupé. Le soleil d'avril soulignait les reflets de sa chevelure poivre et sel, adoucissant quelque peu son expression sévère.

— L'idée que tu ailles visiter un chantier toute seule ne me plaît pas.

— C'est à moi de le faire, papa. Nous sommes le plus gros investisseur de Soirée dans la Baie. Il faut bien que quelqu'un aille constater l'avancement des travaux.

Le festival de gastronomie et d'art aurait lieu très bientôt. Pourtant, Lexi semblait être la seule à comprendre son importance pour la banque. Soirée dans la Baie attirerait un public jeune et branché, autrement dit une foule de nouveaux clients potentiels pour Alderidge. La banque était restée un siècle en arrière - comme son père, d'ailleurs - et Lexi entendait bien la ramener dans le présent.

— Tu es bien trop jolie et délicate pour te retrouver au milieu d'une équipe d'ouvriers.

— Et toi, tu es complètement ridicule. Je m'en vais, répliqua-t-elle en attrapant son attaché-case.

— Regarde un peu comme tu es habillée. Une robe et des talons pour aller sur un chantier ? Et si ces hommes te font des remarques, ou pire ?

— Je m'habille de cette manière depuis des années, papa. Je n'ai pas l'intention de changer de style à mon âge. Et puis, je sais très bien comment me comporter sur un chantier. Tu n'as pas besoin de t'inquiéter.

En réalité, elle n'avait jamais mis les pieds dans un endroit de ce genre, mais elle ne risquait pas de l'avouer à son père.

— Alexis Simone Alderidge, tonna son père en tambourinant des poings sur son bureau. Je m'inquiéterai pour toi jusqu'à mon dernier souffle, alors tu ferais mieux de t'y habituer. Tu es chamboulée et fragile en ce moment.

— Je suis peut-être fragile, mais je reste capable de faire face à la vie. C'est bien la seule chose que j'ai apprise de mon divorce.

— Prends au moins l'hélicoptère jusqu'à l'île d'Appaloosa. Tu mettrais au moins six heures en voiture. Je ne vois pas l'utilité de t'obliger à conduire aussi longtemps.

Lexi soupira en pensant à sa nouvelle voiture, un 4x4 urbain Jaguar qu'elle s'était offert après le divorce. Elle avait songé à l'époque que ce cadeau à elle-même représenterait un nouveau départ. Pourtant, elle n'avait fait que retomber dans ses mauvaises habitudes depuis son retour, et tout cela à cause de sa faiblesse pour le sexe opposé. Cela n'arriverait plus désormais. Il n'y aurait pas d'homme dans sa vie avant un bon moment, elle s'en faisait la promesse.

— Est-ce que tu te sentirais rassuré si je prenais l'hélicoptère ? demanda-t-elle à son père.

— Je serais plus tranquille. Au moins, tu pourrais repartir très vite si quelque chose tournait mal.

Elle s'efforça de ne pas rire en s'imaginant courir en talons hauts au milieu d'un chantier, poursuivie par une bande d'ouvriers surexcités - comme si elle était suffisamment attirante pour cela…

— Bon, d'accord. Je prendrai l'hélicoptère pour gagner du temps et je passerai l'après-midi au bureau. Je veux avancer sur ma liste de nouveaux clients potentiels. Lila Jones, de la chambre de commerce, m'a donné quelques idées.

— Je n'ai aucune envie de te voir arpenter les rues de Royal en essayant de courtiser les gens, marmonna

Winston. Ce sont les clients qui viennent à nous, pas l'inverse.

— Nous en reparlerons, d'accord ? fit Lexi en contournant le bureau pour poser un baiser sur son front. Le changement n'est pas nécessairement une mauvaise chose, tu sais.

Elle tournait déjà les talons et s'apprêtait à sortir lorsque la voix de son père l'arrêta net.

— Lexi, souviens-toi d'une chose : tu as le droit de décider que ce travail n'est pas fait pour toi. Entre ton fonds de placement et l'argent du divorce, tu n'en as pas besoin, de toute façon.

Lexi retint la réplique cinglante qui lui vint aux lèvres. Certes, elle n'avait pas à s'inquiéter du point de vue financier, mais elle tenait à gagner sa vie. L'idée de dépendre de son père ou de son ex-mari jusqu'à la fin de ses jours lui faisait horreur. Elle se contenta cependant de hocher la tête et sortit du bureau aussi vite que possible.

Une fois dans le couloir, elle n'eut que quelques pas à faire pour trouver l'assistante de son père, Vivian. Celle-ci était plus belle que jamais, ses cheveux très courts et argentés contrastant avec son teint hâlé. Lexi espérait qu'elle-même serait aussi resplendissante à soixante ans.

— Que puis-je faire pour toi ? demanda Vivian avec son accent texan à couper au couteau.

— Je dois aller sur l'île d'Appaloosa et mon père tient à ce que je prenne l'hélicoptère.

— Pas de problème, je vais appeler le pilote. Tu peux l'attendre sur l'héliport. Il devrait être là dans un quart d'heure.

— Parfait, Viv. Merci beaucoup.

Lexi fit un passage éclair par la salle de bains pour retoucher son maquillage. Elle tenta désespérément de lisser ses longues mèches rousses, mais, avec l'humidité qui régnait au Texas entre le printemps et l'automne, elle savait que ses cheveux allaient échapper à son contrôle pendant des mois.

Lorsqu'elle arriva à l'héliport sur le toit du bâtiment, l'hélicoptère noir et doré - couleurs de la banque Alderidge - l'y attendait déjà. Elle enfila ses lunettes de soleil et prit place à l'intérieur. Quelques minutes plus tard, l'appareil survolait Royal avant d'obliquer vers le sud. Lexi s'absorba aussitôt dans la contemplation du paysage. Elle adorait son Texas natal, avec son alternance de grandes villes, de champs soigneusement cultivés et de nature sauvage.

En revanche, lorsque Houston apparut dans son champ de vision, Lexi sentit son cœur se serrer. Cette sensation ne fit qu'empirer lorsque l'hélicoptère passa au-dessus du quartier très élégant de River Oaks. C'était là que Roger et elle avaient vécu pendant tout leur mariage.

Leur conte de fées avait duré quinze ans avant que tout s'effondre. Roger se partageait entre son entreprise d'investissements boursiers et le terrain de golf. Quant à Lexi, elle s'occupait avec des dîners mondains, ses cours de Pilates et de multiples organisations de charité. Roger n'avait jamais voulu qu'elle prenne un travail salarié.

Avec le recul, elle se disait que ce refus aurait dû lui mettre la puce à l'oreille, lui faire comprendre que son mari la voyait plutôt comme un accessoire que comme une personne à part entière. Pourtant, elle avait aimé chaque minute de cette vie avec lui. Il paraissait être l'homme parfait pour elle : beau, bien élevé, provenant d'une famille texane respectable comme elle, sans compter que ses parents l'adoraient. Roger représentait ce qu'ils avaient toujours souhaité pour leur fille.

Cependant, cette vie était bel et bien terminée. Lexi devait se prendre en main à présent. Elle comptait bien prouver, au moins à elle-même, qu'elle était capable de tracer sa propre route. Mais y arriverait-elle ? Il lui restait tant de chemin à parcourir…

Lexi chassa une larme qui perlait au coin de sa paupière et détourna son regard du paysage. Elle n'y revint que lorsqu'elle fut certaine que Houston se trouvait hors de vue. L'hélicoptère survolait Mustang Point, une marina réservée aux yachts des habitants les plus fortunés de la région. C'était également le point de départ du ferry qui emmenait le public de Soirée dans la Baie jusqu'à l'île d'Appaloosa.

Les eaux claires du golfe du Mexique défilaient sous eux depuis quelques minutes lorsque Lexi aperçut la côte ouest d'Appaloosa. L'île appartenait à la famille Edmond depuis des années. Ils y avaient construit un complexe de luxe et quelques manoirs qu'ils louaient à leurs connaissances. À l'est par contre, la majeure partie du terrain restait en friche, à l'exception du chantier sur lequel l'hélicoptère mettait à présent le cap.

L'appareil se posa sur un carré de terre nue à quelques mètres des premières machines. Comme un seul homme, les ouvriers se retournèrent pour observer l'atterrissage, une main en visière pour se protéger du soleil. Lexi n'avait pas pensé une seconde qu'arriver en hélicoptère manquerait quelque peu de discrétion.

Apparemment, son père non plus, lui qui avait peur qu'elle se fasse remarquer…

Elle remercia le pilote, prit son sac à main et descendit avec autant d'élégance que possible. Les pales de l'hélicoptère s'étaient arrêtées de tourner et elle entendait les coups de marteau, les cris des ouvriers, tous les bruits d'un chantier en pleine effervescence. Le site fourmillait d'activité. Entre les engins d'excavation, les grues et les monticules de terre, Lexi se sentait complètement perdue. Elle se rendit compte qu'elle ne savait même pas à qui elle devait parler. Comment allait-elle s'y prendre pour trouver le chef de travaux au milieu de ce capharnaüm ?

Lissant sa jupe d'une main, elle prit une grande inspiration et décida de s'adresser à l'homme le plus proche d'elle. Elle se dirigea vers lui en trébuchant presque à chaque pas sur des cailloux et des mottes de terre. Malgré son inconfort, elle ne put s'empêcher d'apprécier la vue qui s'offrait à elle. L'homme en question, penché sur ce qui ressemblait à des plans, avait l'air incroyablement grand et musclé. Son T-shirt blanc soulignait les contours de ses biceps tannés par le soleil.

Se pouvait-il qu'il fût le responsable du chantier ? Lexi se remémora les bonnes résolutions qu'elle avait prises concernant la gent masculine, mais plus elle s'approchait de l'homme au T-shirt blanc, plus sa détermination fondait comme neige au soleil. Après tout, elle ne faisait que regarder. Quel mal y avait-il à profiter un peu du spectacle ?

— Excusez-moi, fit-elle en arrivant à sa hauteur. Êtes-vous le chef de travaux ?

L'homme se retourna lentement, encore plus grand

que ce qu'elle avait cru - il la dépassait d'au moins trente centimètres. Sa carrure délicieusement imposante et les lignes nettes de son visage l'intimidèrent et l'intriguèrent tout à la fois. Entre sa barbe taillée de près et son expression autoritaire, il avait l'air d'un sergent de l'armée qui se serait reconverti dans la construction.

— Qui le demande ? finit-il par répondre.

— Lexi Alderidge, de la banque Alderidge. Nous sommes l'un des sponsors du festival.

— Vous venez nous surveiller, alors ?

— Eh bien, oui, d'une certaine manière. Je viens m'assurer que notre investissement en vaut la peine. Mon père dirige la banque et il souhaite un rapport sur l'avancement des travaux.

L'expression peu amène de l'étranger laissa la place à un grand sourire, prenant Lexi par surprise.

— Je suis désolé de vous avoir parlé de cette manière. La journée a été longue. Vous aviez l'air tellement perdue que j'ai voulu m'amuser un peu.

Il remonta ses lunettes de soleil et partit d'un grand éclat de rire, découvrant des yeux bruns pétillants qui la laissèrent pantelante. Elle essaya de rire avec lui. Le son qui sortit de sa gorge ressemblait plutôt à un couinement d'adolescente surexcitée, et elle décida de revenir à la conversation.

— Pas de problème, dit-elle de sa voix la plus détachée. J'aurais besoin de parler à votre patron - ou à votre patronne, d'ailleurs. J'imagine que les femmes aussi peuvent travailler dans le bâtiment.

— Bien sûr. Vous cherchez du boulot ?

Il examina sa tenue d'un air moqueur, et Lexi sentit

la moutarde lui monter au nez. Elle détestait qu'on ne la prenne pas au sérieux.

— Non, rétorqua-t-elle froidement. Je cherche votre supérieur, comme je vous l'ai déjà dit deux fois.

— Lexi ! interrompit une voix familière juste derrière elle.

Elle se retourna et se trouva nez à nez avec Ross Edmond, le fils de Rusty Edmond, célèbre milliardaire de Royal et propriétaire de l'île. Sa présence sur le chantier n'aurait pas dû la surprendre. En tant que membre du comité de Soirée dans la Baie, il devait passer de temps en temps pour jeter un œil aux travaux. Lexi et lui se connaissaient depuis longtemps, son père et le sien étant amis de longue date. Pourtant, il était la dernière personne qu'elle avait envie de voir en ce moment, et la conversation risquait d'être tendue.

Sarabeth Edmond, la mère de Ross, venait de faire un retour triomphal à Royal. Elle s'était enamourée d'un homme bien plus jeune qu'elle et s'était fiancée à lui. L'heureux élu n'était autre que Brett Harston, premier petit ami de Lexi – celui-là même qui l'avait quittée six semaines auparavant…

Jack Bowden se sentait quelque peu coupable. Face à cette tornade rousse qui l'avait abordé avec tant d'assurance, il n'avait pu résister à l'envie de s'amuser. Sa préférence allait depuis toujours aux caractères bien trempés. Si on ajoutait à cela les yeux vert clair et les courbes parfaites de la jeune femme, on pouvait comprendre qu'il ait tout fait pour prolonger la conversation.

Il s'en voulait tout de même de ne pas lui avoir avoué

qu'il était non seulement le chef de chantier, mais aussi le propriétaire de Bowden Construction, l'entreprise qui réalisait tous les travaux sur le site du festival. Il se promettait de rétablir la vérité dès qu'elle aurait fini de parler avec Ross Edmond. Jack s'efforçait de ne pas écouter la conversation, mais une phrase de Ross, prononcée d'un ton apitoyé, lui fit dresser l'oreille.

— J'espère que tu tiens le coup, Lexi. Je suis vraiment désolé pour toi.

— Je vais très bien, merci.

Elle releva le menton d'un air de défi, mais Jack vit aussitôt qu'elle était bouleversée. Que lui était-il arrivé ? De quoi Ross voulait-il parler avec sa désolation ?

— J'imagine que ça ne doit pas être facile, poursuivit ce dernier en lui tapotant l'épaule. Si seulement les gens de Royal pouvaient trouver un autre sujet de conversation… Enfin, je suppose qu'une mariée abandonnée devant l'autel ça n'arrive pas tous les jours.

*Abandonnée devant l'autel ?*

Jack fit enfin le lien entre le nom de Lexi, qu'il avait entendu partout ces dernières semaines, et la femme qui se tenait devant lui. Il compatissait largement à son histoire. Lui-même avait vécu une mésaventure similaire quelques années auparavant, mais l'humiliation n'avait pas été aussi publique.

— Pour toi aussi, ça doit être difficile en ce moment, rétorqua la jeune femme d'un ton apitoyé qui faillit le convaincre. Partout où je vais, j'entends parler de ta dispute avec ton père. J'espère qu'il ne t'a pas réellement déshérité.

— Mon père n'a aucune importance, répliqua Ross. Je n'échangerais ma vie avec Charlotte pour rien au monde. Je te souhaite de trouver un jour ton âme sœur, toi aussi. Tu le mérites. Un de perdu, dix de retrouvés, n'est-ce pas ?

Cette fois, c'en était trop pour Jack. Il voyait bien que Lexi pouvait s'en sortir toute seule, mais il était l'aîné de trois sœurs, et son instinct protecteur prenait inévitablement le dessus dans ce genre de situation. Il s'éclaircit la gorge et interrompit le flot de paroles de Ross.

— Attends une seconde.

Lexi se tourna vers lui, ses grands yeux verts écarquillés de surprise, mais il n'avait plus le choix : maintenant qu'il avait commencé, il allait devoir continuer. Il prit sa main, entrelaçant ses doigts minuscules aux siens.

— Nous ferions bien de dire la vérité à Ross, tu ne crois pas, chérie ? C'est un peu tôt, mais les choses fonctionnent bien entre nous.

L'espace d'un instant, elle lui décocha un regard si noir qu'il crut sa dernière heure arrivée. Une seconde plus tard, elle rejetait la tête en arrière avec un petit rire musical qui lui sembla étonnamment naturel.

— Je n'osais pas en parler pour le moment, fit-elle en reportant son regard sur Ross. J'avais peur que les gens parlent encore plus de moi.

— Attends…, balbutia Ross. Jack et toi ? Vous êtes ensemble ?

— Eh oui, répondit l'intéressé. Je sais, j'ai de la chance.

— Bon… C'est super, fit Ross d'un air sceptique. Je suis content pour vous.

— Merci, répondit Lexi. C'est pour ça que je suis là aujourd'hui, d'ailleurs. Je voulais juste passer voir Jack.

— Tu surveilles le patron, plaisanta Ross. J'aime bien cette idée.

Soudain, son téléphone se mit à vibrer dans sa poche, et il jeta un coup d'œil au numéro d'appelant.

— Zut, c'est un des membres du comité. Je dois vraiment répondre. À bientôt, vous deux !

Ross avait à peine disparu de son champ de vision qu'elle se tournait vers Jack, l'air furieux.

— Le *patron* ? C'est une plaisanterie, j'espère ?

— J'ai bien peur que non, soupira-t-il en lui tendant la main. Je suis Jack Bowden, directeur de Bowden Construction. Enchanté.

Elle secoua la tête et regarda sa main tendue comme si elle était couverte de toute la boue du chantier.

— Pourrais-je savoir pourquoi vous m'avez menti lorsque j'ai demandé à voir le chef de travaux ? Est-ce parce que je n'ai pas l'air à ma place sur ce chantier ?

Jack se rendit compte de l'ampleur de sa bêtise. Sa propension à plaisanter finirait par lui jouer des tours. De plus, il avait toujours eu de mauvaises expériences avec les femmes provenant d'un milieu aisé, et il s'était quelque peu vengé sur Lexi avant même de la connaître.

— Je ne faisais que plaisanter, finit-il par répondre, mais je me rends compte que c'était déplacé. Je suis sincèrement désolé.

— En effet, votre… plaisanterie n'avait rien d'approprié dans un contexte professionnel, sans parler de cette histoire que vous avez inventée. Vous et moi ensemble ? Je n'ai jamais rien entendu de plus absurde.

— Excusez-moi, mais pourquoi serait-ce absurde ?

— Il me semble que c'est plutôt évident.

Jack essaya de ne pas se sentir visé personnellement.

Il portait un jean, un T-shirt et des bottes de sécurité. Lexi avait probablement l'habitude des hommes comme Ross, qui ne se gênaient pas pour exhiber leurs montres luxueuses et leurs chaussures en cuir sur mesure au beau milieu d'un chantier.

— J'essayais simplement de vous aider.

— Je n'avais rien demandé, il me semble.

Jack sentit que ce n'était pas le moment de lui expliquer son faible pour les demoiselles en détresse. Cette excuse-là risquait d'être plutôt mal reçue.

— Je ne supportais pas d'entendre Ross vous parler de cette manière. Je ne sais pas qui vous a abandonnée devant l'autel, mais cette personne est un imbécile. Aucune femme ne mérite d'être traitée de la sorte, et encore moins une femme aussi belle et intelligente que vous l'êtes.

Lexi sembla se détendre quelque peu, et il ne put s'empêcher de l'imaginer dans ses bras, souriant contre ses lèvres. Quand bien même l'eût-il pu, il n'avait aucune envie de chasser cette pensée.

— C'est plutôt moi qui me suis sentie bête dans cette histoire, mais je vous remercie. J'apprécie votre sympathie.

— Pourrions-nous recommencer du début ? Jack Bowden, de Bowden Construction. Enchanté, fit-il en tendant à nouveau la main.

Une ombre de sourire étira les lèvres sensuelles de Lexi, ce qui ne l'aida pas à se concentrer sur la conversation.

— Lexi Alderidge, de la banque Alderidge. Tout le plaisir est pour moi.

— Que puis-je faire pour vous, madame Alderidge ?

— Je viens jeter un œil à l'avancement des travaux. Peut-être pourriez-vous me faire visiter le site et me donner quelques explications.

Jack laissa glisser son regard le long des jambes élancées de la jeune femme. Ses talons hauts mettaient sa silhouette en valeur, sans aucun doute, mais jamais elle ne pourrait arpenter le chantier avec ces chaussures.

— Je suis désolé, mais je ne peux pas vous laisser visiter le site avec ces chaussures. C'est trop dangereux. Vous risquez de vous blesser, et s'il vous arrivait quoi que ce soit, ce serait ma faute.

— Alors… J'ai fait tout ce chemin pour rien ?

— Si vous m'aviez prévenu en amont, j'aurais pu prévoir le nécessaire.

— Vous ne pouvez rien me montrer ? Il faut pourtant que je dise quelque chose à mon père en rentrant, fit-elle avec une note de désespoir dans la voix.

— Je suppose que votre père est Winston Alderidge.

— C'est exact. Vous n'êtes pas client chez nous, je crois ?

Jack s'éclaircit la gorge, tentant de chasser de son esprit le souvenir de sa brève rencontre avec le financier.

— Non, pas du tout.

— C'est bien ce qu'il me semblait.

Il tenta d'ignorer le sous-entendu, mais au fond il savait bien ce que Lexi pensait : un type comme lui n'aurait certainement pas les moyens d'ouvrir un compte chez Alderidge. Ce n'était pas le moment de l'informer qu'en tant que propriétaire de la plus grosse entreprise de travaux publics de la région il avait autant d'argent que la plupart des clients de la banque. La seule différence résidait dans le fait qu'il avait gagné cette fortune par lui-même et non par héritage.

— Je peux toujours vous montrer les plans et vous expliquer où nous en sommes, finit-il par proposer.

— Cela me semble très bien.

— Suivez-moi.

Jack la précéda jusqu'à sa table de travail, quelques mètres plus loin. Lorsqu'elle se pencha pour regarder les plans, il inspira une bouffée de son parfum fleuri et eut toutes les peines du monde à rester concentré.

— Comme vous pouvez le voir, il nous reste beaucoup de choses à faire avant le début du festival. Les scènes seront installées par ici, fit-il en désignant un point sur la carte. Nous devons aussi construire les bâtiments qui accueilleront les spectateurs VIP, les cuisines, et amener l'eau et l'électricité jusqu'à cette partie de l'île.

— Rien que ça, commenta-t-elle. Je n'y connais pas grand-chose, mais on dirait qu'il reste beaucoup à faire. Vous pensez y arriver dans les temps ?

Jack ne fut pas surpris par sa question. Pour l'instant, le chantier ressemblait encore à une pile de terre géante. Il avait toujours su que les délais seraient compliqués à tenir, mais avec Rusty Edmond comme financeur il avait bon espoir d'y arriver. L'argent pouvait résoudre beaucoup de problèmes.

— Oui, tout sera fini à temps. Nous allons commencer à faire tourner les équipes et à allonger le temps de travail.

Lexi lui sourit gentiment et il se sentit à nouveau coupable de la manière dont il l'avait accueillie.

— Si je porte d'autres chaussures, est-ce que je pourrai revenir une autre fois pour voir tout cela en détail ?

— Bien sûr. Voilà mon numéro, dit-il en lui tendant

sa carte. Appelez-moi un peu en avance, et je m'arrangerai pour vous réserver du temps.

— Jack Bowden, propriétaire, Bowden Construction, lut Lexi. Très impressionnant.

Quelque chose lui disait qu'elle n'était pas impressionnée du tout, mais peu lui importait. Elle allait revenir, c'était déjà un point positif.

— Je tiens à m'excuser de nouveau pour mon comportement de tout à l'heure.

— C'est déjà oublié.

— Tout de même, j'aimerais me rattraper. Accepteriez-vous que je vous invite à dîner quelque part à Royal ?

— Est-ce que vous y habitez aussi ?

— Oui, un peu à l'écart de la ville.

Il ne précisa pas que cet écart se justifiait par les huit hectares de parc qui entouraient son immense maison ultramoderne, et la piscine qui allait avec. Il n'était pas du genre à se vanter. De toute manière, il préférait lui montrer son style de vie plutôt que de lui en parler.

— Eh bien, d'accord pour le dîner, finit-elle par répondre.

— Parfait. Après tout, nous sommes censés être ensemble, lança-t-il avec un petit clin d'œil. Nous ferions bien de nous montrer en public au moins une fois.

# - 2 -

Jack n'était pas très fier de lui, mais en rentrant ce soir-là il s'empressa d'allumer son ordinateur pour faire des recherches sur Lexi. Il avait besoin d'en savoir un peu plus sur elle. Après sa rencontre désastreuse avec Winston Alderidge, il ne pouvait qu'espérer que sa fille ne lui ressemblait pas.

Tout ce qu'il trouva sur Internet concernait le divorce de Lexi. Son ex-mari, un certain Roger Harrington, était apparemment quelqu'un de très riche. Leur mariage avait duré une quinzaine d'années. Ils n'avaient en revanche pas eu d'enfants, et heureusement, songea Jack. Ses propres parents étaient toujours ensemble, mais il avait vu chez bon nombre de ses amis à quel point un divorce pouvait rendre les enfants malheureux.

Les articles qu'il lisait mentionnaient une séparation d'un commun accord entre Lexi et Roger. Cependant, plusieurs photos montraient ce dernier au bras d'une très jeune femme quelques semaines après le divorce. Jack connaissait beaucoup d'hommes comme Roger, provenant d'un milieu aisé, ayant fréquenté les meilleures écoles possible et à qui on n'avait jamais rien refusé. Ces gens-là débordaient d'arrogance et se sentaient souvent autorisés à traiter les femmes comme si elles ne valaient rien.

Malheureusement pour Lexi, son ex-mari n'avait pas fait exception à la règle en s'affichant avec une nouvelle compagne si peu de temps après leur séparation. Peut-être pourrait-il l'aider à oublier l'insulte que cet imbécile lui avait faite. En tout cas, il comptait bien l'entourer de tous les égards qu'elle méritait.

Le vendredi soir à 7 heures précises, il arrêta sa voiture devant le portail de Pine Valley, le quartier très chic où vivait Lexi. Elle lui avait expliqué que l'ensemble résidentiel, avec ses maisons particulières et son terrain de golf, était très bien gardé. Il ne s'était tout de même pas attendu à voir autant de barrières - ni cet agent de sécurité qui se dirigeait vers lui.

— Bonsoir. Je suis Jack Bowden, dit-il au garde. Je viens voir Lexi Alderidge.

— Bien sûr, monsieur Bowden. Mlle Lexi m'a prévenu de votre arrivée. Savez-vous comment vous rendre chez les Alderidge ?

— *Les* Alderidge ?

— Eh bien, oui, répondit l'agent comme s'il s'agissait d'une évidence. Winston et Anne-Marie vivaient déjà ici avant la naissance de leurs filles. Mlle Lexi vit dans leur maison d'invités en ce moment. Pour y arriver, tournez de ce côté en longeant le parcours de golf. Une fois que vous aurez franchi le portail, prenez à droite après la maison familiale et continuez jusqu'au bout du chemin.

— Je devrais m'en sortir, fit Jack en redémarrant le moteur. Merci beaucoup.

L'espace d'un instant, il envisagea de faire demi-tour. Sa dernière entrevue avec Winston Alderidge ne lui avait pas donné envie de le recroiser. Cela étant, quelqu'un comme lui pourrait peut-être faire du bien à cette famille - quelqu'un qui avait un pied dans le monde réel, entre autres.

Il enclencha la première et s'engagea dans les rues arborées, bien droites et impeccablement propres de Pine Valley. Son SUV Bentley ne déparait pas entre les jardins bien entretenus et les maisons luxueuses du quartier. Que de chemin parcouru depuis son arrivée à Royal onze ans auparavant, lorsqu'il ne possédait rien d'autre qu'un cœur brisé et une vieille fourgonnette…

Comme si les barrières du quartier ne suffisaient pas, la maison des Alderidge était entourée par un haut mur de pierre recouvert de plantes grimpantes. Jack tapa le code d'ouverture que Lexi lui avait donné et franchit le portail. La maison, ou plutôt le manoir, se trouvait encore à plusieurs centaines de mètres. Les lumières du rez-de-chaussée étaient allumées. L'espace d'un instant, il se demanda si Winston était du genre à espionner derrière ses rideaux pour voir qui sortait avec sa fille, mais il chassa rapidement cette pensée. Un jour, il dirait sa façon de penser à cet homme. Pour ce soir-là, seul son dîner avec Lexi comptait.

Jack contourna la maison comme le lui avait indiqué l'agent. Il passa devant un garage gigantesque, une piscine et un mini-parcours de golf et se gara enfin devant la maison d'invités. Le cottage peint en blanc avait l'air de sortir d'un conte de fées. Des jardinières pleines de fleurs ornaient les fenêtres, et un porche très élégant protégeait l'entrée du vent et de la pluie.

*La maison idéale pour une princesse*, songea Jack.

Avant d'appuyer sur la sonnette, il hésita un instant, se demandant pour la centième fois dans quel guêpier il allait encore se fourrer. Tous ses doutes s'envolèrent aussitôt que Lexi eut ouvert la porte. Elle était absolument magnifique. Sa robe rouge sans manches moulait chacune de ses courbes parfaites, et Jack ne savait plus où regarder.

— Salut, murmura Lexi. Tu as trouvé l'endroit facilement ?

— Sans problème.

Il jeta un coup d'œil par-dessus son épaule, se demandant pourquoi elle ne l'invitait pas à entrer.

— Excuse-moi, j'étais distraite. Veux-tu entrer une minute pendant que je vais chercher mon sac ?

Il la suivit à l'intérieur et referma la porte derrière lui. Sa première pensée en voyant le salon fut que les invités des Alderidge avaient bien de la chance. Les canapés et les fauteuils rembourrés semblaient outrageusement confortables, mais tous les meubles sans exception étaient blancs. Il valait mieux ne pas avoir d'enfants, ni d'animaux, ni quoi que ce soit qui aurait pu déranger l'élégance immaculée de la pièce.

— C'est très beau chez toi, finit-il par commenter.

— Merci, mais je ne compte pas rester longtemps. C'est une solution temporaire. Je suis allée au plus simple lorsque je suis rentrée à Royal, mais je ne me vois pas vivre sous le nez de mes parents pour toujours.

— Depuis combien de temps es-tu ici ?

— Depuis cinq mois. Avant cela, je vivais à Houston.

— Je vois.

Il s'abstint prudemment de lui dire qu'il était déjà au courant de ce détail. Peut-être discuteraient-ils plus facilement de sa vie passée après quelques verres de vin.

— Est-ce que tu es prête ? J'ai réservé chez Sheen pour sept heures et demie.

— Chez Sheen ? Tu es sûr ? Tu n'as pas besoin de m'impressionner, tu sais. On pourrait aussi bien aller au Royal Diner.

Le restaurant en question était la nouvelle adresse huppée de Royal. Niché dans un bâtiment moderne tout en verre, l'endroit proposait des plats aussi chers que délicieux.

— C'est là que j'ai envie d'aller, déclara-t-il. J'adore leur carte. Le chef prépare un bœuf braisé avec des nouilles chinoises à tomber.

— Attends… Tu y es déjà allé ?

— Plusieurs fois, oui.

L'air abasourdi de Lexi l'amusait beaucoup. Il aurait peut-être dû la mettre au courant de son train de vie, mais il trouvait intéressant de mesurer l'étendue de ses préjugés.

— Nous ferions mieux d'y aller, reprit-il en lui offrant son bras.

Lexi l'accepta et sortit de la maison à ses côtés, mais ils n'avaient pas fait dix pas qu'elle s'arrêtait à nouveau.

— Est-ce que c'est ta voiture ?

— Étant donné que je suis venu avec, il vaudrait mieux qu'elle soit à moi.

— Tu trouves toujours le moyen de plaisanter, n'est-ce pas ? lança-t-elle en levant les yeux au ciel.

— Je plaide coupable. Mais quel est le problème avec ma voiture ?

— Aucun. Je suis simplement un peu surprise. Pour être franche, je ne savais pas que la construction rapportait autant.

— Lexi, je suis le propriétaire de Bowden Construction. Nous signons des contrats à plusieurs millions de dollars. Tu serais surprise, fit-il en lui ouvrant la porte du côté passager.

Il s'installa au volant en riant sous cape. N'importe qui d'autre se serait senti insulté par la remarque de Lexi, mais il la prenait plutôt comme une opportunité de lui montrer qui il était réellement.

— Je suis désolée, marmonna-t-elle en attachant sa ceinture d'un geste maladroit. Je ne voulais pas être impolie. Je n'y connais vraiment pas grand-chose dans ce domaine.

Il lui décocha un sourire malicieux et fit démarrer la voiture avec enthousiasme. Faux couple ou non, il avait bien l'intention de passer une bonne soirée avec Lexi.

— Aucun problème, je n'ai pas pour habitude de juger les gens. C'est une des choses que tu comprendras vite si nous passons du temps ensemble.

Lexi se demandait combien de surprises l'attendaient encore ce soir-là. D'abord, il y avait eu ce costume impeccable que portait Jack : gris foncé, italien, probablement sur mesure et délicieusement ajusté à ses épaules larges. Elle n'arrivait pas à décider s'il lui semblait plus séduisant ainsi ou dans la tenue décontractée qu'il portait au chantier. Ensuite, elle s'était retrouvée face à cette voiture de luxe à laquelle elle ne s'attendait pas ; mais surtout, Jack l'avait surprise avec son choix d'un restaurant aussi chic et raffiné que possible.

Lexi redoutait d'aller chez Sheen avec lui. C'était le genre d'endroit où tous les « Royal Reporters », autrement dit les commères en quête de potins, risquaient de les voir. Son ex-petit ami avait inventé ce terme pendant leurs années de lycée. Malheureusement, rien n'avait changé à Royal et les mauvaises langues allaient bon train depuis son divorce. Peut-être la présence du beau et grand Jack Bowden à ses côtés suffirait-elle à calmer la rumeur, ou du moins à la faire changer de ton.

Jack tournait à présent dans la rue principale de Royal. Elle ne put s'empêcher d'admirer ses mains puissantes sur le volant, de s'imaginer qu'il la protégerait en cas d'accident. Aucun homme ne l'avait jamais protégée de quoi que ce soit, à part peut-être son père, mais c'était différent. Peut-être était-ce sa faute. Elle tombait toujours amoureuse des mauvaises personnes.

*Arrête ça tout de suite*, se réprimanda-t-elle.

Cette soirée n'était pas un vrai rendez-vous, et Jack et elle ne sortaient pas vraiment ensemble. Tout séduisant qu'il était, elle devait à tout prix s'empêcher de craquer pour lui.

— Je ne voudrais pas être indiscret, mais il y a quelque chose que j'aimerais te demander avant que nous arrivions au restaurant, murmura Jack.

— Demande toujours.

— J'espérais que tu pourrais m'expliquer de quoi parlait Ross hier au chantier. Je ne voulais pas t'en parler au restaurant avec le risque que quelqu'un nous entende. Si c'est un sujet trop douloureux, je comprends tout à fait - et tu as le droit de m'envoyer un coup de poing si tu veux.

Il s'agissait du pire sujet de conversation possible pour Lexi. Pourtant, elle ne put s'empêcher de sourire. Jack était décidément un parfait gentleman.

— Brett Harston et moi devions nous marier, mais il m'a quittée juste avant la cérémonie. Nous sortions ensemble au lycée. Ensuite, nous avons fait notre vie chacun de notre côté, mais nous avions renoué lors de mon retour à Royal.

Lexi battit des paupières et se concentra un moment sur les rues de la ville qui défilaient au-dehors. Cesserait-elle un jour d'avoir envie de pleurer en racontant cette histoire ?

— Brett et moi avions tant de souvenirs en commun, reprit-elle. Je me suis convaincue que nous nous aimions de nouveau, mais ce n'était pas le cas. Il y avait seulement ce côté confortable et rassurant entre nous. Se marier pour de telles raisons paraît complètement stupide, n'est-ce pas ?

— Pas du tout, affirma Jack.

— En tout cas, c'était en grande partie ma faute. Je lui ai mis la pression pour que nous nous mariions. D'un autre côté, les réticences de ma famille ne nous ont pas aidés non plus.

— Tes parents n'aimaient pas Brett ?

— Ma mère l'acceptait parce que c'était mon choix. Elle m'a même aidée à organiser le mariage. Quant à mon père… Il voyait toujours Brett comme il était au lycée, comme le genre d'homme dont il ne voulait pas pour sa fille.

Lexi s'arrêta, consciente qu'en dire plus risquait d'offenser Jack. Les objections de son père contre Brett concernaient son milieu d'origine très modeste.

— Je suis désolée, soupira-t-elle. Tu ne voulais probablement pas en savoir autant.

— Tu n'as pas à être désolée. La seule chose qui

me dérange, c'est de t'entendre rejeter la faute sur toi. Je sais que je te connais peu, mais il me semble que tu n'es pas juste envers toi-même.

Il ralentit en douceur, traversa le parking du restaurant et s'arrêta devant l'entrée pour laisser ses clés au voiturier. Une fois sur le trottoir, il tendit de nouveau son bras à Lexi et lui murmura :

— J'ai une proposition à te faire.

— Quel genre de proposition ?

— Ce soir, ne parlons plus des hommes qui n'ont pas eu la décence de te traiter comme tu le mérites, d'accord ? Profitons du dîner et regardons vers l'avenir.

*Je devrais me trouver des faux petits amis plus souvent*, songea Lexi. Le problème allait être de se rappeler que rien de tout cela n'était réel. Entre ses mots et son regard chaleureux posé sur elle, la tâche risquait de s'avérer plus compliquée que prévu.

— Tu es décidément plein de surprises, finit-elle par répondre.

— Et encore, tu n'as rien vu, rétorqua-t-il en lui ouvrant la porte du restaurant avec un petit sourire en coin.

Comme souvent, toutes les tables étaient prises. Une file d'attente s'étirait devant l'accueil. Malgré la réservation, il n'était pas rare que les clients doivent attendre pour être placés tant le restaurant attirait de monde. Lexi et Jack prirent sagement leur place dans la file.

Elle jeta un coup d'œil autour d'elle pour voir si elle connaissait certains des dîneurs. Une partie d'elle-même espérait que ce ne serait pas le cas, pour profiter pleinement de sa soirée avec Jack. D'un autre côté, elle avait aussi envie qu'on les remarque. Si seulement les gens pouvaient s'imaginer qu'elle se remettait spectaculairement bien de sa dernière déception amoureuse…

Soudain, une femme mince et brune à la peau mate surgit du fond de la salle et échangea quelques mots avec l'hôtesse d'accueil. Elle sembla scruter la file d'attente, puis son visage s'éclaira et elle se mit à agiter la main. À la grande surprise de Lexi, Jack répondit au signe avec enthousiasme.

— Nous ne devrions plus attendre très longtemps, lui chuchota-t-il alors que la jeune femme les rejoignait.

— Jack ! Il me semblait bien que j'avais vu ton nom sur la liste. Tu aurais dû m'appeler directement.

L'inconnue se pencha pour serrer Jack dans ses bras avec chaleur, et Lexi se demanda quelle était précisément la nature de leurs relations.

— Faith, je te présente Lexi Alderidge, dit Jack. Lexi, voici Faith, la gérante de chez Sheen.

Lexi se souvint alors que le restaurant n'employait que des femmes, un détail exigé par Charlotte, leur chef - par ailleurs fiancée de Ross Edmond.

— Enchantée de faire votre connaissance, déclara Faith. Jack et moi nous connaissons depuis des années.

Depuis des années… Oui, sans aucun doute, il devait s'agir de son ex-petite amie. Pourquoi cette certitude la dérangeait-elle autant ?

Jack eut un petit rire, découvrant des fossettes adorables qu'elle n'avait pas encore remarquées.

— Nous nous sommes rencontrés au lycée, à San Antonio, expliqua-t-il.

— Je vois, fit Lexi du ton le plus neutre possible.

— Venez avec moi, je vais vous montrer votre table. Nous sommes surchargés ce soir.

Ils dépassèrent la file d'attente sans vergogne et Faith les guida jusqu'à une jolie table légèrement en retrait, au fond du restaurant.

— Je vais demander à Charlotte de vous concocter quelque chose de spécial. En attendant, qu'aimeriez-vous boire ? Du vin, du champagne ?

Jack jeta un coup d'œil inquisiteur à Lexi. Il parut sur le point de poser une question, mais se ravisa et dit :

— Du champagne serait parfait, Faith. Donne-nous la meilleure bouteille de la cave.

— Tu n'étais pas obligé, marmonna Lexi une fois la gérante partie.

— Nous avons quelque chose à fêter.

— Quoi donc ?

— Ta liberté.

Lexi n'avait jamais envisagé sa situation de cette manière. Jusque très récemment, elle avait passé toute sa vie entre les mains de quelqu'un d'autre ; d'abord ses parents, puis Brett au lycée, avant de se marier très vite avec Roger puis de sortir avec Brett de nouveau. Jack avait raison. Elle pouvait enfin se sentir libre - ou du moins elle le pourrait une fois qu'elle aurait quitté la propriété familiale.

À ce point de ses réflexions, elle aperçut par-dessus l'épaule de Jack tout un cortège de gens qu'elle n'avait pas très envie de voir et qui se dirigeaient droit sur eux : Rusty Edmond, sa fille Gina, son beau-fils Asher, et Billy Holmes, le créateur du festival Soirée dans la Baie. Elle fit de son mieux pour ne pas laisser paraître son malaise, mais Jack dut remarquer que quelque chose n'allait pas et demanda :

— Est-ce que tout va bien ?

— Oui, rien de grave. Nous allons simplement recevoir la visite d'autres membres de la famille Edmond, expliqua-t-elle. Je vais te présenter.

Jack se leva, fit volte-face et tomba nez à nez avec Rusty. Médusée, Lexi les vit échanger une franche poignée de main et des salutations chaleureuses. Elle s'était encore trompée en supposant que Jack ne connaissait pas Rusty. Ce dernier possédant une petite fortune, il aimait se faire construire des maisons lorsque la fantaisie lui en prenait. Il avait probablement fait appel à Jack pour l'un ou l'autre de ses caprices. En outre, Rusty avait lui aussi des liens avec Soirée dans la Baie dont il était l'un des principaux investisseurs.

— Mademoiselle Alderidge ! Je ne vous avais pas vue, l'interpella Rusty. Vous deviez être cachée par ce géant de Jack.

Le regard surpris de Rusty faisait des allers-retours entre Jack et elle. Manifestement, il se demandait pourquoi diable ces deux-là se retrouvaient ensemble chez Sheen.

— Lexi et moi nous sommes rencontrés hier à Appaloosa, expliqua Jack. Comme vous le savez, sa famille est l'un des sponsors du festival.

— Nous apprécions votre soutien à sa juste valeur, glissa aussitôt Billy.

— Comment les travaux avancent-ils ? demanda Rusty à Jack.

— Aussi vite que possible. Il n'y a pas une minute à perdre, mais nous allons nous en sortir.

— Parfait. Je vous laisse profiter de votre dîner.

Rusty et ses trois compagnons leur souhaitèrent une bonne soirée et Jack revint s'asseoir en face d'elle.

— Je suis désolée, dit-elle aussitôt. Je ne savais pas que tu connaissais Rusty.

— Nous avons fait des dizaines de projets ensemble. Travailler avec lui est assez agréable. Par contre, la tête pensante du festival m'inquiète un peu plus.

— Tu veux dire Billy Holmes ? Pourquoi t'inquiète-t-il ? Est-ce à cause du délai trop court ?

— Pas vraiment, fit Jack en haussant une épaule. Bien sûr, cela me préoccupe, mais j'ai l'habitude. C'est presque une constante dans mon travail, surtout lorsqu'il y a tant d'argent en jeu.

— Alors, quel est le problème ?

— Je ne sais pas exactement. J'ai seulement l'impression qu'il y a quelque chose qui cloche. Billy a réussi à entrer dans le cercle d'amis de Rusty en très peu de temps, alors même qu'il n'adresse plus la parole à son propre fils. Quelque chose ne va pas dans cette histoire.

— Tu sais, les histoires de famille sont parfois difficiles à comprendre. Peut-être Billy essaie-t-il de les aider à se réconcilier.

— Peut-être bien, admit-il. Je n'avais pas envisagé les choses de cette manière.

La sommelière fit soudain son apparition à leur table avec une bouteille de champagne. Jack en déchiffra l'étiquette et sourit d'un air satisfait.

— Faith a très bien choisi, déclara-t-il.

— Es-tu un grand amateur de vin ?

— Pas plus que nécessaire, répliqua-t-il avec une lueur amusée dans le regard.

Une fois de plus, son sourire découvrit ses fossettes. Lexi eut l'impression qu'elle avait déjà bu toute une bouteille de champagne tant elle se sentait grisée.

Jack goûta le vin, remercia la sommelière et tendit son verre à Lexi.

— À l'avenir, dit-il en levant son verre pour trinquer avec elle.

— À l'avenir. Je suis contente de t'avoir rencontré, Jack.

Peut-être était-ce le champagne, ou bien tout simplement le fait qu'elle n'avait pas passé une aussi bonne soirée depuis bien longtemps. Toujours était-il que Lexi ne s'était jamais sentie aussi audacieuse qu'à cet instant.

— Je suis content d'avoir fait semblant de sortir avec toi.

Lexi se sentit rougir et s'absorba dans la contemplation du menu. Jack commanda le plat aux nouilles chinoises dont il lui avait parlé, et elle choisit un saumon grillé au whisky accompagné de légumes de saison qui s'avéra délicieux.

Leur conversation se poursuivit dès qu'ils eurent terminé leurs assiettes. Jack lui raconta son enfance à San Antonio et lui parla de ses sœurs - il en avait trois, toutes plus jeunes. Ensuite, la serveuse apporta le célèbre dessert spécial du restaurant, un gâteau à la pêche saupoudré d'éclats de chocolat et de crème Chantilly maison.

Lexi ne put s'empêcher d'observer la manière dont Jack léchait sa cuillère pour ne pas perdre une miette de crème. Ses bonnes résolutions commençaient à faiblir. D'accord, elle ne devait pas se lancer dans une nouvelle relation mais, après tout, un simple baiser pour se dire bonne nuit ne pourrait pas lui faire de mal…

— Ce dessert était parfait, déclara-t-elle en reposant sa cuillère. Nous devrions songer à rentrer, tu ne crois pas ?

Jack l'observa un instant puis hocha la tête comme s'il comprenait exactement ce qu'elle voulait.

— Oui, allons-y. Je m'occupe de l'addition.

Le trajet du retour mit sa patience à rude épreuve, mais Lexi tua le temps en posant mille questions à Jack.

— Est-ce que tes sœurs vivent toujours à San Antonio ?

— Les deux plus grandes y sont encore. Angie, la petite dernière, vit à Royal depuis peu. Elle est en plein divorce et la situation n'est pas simple, alors je lui ai proposé un travail chez Bowden Construction. C'est comme un nouveau départ pour elle.

— C'est très gentil de ta part, murmura Lexi en posant une main sur son avant-bras.

Jack était décidément l'homme le plus attentionné qu'elle ait rencontré jusqu'alors. Elle avait passé une soirée parfaite et ne s'était pas sentie aussi détendue, aussi vivante depuis bien longtemps. Lorsqu'il se gara devant chez elle, Lexi hésita, ne sachant trop quoi dire.

— Merci beaucoup pour ce soir. J'ai passé un très bon moment.

— C'était réciproque. Merci à toi, répliqua-t-il avec un sourire chaleureux. Me laisserais-tu te raccompagner ?

*Oui, oui, mille fois oui…*

— Ce serait avec plaisir.

Jack posa une main dans son dos et ils remontèrent l'allée jusqu'à sa porte d'entrée. À chaque pas, Lexi sentait son cœur s'emballer un peu plus.

— Est-ce que je peux t'embrasser, Lexi ?

Elle se tourna vers lui, étudiant ses traits doucement éclairés par la veilleuse du perron. Elle mourait d'envie de sentir ses lèvres contre les siennes. Pourtant, quelque chose la retenait. Serait-elle capable de ne pas s'emballer ? Pourrait-elle s'empêcher de tomber amoureuse de lui ?

— Nous faisons toujours semblant de sortir ensemble, n'est-ce pas ? finit-elle par demander.

Jack hésita un moment, le regard fixé sur la maison de ses parents, à quelques dizaines de mètres de la sienne. Les lumières étaient allumées dans le bureau de son père. Lexi se mit à prier pour qu'il ne soit pas en train de les espionner. Enfin, Jack reporta son attention sur elle et prit ses mains dans les siennes.

— C'est vrai, la soirée a commencé de cette manière, et pourtant... Entre le champagne et les conversations plutôt personnelles que nous avons eues tout à l'heure, j'ai l'impression que quelque chose a changé.

— Moi aussi.

Sans même s'en rendre compte, Lexi posa les mains sur les avant-bras de Jack. Elle se mit à suivre du bout des doigts les contours de ses biceps parfaitement dessinés. Levant la tête, elle s'attendait à ce que Jack soit surpris par son geste, mais il arborait le sourire dévastateur qu'elle connaissait déjà trop bien.

— Je ne suis pas prête à m'engager avec qui que ce soit, Jack. C'est ma seule limite. Par contre, j'ai très envie de t'embrasser.

Le sourire de Jack s'élargit et il se pencha lentement, trop lentement, vers elle. Lexi se dressa sur la pointe des pieds et franchit la distance qui les séparait encore. Ses lèvres se posèrent sur les siennes, douces et tendres. Elle se sentit faiblir et il passa un bras autour de sa taille pour la serrer contre lui. Dès lors, elle perdit toute mesure et entrouvrit les lèvres, sa langue jouant avec la sienne, tandis que son corps prenait le contrôle de son esprit.

*Il est tellement beau. J'ai envie de lui retirer cette chemise. Le reste aussi, d'ailleurs. Et de me réveiller à côté de lui le matin. Ça suffit, Lexi. Arrête ça tout de suite.*

Elle s'écarta enfin de lui, à bout de souffle.

— Eh bien, murmura Jack. Pour quelqu'un qui ne s'engage pas, tu embrasses avec beaucoup de conviction.

Elle plongea son regard dans le sien, incapable de dire un mot. Ses yeux avaient pris une nuance plus sombre. Sans aucun doute, il avait envie d'elle autant qu'elle de lui, ce qui ne fit rien pour calmer le feu qui couvait dans son ventre.

— Désolée, balbutia-t-elle. Je me suis laissé emporter. Il paraît que ça m'arrive parfois.

— J'aime bien cette idée, fit-il en caressant doucement sa joue. Je pense que tu devrais te laisser aller plus souvent. Tu as besoin de te libérer de certaines choses qui te retiennent.

Comment avait-il pu comprendre cela en une soirée ? Lexi avait du mal à se l'expliquer. En tout cas, Jack semblait être l'homme parfait pour « se laisser aller », comme il disait. Elle brûlait d'envie de passer du temps avec lui. Cependant, elle se promettait d'y aller très doucement - et surtout, de ne rien envisager de sérieux.

— Tu as probablement raison, finit-elle par répondre. Est-ce qu'on pourrait se revoir ?

— Avec plaisir. Tu as mon numéro, conclut-il en déposant un baiser sur sa joue. Passe une bonne nuit.

Lexi suivit des yeux sa voiture qui s'éloignait le long

de l'allée. La balle était dans son camp à présent. Elle avait peur de la renvoyer, mais quelque chose lui disait qu'elle passerait à côté d'une merveilleuse aventure si elle ne revoyait pas Jack Bowden.

# - 3 -

Le matin suivant, Lexi fut réveillée en sursaut par le « *ding-dong* » insistant de la sonnette. Elle jeta un coup d'œil à son réveil et fit la grimace. Qui diable pouvait bien se trouver en bas de chez elle un samedi à 7 heures ?

L'espace d'un instant, elle se demanda s'il pouvait s'agir de Jack. Son cœur loupa un battement en repensant à leur baiser de la veille. Personne ne l'avait jamais embrassée de cette manière. De toute façon, elle n'avait embrassé que deux hommes dans sa vie, Brett et Roger. Aucun ne s'était montré aussi passionné, aussi exigeant que Jack. Aucun ne lui avait donné l'impression qu'elle *valait la peine* d'être embrassée.

La sonnette retentit à nouveau. Lexi se souvint que Jack n'avait que le code temporaire du portail, qui changeait régulièrement. Ce ne devait donc pas être lui. Elle repoussa la couverture en grommelant et se dirigea vers la porte d'entrée d'un pas mal assuré.

Sa sœur Bianca l'attendait sur le seuil, son téléphone dans une main et une bouteille de jus de légumes dans l'autre, moulée comme à son habitude dans une tenue de sport hors de prix. À bien des égards, sa cadette possédait ce dont elle-même avait toujours rêvé : un mari qui l'aimait, deux enfants, bref une famille parfaite.

Lexi ne pouvait s'empêcher de l'envier par moments, même si elle faisait de son mieux pour le cacher.

— Eh bien, ce n'est pas trop tôt, déclara sa sœur en passant devant elle comme une tornade.

— Entre, je t'en prie, ironisa Lexi.

Bianca se croyait toujours chez elle dans la maison d'invités, même depuis que Lexi y vivait.

— Tu as fait la grasse matinée, fit-elle d'un ton accusateur.

— Je te demande pardon ? On est samedi, protesta Lexi.

— Je ne peux pas rester longtemps, j'ai un cours de yoga à 8 heures. Je suis juste passée voir papa et maman et je me suis dit que j'allais venir t'embêter un moment.

— Comme c'est gentil de ta part, maugréa Lexi en se laissant tomber dans un fauteuil.

Bianca s'installa en face d'elle et se mit à battre la mesure avec son pied, l'air très satisfait d'elle-même.

— J'ai eu une conversation intéressante avec papa tout à l'heure.

— Quel genre de conversation ?

— Tu es sortie avec quelqu'un et tu ne m'en as même pas parlé. Je suis vexée.

— Comment es-tu au courant ?

— Papa t'a vue embrasser quelqu'un devant la maison hier soir. Un homme assez grand qu'il n'a pas reconnu, apparemment.

Lexi ne fut pas surprise de l'indiscrétion de ses parents. Elle savait très bien qu'ils mouraient d'envie de la voir en couple à nouveau, ne serait-ce que pour pouvoir le raconter à leurs amis. Le seul problème résidait dans la personne de Jack. Il ne provenait pas d'une de ces vieilles familles à la fortune amassée depuis des siècles que ses parents affectionnaient tant. Elle aurait aimé pouvoir leur faire comprendre que, dans le monde d'aujourd'hui, la valeur d'une personne ne se mesurait pas à son compte en banque ni à ceux de ses parents.

— Il faut vraiment que je me trouve un appartement, finit-elle par répondre. C'est impossible d'avoir une vie privée ici.

— Tu n'as qu'à appeler cet agent immobilier dont je t'ai parlé.

— Mais oui, je vais le faire.

— Très bien. N'essaie pas de changer de sujet, poursuivit sa sœur. Qui est donc cet homme mystérieux ?

— D'abord, je ne sors pas avec lui... Enfin, pas vraiment.

— Es-tu désespérée au point d'avoir engagé un gigolo ?

— Très drôle. Il s'appelle Jack Bowden. Je l'ai rencontré sur le chantier du festival Soirée dans la Baie jeudi.

— Je croyais que tu voulais éradiquer les hommes de ta vie.

— C'est toujours le cas, fit-elle d'un ton si convaincu qu'elle faillit se croire elle-même. Seulement, Ross Edmond me posait un peu trop de questions sur ma rupture avec Brett, et Jack a eu pitié de moi. Il a dit à Ross que nous sortions ensemble dans l'espoir qu'il me laisse tranquille.

— Eh bien, c'était courageux de sa part. Je n'arrive pas à croire que tu aies joué le jeu.

— Je ne pouvais pas faire autrement. Ross ne voulait pas me lâcher, et j'ai pensé que cette histoire ferait taire les « Royal Reporters ».

— Je vois. Comment est-il, ce Jack ?

Lexi fit une pause avant de répondre. Jack était si différent des hommes de sa connaissance qu'elle ne savait par où commencer.

— Il est plus que beau, commença-t-elle. Gentil, drôle aussi, et plein de surprises.

— Est-ce qu'il finance aussi le festival ?

— Non. C'est le propriétaire de l'entreprise de travaux publics qui aménage le site. Lorsque je l'ai vu pour la première fois, il portait un jean et des bottes de sécurité. Je l'ai pris pour un des ouvriers.

— Tiens, tiens, fit Bianca avec une lueur malicieuse dans le regard. Un travailleur, voilà qui va changer tes habitudes. Est-ce qu'il est musclé ?

Rien qu'au souvenir des bras puissants de Jack qui l'avaient serrée contre lui, Lexi se sentit fondre.

— Il est plutôt en forme.

— Il *faut* que je rencontre cet homme, déclara Bianca. Amène-le à la soirée de charité de la bibliothèque vendredi.

*Oh non…*

Lexi avait complètement oublié cette soirée, que sa sœur organisait pourtant depuis des mois. L'événement aurait lieu au club des Gentlemen Texans. Autant dire que tout le gratin de Royal s'y trouverait.

— Je ne peux pas y aller si Brett y va aussi, et encore moins s'il vient avec Sarabeth.

— Tu plaisantes, j'espère. Je ne prendrais pas le risque de te faire passer une soirée dans la même pièce que lui. Je me suis arrangée pour l'inviter bien trop tard, et il s'est excusé de son absence en nous envoyant un gros chèque.

Lexi se sentit quelque peu soulagée. Malgré tout, elle n'était pas certaine de vouloir inviter Jack à cette soirée. N'aurait-elle pas l'air désespérée si elle le rappelait trop tôt ?

— Je ne sais pas, Bianca. J'essaie de me tenir à distance des hommes.

— Il y a quelques heures, tu embrassais un quasi-inconnu devant cette porte. Ta stratégie de distance a l'air tout à fait efficace.

— Tu vas être en retard à ton cours de yoga.

Bianca lui tira la langue et s'approcha pour déposer un baiser sur sa joue.

— Belle tentative, mais je ne te laisserai pas t'en tirer à si bon compte. Tiens-moi au courant pour vendredi soir. Sans vouloir te mettre la pression, je serai très déçue si Jack ne vient pas.

Lexi poussa un long soupir une fois sa sœur partie. Bianca possédait un talent hors pair lorsqu'il s'agissait d'obtenir ce qu'elle voulait. Si elle arrivait seule vendredi soir, elle en entendrait parler jusqu'à la fin de ses jours.

Heureusement, il était encore trop tôt pour appeler Jack. Lexi décida d'aller courir pour se mettre les idées au clair. Après s'être échauffée, elle sortit de la propriété et choisit un itinéraire au hasard parmi les rues bien droites de Pine Valley. D'une certaine manière, elle aimait ce quartier. Elle y avait vécu une enfance protégée, choyée, dans un endroit idyllique où rien ne pouvait mal tourner.

Depuis, elle avait appris à ses dépens que la vie réelle ne ressemblait pas à cela. Rien ne l'avait préparée à gérer son divorce et le désastre de son histoire avec Brett. Il lui faudrait probablement encore du temps pour guérir, pour comprendre qui elle était et ce qu'elle voulait vraiment.

Quant à une présence masculine dans cette équation… Lexi pensait toujours qu'elle n'était pas prête pour une relation, mais depuis sa soirée avec Jack elle commençait à en douter. Peut-être pourrait-elle continuer à le voir sans mettre d'étiquette sur ce qu'ils étaient. Pour une fois, elle penserait d'abord à s'amuser avec quelqu'un, à construire une amitié sans se préoccuper du lendemain. Serait-elle capable de le fréquenter sans trop se projeter ? Et lui, qu'en penserait-il ?

Un peu après 9 heures, elle rentra chez elle et composa le numéro de Jack. Son téléphone sonna dans le vide pendant un long moment. Enfin, juste comme elle s'apprêtait à raccrocher, elle entendit un « Allô ! » à l'autre bout du fil.

— Salut, Jack. C'est Lexi.

— Lexi ! Quelle bonne surprise.

— Est-ce que tout va bien ? Tu as l'air essoufflé.

Elle se garda bien de préciser le genre de sensations que sa voix grave et haletante déclenchait en elle.

— Oui, tout va bien. J'étais simplement en train de faire quelques longueurs dans la piscine. J'avais besoin de réfléchir… À propos d'hier soir.

— Hier soir ? À quoi pensais-tu exactement ?

Jack éclata de rire.

— Est-ce qu'il faut vraiment que je le dise ?

— Tu ne vas pas me faire croire que tu es gêné.

— Non, en effet. Eh bien, puisque tu y tiens… Ce baiser était incroyable. Je n'arrête pas d'y repenser.

Lexi remercia le téléphone, qui lui permettait de sourire béatement sans que Jack puisse la voir.

— Moi aussi, j'y ai pensé toute la nuit.

Jack émit un grognement qui la fit frissonner de désir.

— Je ne veux pas laisser passer ce qu'il y a entre nous, déclara-t-il. Allons déjeuner ensemble aujourd'hui. Qu'en dis-tu ?

— D'accord.

Jack voulait déjà la revoir. Et dire qu'elle avait eu peur de l'inviter à une soirée dans six jours ! Décidément, elle ne cesserait jamais d'être surprise avec lui.

Jack se demandait s'il allait au-devant des ennuis en revoyant Lexi si tôt. Après tout, elle venait de subir non pas une mais deux peines de cœur. Il ne souhaitait pas se compliquer la vie inutilement. Pourtant, après ce baiser de la nuit précédente, tout avait changé.

Ce moment avait été bien plus qu'agréable. Lexi lui avait montré sans aucun doute possible qu'une flamme passionnée couvait en elle, et il mourait d'envie de découvrir cet aspect d'une femme si désirable qu'elle éveillait tous ses instincts les plus primitifs. Il avait dû faire appel à toute sa volonté pour remonter en voiture la veille.

Néanmoins, Jack se doutait que les choses n'iraient pas sans heurt avec Lexi. Il y aurait probablement des complications. Certes, il avait l'habitude de soutenir sa petite sœur qui avait elle aussi un passé douloureux, mais Angie faisait partie de sa famille proche. Ces liens-là restaient les plus importants. Dans le cas de Lexi, ils menaient directement à son père, ce qui n'était pas fait pour le rassurer.

Winston Alderidge lui avait clairement exprimé tout

le mal qu'il pensait de lui. Leur entrevue remontait à quelques années, mais cet homme ne changeait jamais d'avis sur les gens. Jack se sentait capable d'encaisser ses insultes. En revanche, il ne souhaitait pour rien au monde créer du grabuge entre Lexi et son père. Elle avait bien assez de soucis comme cela.

Jack s'installa au volant de sa deuxième voiture, une BMW de sport noire, et se gara devant le Royal Diner juste au moment où Lexi arrivait. Il ne put s'empêcher de l'observer un instant avant de descendre de voiture. Elle était tout simplement magnifique.

Enfin, il se décida à sortir. Lexi le repéra aussitôt et le rejoignit avec un grand sourire, retirant précautionneusement ses immenses lunettes de soleil. Sa robe bleu marine au décolleté plongeant soulignait la courbe parfaite de ses hanches. Ses longues mèches rousses flamboyaient au soleil, et lorsqu'elle fut près de lui il perçut à nouveau ce parfum fleuri qui l'envoûtait depuis le jour de leur rencontre.

— Coucou, fit-il en déposant un baiser sur sa joue. Tu es très belle aujourd'hui.

— Vraiment ? J'ai attrapé ce qui me tombait sous la main.

— Lexi... Est-ce si difficile d'accepter un compliment ?

— Tu as raison, soupira-t-elle. J'ai tendance à me dénigrer un peu trop souvent.

— J'en ai bien l'impression.

Lexi jeta un coup d'œil par-dessus son épaule et écarquilla les yeux.

— Encore une autre voiture ? Essaierais-tu de m'impressionner, par hasard ?

— Loin de moi cette idée. J'avoue que j'aime les choses qui roulent vite.

— Apparemment, c'est vraiment rentable de travailler dans la construction.

— Étant donné que je t'ai rencontrée grâce à mon travail, on peut dire que c'est vrai.

Lexi leva les yeux au ciel, mais ses joues avaient indéniablement rosi. Jack s'efforça de réprimer son sourire et lui offrit son bras. Ils entrèrent dans le restaurant, très animé à cette heure-ci, et une serveuse les guida vers un box au fond de la salle.

Jack mourait de faim et s'absorba aussitôt dans le choix de son menu. Lexi, en revanche, passait son temps à jeter de petits coups d'œil autour d'elle comme pour s'assurer qu'il n'y avait personne de leur connaissance. Pourquoi l'opinion des gens lui importait-elle à ce point ?

— Alors, qu'est-ce que tu vas manger ? demanda-t-il pour tenter de la distraire.

— Quand je viens ici, je prends toujours la salade César. Et toi ?

— Un hamburger maison, des frites et une part de tarte pour le dessert.

— C'est beaucoup de calories.

— Comme toutes les bonnes choses, rétorqua Jack en reposant son menu.

À cet instant précis, la porte du restaurant s'ouvrit pour laisser passage à Lila Jones, de la chambre de commerce. Elle était suivie par Valencia Donovan, directrice du refuge équestre de Royal et membre comme Lila du comité de Soirée dans la Baie. Jack les connaissait seulement de vue. En revanche, les deux amies semblaient bien connaître Lexi, puisqu'elles lui faisaient de grands signes de la main.

— Jack Bowden ! Nous parlions justement de vous, s'exclama Lila.

— Oui, à propos des travaux, compléta Valencia en s'approchant pour poser une main sur l'épaule de Lexi. Salut, Lexi ! Comment vas-tu ?

— Très bien, merci, et toi ?

— Moi aussi. Cela me fait plaisir de te voir. Est-ce que vous vous êtes réunis pour discuter du festival ?

— Euh... Oui, c'est exact, balbutia Lexi.

Jack s'abstint de toute réaction, mais il se demandait bien ce qui passait par la tête de Lexi. Elle avait accepté de déjeuner avec lui sans même réfléchir une seconde. Pourtant, devant Valencia, elle prétendait qu'ils étaient en réunion de travail. Où voulait-elle en venir ?

— Puisque vous en parliez déjà, puis-je me permettre de vous demander où en est le chantier, Jack ? demanda Lila.

— Nous n'aurons pas beaucoup de marge, mais nous allons nous en sortir. Je ferai tout mon possible pour que le site soit prêt à temps.

— Super, intervint Valencia. Notre problème à présent concerne plutôt la publicité. Je n'ai aucune idée de ce que les gens pensent du festival. Nous allons faire un tour en ville cet après-midi, discuter avec les habitants et essayer de savoir si monsieur Tout-le-monde s'intéresse à Soirée dans la Baie.

— Tu devrais demander à Jack, proposa Lexi.

Cette fois, il eut du mal à ne pas se sentir insulté. Était-ce vraiment l'opinion que Lexi avait de lui ? Un

« monsieur Tout-le-monde », quelqu'un de commun et de négligeable ?

Sentant manifestement qu'elle était allée un peu trop loin, Lexi rougit et s'empressa d'ajouter :

— Je dis cela parce que Jack est sur le chantier à longueur de journée. Il parle beaucoup avec ses employés, et j'imagine que le festival est un de leurs sujets de conversation.

— C'est vrai, Jack ? demanda Lila. Qu'en pensent les ouvriers ?

— Tenez-vous à entendre la vérité ?

— Bien sûr.

— Dans ce cas, je vais être honnête avec vous. Je doute que quiconque ait entendu parler de Soirée dans la Baie en dehors du club des Gentlemen Texans. Mes employés connaissent le nom du festival parce qu'il paie leurs factures de ces dernières semaines, mais cela ne va pas plus loin.

— Je vois. À votre avis, devrions-nous faire plus de publicité ?

— Peut-être, mais je crois que le problème vient surtout du comité artistique. Vous évoluez tous dans les mêmes cercles sociaux. Il faudrait réussir à toucher un public plus large, en dehors de ce vase clos.

— Nous avons commencé à négocier avec une réalisatrice, Abby Carmichael, qui viendrait filmer le festival, intervint Lexi. Si le bruit se répand, sa venue pourrait attirer du monde.

— C'est un bon début. Pour autant, je ne crois pas que cela suffira. Vous devriez peut-être vous offrir de la publicité gratuite en invitant des influenceurs. Certains sont suivis par des milliers de personnes sur les réseaux sociaux. Ils pourraient attirer un public bien au-delà des frontières du Texas.

Lila et Valencia échangèrent un regard, puis se mirent à hocher la tête d'un air convaincu.

— Merci beaucoup, Jack. Nous allons réfléchir à tout cela.

— Aucun problème.

— N'hésitez pas à m'appeler si vous avez besoin d'un coup de main, ajouta Lexi. La banque aimerait beaucoup s'investir davantage dans la préparation du festival.

— C'est entendu. Nous allons vous laisser déjeuner, conclut Lila. À bientôt, vous deux.

Jack attendit d'être seul avec Lexi pour reprendre la parole.

— Une réunion de travail, hein ? Ce n'est pas ce que j'avais cru comprendre.

— Je suis désolée. J'ai paniqué.

— Lexi, je voudrais que tu comprennes une chose. Je t'apprécie beaucoup et j'aimerais passer plus de temps avec toi. Pour autant, je ne peux pas faire semblant d'être une personne différente de ce que je suis. Lorsque tu ouvres de grands yeux devant ma voiture comme si c'était impossible que quelqu'un comme moi en possède deux, ou lorsque tu dis à Lila que je porte l'opinion du petit peuple de Royal… Eh bien, j'ai l'impression de ne pas être assez bien pour toi, et je ne veux pas perdre mon temps avec une femme qui me regarde de haut.

— Non, pas du tout ! s'exclama Lexi en secouant la tête frénétiquement.

Elle plongea le visage dans ses mains et poussa un profond soupir. Lorsqu'elle releva la tête, elle avait l'air si vulnérable qu'il eut aussitôt envie de la prendre dans ses bras.

— Moi aussi, je t'apprécie beaucoup. Tu es simplement très différent des hommes que j'ai connus auparavant. Mes parents sont ridiculement obsédés par le nom de famille et l'argent de tous ceux qu'ils rencontrent, mais je t'assure que ce n'est pas mon cas. Pourtant, après avoir entendu toute ma vie ce genre de bêtises, j'ai du mal à ne pas y penser. Les mauvaises habitudes ont la vie dure.

— Je comprends. Je te demande seulement de faire un effort pour t'en débarrasser. Peut-être pourrais-tu simplement essayer de te détendre, de t'amuser sans trop réfléchir.

— M'amuser…, répéta-t-elle avec un sourire rêveur. Je crois que j'en ai bien besoin. En tout cas, je suis vraiment navrée de m'être comportée de cette manière. Je te promets de faire mieux à l'avenir.

— D'accord. Je ne veux pas passer mon temps à me demander si tu as honte d'être avec moi.

— Ce n'est pas du tout le cas.

— Je te crois, répondit-il à moitié convaincu, et je ne demande qu'à le voir.

— Dans ce cas… As-tu une queue-de-pie dans ton placard ?

— Pardon ?

Lexi lui décocha un regard malicieux.

— Ma sœur organise un gala de charité en faveur du programme littéraire pour les enfants de Royal. C'est vendredi soir, et j'aimerais que tu m'accompagnes.

Jack eut presque envie de rire tant il était médusé. Une soirée ensemble, au vu et au su d'une bonne partie de la ville ? Décidément, cette femme maîtrisait l'ascenseur émotionnel comme personne.

— Où se passe ce fameux gala ?

— Au club des Gentlemen. Tu pourras rencontrer ma sœur et mes parents par la même occasion.

— J'ai déjà rencontré ton père.

— Vraiment ? Je l'ignorais.

Jack décida de rester évasif, le moment paraissant mal venu pour raconter cet épisode.

— C'était il y a longtemps.

— Je vois. En tout cas, cela me ferait très plaisir que tu viennes avec moi. La soirée devrait être sympathique.

Lexi se pencha légèrement au-dessus de la table et lui tendit la main. Il accepta son invitation, entrelaçant ses doigts avec les siens. Où cette histoire allait-elle les mener ? Jack n'aurait pu le dire, mais il avait de plus en plus envie de le savoir.

— Avec toi, finit-il par répondre, je suis sûr qu'elle sera bien plus que sympathique.

# - 4 -

Plantée devant le miroir, Lexi se demandait pour la énième fois si elle n'en faisait pas trop avec cette robe. Entre sa coupe sirène et son décolleté en V plongeant, le vêtement ne se contentait pas de mettre ses courbes en valeur : il les exposait sans rien laisser à l'imagination. La couleur vert émeraude du satin lui allait à ravir. Pour une fois, elle-même était forcée d'admettre qu'elle était belle dans cette tenue.

Peut-être l'était-elle même un peu trop pour un gala de charité, mais à vrai dire elle se souciait surtout de l'avis de Jack. Elle savait bien qu'elle ne passerait pas inaperçue dans cette robe. Quant à lui, il attirait les regards partout où il allait. Tout le monde les verrait donc ensemble ce soir et elle se sentait prête à l'assumer. Elle comptait bien lui prouver qu'elle était fière de sortir avec lui.

La sonnette de l'entrée interrompit soudain ses réflexions. Lexi voulut se hâter jusqu'à la porte, mais sa robe n'était pas du même avis. Elle comprit assez rapidement qu'elle devrait balancer exagérément les hanches pour pouvoir marcher à une vitesse normale. Ce n'était pas dans ses habitudes, mais elle ne comptait pas non plus adopter une allure d'escargot pendant toute la soirée.

Lorsque enfin elle ouvrit la porte à Jack, son cœur manqua un battement. Jamais de sa vie elle n'avait vu un homme aussi séduisant en costume. Sa veste coupée sur mesure soulignait sa carrure athlétique, ses épaules larges et sa taille mince. Pour ne rien arranger, les yeux sombres de Jack parcouraient son corps avec une intensité qui la laissait tout aussi muette que lui. Après ce qui lui sembla une éternité, elle demanda :

— Jack, tout va bien ?

— Désolé, fit-il en secouant la tête. J'ai du mal à m'habituer à… Enfin, à toi.

Le son de sa voix suffit à la faire frémir de désir. Elle s'imaginait repoussant sa veste, déboutonnant sa chemise pour caresser son torse musclé du bout des doigts…

— J'espère que c'est une bonne chose, murmura-t-elle pour se donner une contenance.

— Tu es une des plus belles femmes que j'ai vues de toute ma vie, Lexi. J'aimerais seulement que tu puisses te voir à travers mes yeux.

*Une des plus belles femmes.* Y en avait-il eu beaucoup ? De toute évidence oui, en tout cas bien plus que d'hommes dans sa vie à elle. En le voyant aussi séduisant, elle comprenait aisément pourquoi.

— Ce costume te va à merveille. Je vais avoir le plus beau cavalier de la soirée.

Jack fit un pas vers elle. Il arborait ce petit sourire en coin qu'elle commençait à bien connaître, avec ses fossettes et son regard malicieux. Lexi se rendit soudain compte de la manière dont sa poitrine tendait le tissu de sa robe à chaque fois qu'elle inspirait.

— Je suggère que nous partions avant que je trouve

le moyen de t'enlever cette robe. J'imagine que ta sœur serait déçue de ne pas nous voir à sa soirée.

— En effet. Elle me ferait un scandale.

— Dans ce cas, nous allons devoir garder certaines choses pour plus tard, n'est-ce pas ?

Jack se mit à caresser sa joue du bout des doigts, traçant délicatement les contours de son visage.

— J'aurai certainement besoin d'aide pour défaire la fermeture de ma robe.

— Il paraît que je suis assez doué de mes mains.

Joignant le geste à la parole, il la prit par les hanches pour la serrer contre lui, ses mains agrippant fermement ses fesses alors qu'elle se hissait sur la pointe des pieds pour l'embrasser. Cette fois, il n'y avait plus de lenteur, plus d'hésitation, seulement un désir qu'elle parvenait à peine à contrôler. Comment pourrait-elle mettre fin à ce baiser alors qu'elle avait envie de bien plus ? Il le fallait pourtant…

À regret, elle s'écarta de lui et s'éclaircit la gorge.

— Je crois qu'on ferait mieux d'y aller.

— Bonne idée.

Lexi attrapa son sac et un foulard en cachemire au cas où elle aurait froid dans la soirée, même si sa température actuelle lui laissait penser qu'elle n'en aurait pas besoin. Passer la soirée près de Jack allait être une torture. Heureusement, le trajet en voiture jusqu'au club ne dura que quelques minutes. Jack se gara et insista pour lui ouvrir la portière.

*Un vrai gentleman encore une fois*, songea Lexi.

Comment se pouvait-il que cet homme fût encore célibataire ? Il était incroyablement beau, intelligent, drôle, et il avait un charme fou. Elle n'arrivait pas à lui trouver un seul défaut. Certes, elle n'était pas prête pour une relation sérieuse, mais elle espérait que cela ne les empêcherait pas de passer de bons moments ensemble.

Lexi prit le bras de Jack et ils se dirigèrent ensemble vers l'entrée du fameux club des Gentlemen Texans, institution vieille de cent ans et bien connue à Royal. Une véritable foule se pressait devant la porte. Toute la ville semblait se trouver là. Dans le vestibule, Bianca se tenait à côté de son mari, Kevin, pour accueillir les invités. Elle était superbe dans sa robe d'un bleu profond dont la jupe s'évasait en corolle, lui donnant l'air d'une princesse.

— Bianca, Kevin, je vous présente Jack Bowden.

Le sourire jusqu'aux oreilles, sa sœur se mit à serrer la main de Jack avec un enthousiasme débordant. Lexi dut se retenir pour ne pas lever les yeux au ciel.

— Enchantée, Jack. J'ai beaucoup entendu parler de vous. Il paraît que vous êtes le cerveau de Bowden Construction… ou devrais-je plutôt dire le cerveau *et* les muscles, ajouta Bianca en tapotant ostensiblement le bras de Jack.

Celui-ci écarta le compliment d'un petit rire et répliqua :

— Je ne suis certain ni de l'un ni de l'autre, mais en tout cas, je suis ravi de vous rencontrer.

Kevin et lui entamèrent une discussion courtoise, et Lexi en profita pour prendre sa sœur à part.

— Est-ce que papa et maman sont arrivés ?

— Pas encore, mais tu connais papa. Il aime se faire remarquer. À mon avis, ils arriveront dans les derniers.

Bianca jeta un coup d'œil à Jack et demanda :

— Est-ce que tu as peur qu'ils n'approuvent pas ton

cavalier ? Pourtant, il m'a vraiment l'air d'être quelqu'un de bien. Beau travail, Lex.

— Exactement, c'est quelqu'un de bien, et je n'ai pas envie que nos chers parents le fassent fuir. Jack ne mérite pas de subir la grande inquisition des Alderidge.

— Tu t'inquiètes beaucoup trop, déclara sa sœur en la prenant par l'épaule.

— C'est facile à dire pour toi. Tu es la plus jeune, mais tu as déjà tout. Un mariage heureux, deux enfants… De nous deux, tu es la fille parfaite, alors que je suis une espèce de chantier qui ne se termine jamais.

— Crois-moi, c'est le cas de tout le monde. Arrête de te faire du souci et va boire un verre avec ton homme.

— Ce n'est pas…

Lexi ne prit pas la peine de finir sa phrase : Bianca ne l'écoutait plus et avait déjà remis le grappin sur Jack.

— Jack, pourriez-vous me rendre un service ? Ce serait vraiment gentil si vous faisiez une petite incursion sur la piste de danse avec Lexi. Les gens n'osent jamais se lancer, et si cela continue, nous serons encore là à minuit.

— Bien sûr, pas de problème, marmonna Jack d'un air peu convaincu.

— Nous ferons de notre mieux, intervint Lexi pour le tirer d'affaire. Bravo pour l'organisation de la soirée, Bianca. Amuse-toi bien.

— Toi aussi, si tu vois ce que je veux dire, répliqua sa sœur en haussant les sourcils avec une subtilité toute relative.

Lexi s'abstint de lui répondre et entraîna Jack en direction du bar. Elle faisait de son mieux pour se concentrer sur lui, mais elle ne pouvait s'empêcher de regarder vers la porte toutes les deux minutes. Que se passerait-il lorsque ses parents arriveraient ? Et tous ces gens dans la salle qui les regardaient, que pensaient-ils d'eux ? Allaient-ils propager de nouvelles rumeurs sur son compte, peut-être pires que les précédentes ? Lexi sentait sa confiance en elle vaciller un peu plus à chaque minute qui passait.

— Tout va bien ? demanda Jack avec douceur. Tu sembles un peu tendue.

Elle réussit à lever les yeux vers lui et à sourire de manière plus ou moins convaincante. Il était si beau qu'il parvenait presque à lui faire oublier son inquiétude.

— Je vais bien, mais cette robe m'empêche de respirer normalement, prétendit-elle.

— Je devrais dire que j'en suis désolé, mais ce serait un mensonge, rétorqua-t-il en jetant un coup d'œil peu discret vers son décolleté. La vue est vraiment magnifique d'ici.

Jack posa une main sur son épaule, puis laissa courir ses doigts le long de son bras avant de lui prendre la main pour y déposer un baiser. Ce geste tendre et presque innocent ne fit rien pour l'apaiser. Elle avait plutôt envie qu'il l'embrasse partout ailleurs.

— Je ne suis pas certain que tu me dises toute la vérité, reprit Jack, mais si tu ne veux pas en parler, je comprends.

Lexi n'avait aucune envie de ruminer ses pensées négatives toute la soirée. Elle aurait préféré prendre Jack par la main et l'entraîner dehors, dans le noir, pour l'embrasser à en perdre haleine. Y avait-il beaucoup de place à l'arrière de sa Bentley ? Elle n'y avait pas fait attention jusqu'alors, mais si c'était le cas…

*Voyons, Lexi ! Arrête tes bêtises.*

Si elle se souciait déjà des commérages alors que Jack et elle se tenaient parfaitement bien, qu'en serait-il si quelqu'un les repérait à l'arrière d'une voiture sur le parking du club ? Non, décidément, elle allait devoir patienter encore un moment. Peut-être la soirée serait-elle plus supportable après une ou deux coupes de champagne. Pour le moment, elle se sentait mal à l'aise au milieu de tous ces gens qui lui rappelaient sa vie d'avant.

Jack passa commande au bar et ils s'installèrent à la seule table encore disponible. Malheureusement pour Lexi, celle-ci se trouvait en plein milieu de la salle et elle avait l'impression que tout le monde les regardait. Jack avait pourtant l'air de s'en accommoder, échangeant sourires et signes de tête avec la plupart des invités. Les gens devaient penser qu'il était fou de sortir avec elle après sa dernière mésaventure amoureuse.

*Lexi, ça suffit*, se morigéna-t-elle.

Elle avait promis à Jack de faire moins attention à l'opinion des autres. D'ailleurs, elle s'était aussi fait cette promesse à elle-même. Broyer du noir ne lui apporterait rien de bon. Elle devait apprendre à devenir plus insouciante - dès maintenant.

— Et si on dansait ? proposa-t-elle tout à coup.

— Là, maintenant ? Je sais que ta sœur nous a donné cette mission, mais la piste de danse est déserte. Je ne suis pas du genre à me lancer le premier.

— Pourquoi pas ? Tu as envie de t'amuser, non ?

— Ce n'est pas ma définition du divertissement, grommela Jack. Et puis, les choix du DJ sont assez discutables à mon goût.

La musique changea précisément à ce moment,

passant d'une chanson rythmée à une ballade romantique. Lexi y vit un signe encourageant. Elle avait désespérément besoin de se trouver dans les bras de Jack, la seule personne qui rendait cette soirée un peu moins désagréable pour elle.

— S'il te plaît, demanda-t-elle. Juste une chanson.

Elle le prit par la main et il la suivit, bon gré mal gré, jusqu'à la piste de danse.

— Bon, d'accord… Mais seulement si c'est moi qui guide.

Il la prit par la taille et la fit virevolter, puis plaça une main dans son dos pour la serrer contre lui. Lexi sentit la tête lui tourner de la plus délicieuse des façons. Elle leva les yeux et lorsque son regard rencontra celui de Jack, confiant et sûr de lui, un sourire irrésistible lui vint aux lèvres.

— Pas de problème, murmura-t-elle avant de se laisser emporter par ses bras rassurants.

Jack n'avait jamais été très à l'aise sur une piste de danse. Il n'était pas si mauvais danseur que cela, mais sa taille faisait automatiquement converger tous les regards sur lui. Les invités du club des Gentlemen ne faisaient pas exception à la règle. Un certain nombre d'entre eux étaient d'anciens clients à lui, ou pire des gens avec qui il espérait travailler dans un futur proche, ce qui l'embarrassait d'autant plus.

— Soit tout ce monde-là s'ennuie ferme, soit je danse particulièrement mal, chuchota-t-il à l'oreille de Lexi.

— Je ne rêve pas, alors. Tu l'as remarqué aussi.

— Ce serait compliqué de ne pas le voir.

— Rappelle-moi de passer un savon à ma sœur. Sa stratégie ne fonctionne pas du tout. Pourquoi les gens ne viennent-ils pas danser ?

— À mon avis, ils sont hypnotisés par ta robe.

— J'en doute, répliqua Lexi. Je crois plutôt qu'ils regardent le géant avec qui je danse.

— N'exagère pas. Je mesure un mètre quatre-vingt-dix.

— Et moi, trente centimètres de moins.

— Je ne te crois pas.

— Tu devrais. Je suis obligée de porter des talons hauts, ne serait-ce que pour être dans la moyenne.

Cette différence de taille illustrait parfaitement l'adage « les opposés s'attirent », songea Jack. Lexi et lui étaient différents sur bien des points, mais leur attirance mutuelle restait indéniable.

— Crois-moi, Lexi, tu es tout sauf moyenne, et je ne parle pas seulement de ta taille.

Jack pensait sincèrement ce qu'il venait de lui dire. Cette femme était extraordinaire. Si seulement elle avait pu s'en rendre compte…

La musique changea à nouveau pour laisser la place à un morceau plus rapide. Jack avait hâte de quitter la piste de danse. Il adorait tenir Lexi dans ses bras, mais il aurait préféré le faire dans un endroit plus privé.

— Que dirais-tu d'un autre verre ? Il me semble que nous avons réussi notre mission, fit-il en observant les quelques couples qui dansaient autour d'eux.

— Bonne idée.

Il garda la main de Lexi dans la sienne pour se diriger à nouveau vers le bar, mais juste à ce moment Winston Alderidge fit son apparition sur le seuil aux côtés d'une femme qui ne pouvait être que la mère de Lexi. Ses cheveux étaient exactement de la même nuance de roux que ceux de sa fille.

Lexi réagit la première. Elle lâcha aussitôt sa main pour venir se placer entre lui et ses parents, comme si elle voulait le cacher. Non seulement elle ne risquait pas d'y parvenir, mais en plus cela rendait la situation gênante avant même qu'il ait pu leur adresser la parole.

— Papa, maman, je commençais à croire que vous n'alliez jamais vous montrer, balbutia Lexi.

Winston Alderidge embrassa sa fille, mais son regard restait rivé sur Jack.

— Mais oui, nous voilà. As-tu l'intention de nous présenter ton compagnon ?

Rien qu'à entendre cette voix, Jack se tendit involontairement et les souvenirs de son entrevue avec le banquier affluèrent à son esprit. Malgré toute sa bonne volonté, il sentait qu'il aurait du mal à rester courtois.

L'air aussi mal à l'aise que lui, la mère de Lexi tenta un sourire dans sa direction et proposa :

— Allons discuter dans un endroit plus calme. Nous avons une table réservée.

Lexi lui glissa un regard anxieux et emboîta le pas à ses parents. Personne ne l'avait invité directement, mais il suivit le mouvement, et Winston lui tendit la main dès qu'ils furent arrivés à leur table.

— Je suis Winston Alderidge, et voici Anne-Marie, mon épouse.

— Jack Bowden. Nous nous sommes déjà rencontrés, monsieur, il y a environ trois ans.

S'il avait espéré que Winston se souviendrait de lui, il en aurait été pour ses frais, songea Jack en lui rendant une poignée de main particulièrement ferme.

— Jack est le propriétaire de Bowden Construction, intervint Lexi. Nous nous sommes rencontrés sur l'île d'Appaloosa la semaine dernière.

— Bowden Construction… Cela ne me dit rien, fit son père en haussant une épaule. Il y a tellement de start-up dans la région que j'ai du mal à suivre.

— Mon entreprise n'est pas une start-up. Elle existe depuis onze ans, et nous sommes les seuls à travailler pour Soirée dans la Baie.

— Ah bon ? Tant mieux si Rusty Edmond fait appel aux petites boîtes locales.

Jack faisait de son mieux pour rester calme, mais la condescendance de cet homme dépassait les bornes.

— Vous ne vous souvenez pas de notre rencontre, n'est-ce pas ?

— Vous savez, je rencontre beaucoup de gens. Je ne peux pas me souvenir de tout le monde.

— Même lorsque vous refusez personnellement un prêt à un chef d'entreprise ?

— Vraiment ? C'est à la banque que je vous ai rencontré ?

— Oui, vraiment. J'étais venu vous demander un prêt important pour agrandir ma société. J'avais toutes les garanties nécessaires, mais vous m'avez dit, je cite, que vous préfériez prêter de l'argent à des personnes mieux établies dans la communauté de Royal.

— Je vois, répondit Winston avec un sourire hésitant. Oui, je m'en souviens à présent. Le ton est quelque peu monté ce jour-là, il me semble.

Jack hocha la tête. Il avait effectivement dit quelques mots bien sentis lors de cette entrevue.

— Je suis quelqu'un de travailleur, monsieur Alderidge.

Mes capitaux sont sûrs et je les ai constitués de mes propres mains. Lorsque je suis venu vous voir ce jour-là, je ne vous demandais pas une faveur. Vous n'aviez aucune raison valable de me refuser ce prêt, mais je crois comprendre pourquoi vous l'avez fait.

Jack inspira à fond, luttant pour maîtriser sa colère. Toute l'humiliation qu'il avait ressentie trois ans auparavant refaisait surface.

— Vous m'avez regardé à peine une minute, reprit-il, et vous avez décidé que je n'en valais pas la peine. Je ne fais pas partie de vos cercles de golfeurs qui fument des cigares en parlant de leurs placements. Je suis un chef d'entreprise qui n'hésite pas à mettre les mains dans le cambouis quand il le faut, et cela, vous êtes incapable de le comprendre.

— Eh bien, je..., bredouilla Winston. Je ne peux pas prêter de l'argent à un inconnu. Ce n'est pas comme cela qu'une banque fonctionne.

— Je sais pertinemment comment fonctionne une banque, monsieur Alderidge. Votre concurrent m'a accueilli à bras ouverts il y a trois ans. Ce sont eux qui gèrent tout l'argent de Bowden Construction à présent - des millions de dollars qui entrent dans les caisses chaque mois.

Jack s'interrompit pour regarder Lexi. Elle avait les yeux écarquillés et son visage avait nettement pâli. Il lui tendit la main sans oser espérer qu'elle la prendrait. Après ce qu'elle venait d'entendre, préférerait-elle rester avec ses parents ?

— Lexi, j'aimerais m'en aller, lui dit-il doucement. J'apprécierais que tu viennes avec moi, mais si tu veux rester ici, je comprends. C'est ton choix.

Son regard fit des allers-retours entre ses parents et lui pendant ce qui lui sembla une éternité. Enfin, elle glissa sa main dans la sienne.

— Je viens avec toi. Vous préviendrez Bianca que j'ai dû partir, ajouta-t-elle à l'adresse de ses parents.

Incapable d'attendre une seconde de plus, Jack se dirigea d'un bon pas vers la sortie. Lexi le rattrapa et reprit sa main dans la sienne. Ce geste le réconforta bien plus qu'il n'aurait voulu l'admettre. Lorsqu'ils se retrouvèrent dans le vestibule, presque désert à l'exception de quelques invités qui cherchaient leurs manteaux pour partir, elle s'arrêta.

— Jack, attends une minute. Je suis vraiment désolée. Jamais je n'aurais imaginé que tu avais rencontré mon père dans ces conditions. Pourquoi ne m'as-tu rien dit ?

— J'ai pensé que tu n'avais pas à te sentir responsable des erreurs de quelqu'un d'autre.

— C'est vrai, mais je mérite au moins qu'on me donne une chance de les rattraper. J'ai bien compris les choses que tu as passées sous silence tout à l'heure. Je connais mon père, ses préjugés et son mépris de tous ceux qui ne sont pas exactement comme lui. Il se comportait exactement de la même façon avec Brett.

Quelqu'un sortit de la salle de réception, laissant entrevoir le ballet des queues-de-pie et des robes de bal qui s'y croisaient. Jack se demandait s'il pourrait un jour faire partie de ce monde. D'ailleurs, en avait-il seulement envie ? Il était fier de ses origines, fier du succès pour lequel il avait travaillé si dur. Il n'avait pas besoin d'invitations à des tournois de golf pour se sentir sûr de lui.

— Je ne veux pas être un accessoire à ton bras, Lexi.

Je ne veux pas que tu m'exposes comme l'homme du peuple qui a atterri par hasard dans la bonne société, comme la dernière curiosité à la mode.

— Je ne te vois pas comme un accessoire, fit-elle en se haussant sur la pointe des pieds pour le regarder dans les yeux. Je te trouve formidable et je t'apprécie… beaucoup.

L'espace d'un instant, il resta muet. Il s'était promis qu'il n'irait pas trop loin avec Lexi. Pourtant, la voilà qui avouait des sentiments qu'il ressentait tout autant qu'elle, voire plus.

— Moi aussi, je t'apprécie beaucoup.

— Est-ce qu'on pourrait discuter dans la voiture ? Je me sens observée ici.

— Pas de problème.

Jack avait assez vu cet endroit pour le reste de ces jours, et il voulait par-dessus tout être seul avec elle.

— Tu te souviens, l'autre jour devant chez Sheen, lorsque tu m'as dit que les hommes que j'ai connus ne m'avaient pas traitée comme je le méritais ? C'est peut-être un détail pour toi, mais personne ne m'a jamais parlé de cette manière. Personne ne m'a jamais dit que mes sentiments avaient de l'importance.

— Je n'ai rien fait de spécial, Lexi, à part me comporter comme une personne décente. Tout le monde devrait te traiter de cette manière.

— C'est loin d'être le cas. Mes parents trouvent que je suis coupable de l'échec de mon mariage. Ils ne le disent pas, mais je sais qu'ils le pensent.

Elle baissa les yeux, comme si la simple évocation de ses parents suffisait à la rendre honteuse d'elle-même.

Jack détestait l'idée qu'elle puisse culpabiliser pour une chose pareille.

— Ils sont convaincus que je n'ai pas fait assez d'efforts pour être une bonne épouse, reprit-elle. Pour eux, j'aurais dû me débrouiller pour retenir Roger auprès de moi. Ils ont peut-être en partie raison, mais... Je ne sais pas. J'ai l'impression que, lorsque l'on aime quelqu'un, on a envie de se battre contre vents et marées pour rester avec cette personne. Si ce n'est pas le cas, alors le couple n'a plus lieu d'exister, n'est-ce pas ?

Jack hocha la tête et s'apprêtait à lui répondre lorsque son téléphone se mit à sonner. Il n'avait aucune envie de décrocher, mais, avec le chantier de Soirée dans la Baie et son planning serré, il ne pouvait pas se permettre d'ignorer l'appel.

— Je suis désolé, Lexi, mais c'est mon associé qui m'appelle. Je vais devoir répondre.

— Aucun problème.

— Salut, Rich, fit-il en décrochant. Que se passe-t-il ?

— Nous n'avons pas de chef d'équipe pour cette nuit. La femme de Larry est en train d'accoucher, expliqua son associé. Je sais que tu es à une soirée, mais crois-tu que tu pourrais venir à Appaloosa ? Il y a trop d'ouvriers à gérer et je ne m'en sortirai pas tout seul.

— Très bien, envoie l'hélicoptère chez moi. J'y serai dans quarante-cinq minutes.

— Merci, Jack. À tout à l'heure.

Il raccrocha et rangea son téléphone avant de se tourner vers Lexi.

— Je suis vraiment navré, mais je dois retourner sur l'île pour régler un problème. Cette soirée ne s'est pas exactement passée comme nous le souhaitions, soupira-t-il.

— Pas de souci, je comprends.

Il chercha son regard, incertain quant à la suite à donner à cette histoire. Une seule chose était sûre : il avait désespérément envie d'elle. Pourtant, il avait l'impression que les commérages, la famille de Lexi, son propre emploi du temps leur mettaient des bâtons dans les roues.

— Viens avec moi le week-end prochain.

— Avec toi ? Mais où ?

Malgré sa surprise, elle avait l'air ravie, ce qui le rassura quelque peu. Il se pencha pour déposer un baiser sur sa joue et eut toutes les peines du monde à en rester là.

— J'ai envie de te revoir, Lexi, mais j'ai l'impression que tout à Royal nous empêche de faire les choses tranquillement. Le week-end prochain, l'hôpital de Houston organise une cérémonie en mon honneur pour la construction de leur aile pédiatrique. Ce sera mon dernier week-end libre avant la frénésie des dernières semaines sur le site d'Appaloosa. Je te promets que nous passerons un bon moment. Tu pourras enfin te détendre un peu, loin de tout ce qui t'inquiète ici.

— Jack, j'ai vécu à Houston pendant des années. Je risque de retomber sur des gens que j'ai connus.

— J'ai réservé une suite dans l'hôtel où a lieu la cérémonie. Nous n'aurons même pas besoin d'en sortir. C'est l'occasion de faire connaissance, disons... à un autre niveau, murmura-t-il en se penchant à nouveau vers elle.

Il l'embrassa doucement sur la joue et laissa errer

ses lèvres contre son oreille, puis le long de son cou gracile. Lexi sentait divinement bon. Il aurait voulu lui retirer sa robe sans perdre une minute, mais ils étaient tous les deux perturbés par la soirée et il devait penser au travail. Le moment était mal choisi.

— Dans ce cas, c'est avec plaisir. J'ai envie de toi, Jack.

— Moi aussi, j'ai…

Sa voix se perdit lorsque son regard rencontra le sien, et le mauvais souvenir de sa dispute avec Winston Alderidge s'effaça presque complètement. Finalement, ils étaient sur la même longueur d'onde. Ils avaient simplement besoin de temps pour se le montrer.

Jack avait à peine démarré le moteur que Lexi demandait déjà :

— Qu'est-ce que je devrais porter pour la cérémonie ?

— Et si tu mettais la robe que tu portes en ce moment ? Tu es superbe. Tous les médecins seraient jaloux de moi.

Lexi éclata d'un petit rire incrédule.

— Jack, voyons. Ne dis pas de bêtises. Je ne vais pas porter deux fois la même robe.

— Pourquoi pas ?

— Ma garde-robe est l'une des rares choses que j'ai réussies dans ma vie. En fait, je sais déjà quelle robe je vais mettre. Elle sera parfaite pour ce genre d'événement.

— Décris-la-moi, ordonna-t-il en prenant la route qui menait vers chez elle.

— Elle est en crêpe de soie rouge, assez ajustée pour mettre en valeur tout ce qui doit l'être. Et puis, comme le dos est décolleté, je pense que je ne pourrai pas mettre de soutien-gorge, ajouta-t-elle d'un petit air détaché.

Jack se sentit soudain à l'étroit dans son pantalon. Attendre une semaine pour la revoir serait une torture, mais il sentait que la récompense en vaudrait la peine.

— J'ai hâte de te voir dans cette robe… Mais j'ai surtout hâte de te voir sans.

# - 5 -

Dans deux heures, Jack devait passer prendre Lexi pour partir avec elle à Houston. Il se sentait si impatient qu'il n'arrivait plus du tout à se concentrer sur son travail. Pourtant, ce n'était pas le jour à être distrait : Angie et Rich l'avaient rejoint pour leur première réunion depuis des semaines. Les délais du festival étaient si serrés qu'ils avaient du mal à trouver le temps de se voir.

Jack essayait de cacher son inattention, mais il n'y réussirait probablement pas longtemps. Il se trouvait avec les deux personnes au monde qui le connaissaient le mieux. Rich, son meilleur ami depuis l'école primaire, avait accepté de le suivre à Royal après que la fiancée de Jack l'avait quitté onze ans auparavant. Ils avaient fait ensemble le pari fou de lancer Bowden Construction à partir de presque rien. Heureusement, leur prise de risque avait payé au-delà de leurs espérances.

— Jetons un coup d'œil au budget, proposa Rich en pianotant sur son ordinateur.

À l'autre bout de la salle de réunion, le grand écran s'alluma et afficha les données du projet Soirée dans la Baie.

— Aïe. Nous avons un dépassement budgétaire d'environ deux pour cent, déclara Angie.

Sa sœur travaillait pour lui depuis quelques mois, à

la suite de son divorce qui lui avait brisé le cœur. Son ex-mari s'était révélé être infidèle et menteur. Elle avait renâclé à venir le rejoindre à Royal au début, prétendant que tous ces gens trop riches la mettaient mal à l'aise, mais Jack tenait à lui offrir un second départ. Prendre soin d'elle était aussi plus facile maintenant qu'elle vivait dans la même ville que lui.

Les choses s'étaient déroulées encore mieux que prévu. En quelques semaines, Angie s'était découvert un talent fort utile pour la gestion d'entreprise et pour la comptabilité s.

— Penses-tu que nous réussirons à respecter le budget final ? s'enquit Rich.

— Je n'en suis pas sûre. Le transport des matériaux jusqu'à l'île nous a coûté beaucoup plus cher que prévu. Jack, tu devrais peut-être préparer Rusty Edmond à l'éventualité d'un surcoût global.

Jack releva la tête, à peu près certain d'avoir entendu son prénom. Le reste de la phrase lui avait en revanche totalement échappé.

— Excuse-moi, tu peux répéter ? demanda-t-il d'un ton penaud.

— Angie te disait que tu devrais prévenir Rusty d'un éventuel dépassement budgétaire.

— Bien sûr. Je l'appellerai sur le trajet vers Houston.

— Tu n'en feras rien, intervint sa sœur. Tu seras avec Lexi Alderidge, incapable de te concentrer sur quoi que ce soit d'autre, comme en ce moment d'ailleurs.

— Que veux-tu dire par là ?

— Je veux dire que cette femme te fait perdre la tête. Cela ne me plaît pas du tout, répliqua-t-elle en croisant les bras sur sa poitrine. Non seulement les choses vont bien trop vite, mais elles ne vont pas du tout dans la bonne direction.

— Sérieusement, Angie ? s'exclama Rich. Nous avions convenu de ne pas aborder le sujet avant son retour de Houston.

— Pardon ? fit Jack, estomaqué. Vous avez déjà discuté de cette histoire tous les deux ?

— Évidemment, répondit Angie en haussant une épaule. Ta dernière relation s'est terminée par une rupture deux semaines avant ton mariage. Quant à Lexi Alderidge, c'est une mariée en série. Comment veux-tu que je ne m'inquiète pas pour toi ?

— Ma relation avec Marcella remonte à des années. C'est de l'histoire ancienne.

— Jack, intervint Rich, je te rappelle que tu n'as eu aucune histoire sérieuse depuis. Je ne suis pas sûr que tu te sois vraiment remis de cette rupture.

— Si je n'ai pas eu d'autres relations, c'est tout simplement que je n'en avais pas le temps. Tu sais comme moi que développer Bowden Construction a été un travail titanesque. Je n'ai jamais été assez disponible pour quelque chose de sérieux.

— Et maintenant, tu l'es ? demanda Angie en haussant un sourcil. Depuis que j'ai emménagé ici, je t'entends répéter à longueur de journée que Soirée dans la Baie est le projet le plus prenant que tu as jamais accepté. Tu as à peine le temps de dormir la nuit, Jack. Ton argument ne tient pas la route.

Jack devait bien reconnaître que Rich et sa sœur n'avaient pas complètement tort. Pour autant, il ne comptait pas se laisser faire sans répliquer.

— Lexi et moi passons simplement de bons moments ensemble. Il n'y a rien de sérieux entre nous.

Angie leva les yeux au ciel.

— Tu dois bien savoir ce qu'on dit d'elle, tout de même.

— Si tu t'apprêtes à colporter des ragots, je t'arrête tout de suite : ça ne m'intéresse pas.

— Ce ne sont pas des ragots. Je vais au même cours de yoga que Bianca, sa sœur, et elle m'a raconté pas mal de choses sur Lexi. Elle n'a pas été célibataire une seule minute depuis ses dix-sept ans. Chacun des hommes avec qui elle est sortie est soit devenu son mari, soit a failli le devenir. Crois-tu vraiment que cette femme soit capable d'entretenir une simple aventure ?

— Angie, c'est complètement absurde. Lexi et moi n'allons pas nous *marier*. Nous nous connaissons à peine.

Il se mit à faire les cent pas dans la pièce, incapable de dissimuler son agacement.

— De toute façon, son père me déteste, et j'imagine que sa mère aussi après l'incident de vendredi dernier. Je ne vais pas m'impliquer sérieusement avec une femme dont la famille est contre moi. Vous savez tous les deux que ce genre de chose est important pour moi.

— Je comprends, répondit Rich. Winston Alderidge n'est pas quelqu'un de facile, mais il a du pouvoir, et les gens dans cette ville sont toujours au courant de tout. Je ne sais pas si c'est une bonne idée de continuer à voir sa fille pour te venger de ce qu'il t'a dit il y a trois ans.

Jack n'en croyait pas ses oreilles. Jamais il n'avait pensé à se venger de Winston en sortant avec sa fille… Ou peut-être l'avait-il fait inconsciemment ? Était-ce pour cela qu'il avait tant envie de revoir Lexi ?

— Toute cette conversation m'aurait été plus utile *avant* de commencer à sortir avec elle, vous savez.

— Nous y avions pensé, mais nous ne savions pas comment aborder le sujet, soupira Angie. Tu es si occupé et stressé ces derniers temps… Nous ne voulons pas te compliquer la vie, Jack, mais nous sommes inquiets pour toi. D'ailleurs, même si je ne la connais pas, je m'inquiète aussi pour Lexi. Je ne pense pas que ce genre de relation puisse lui apporter quoi que ce soit de positif, surtout si son père ne t'aime pas.

Le moment semblait venu de se confronter à une réflexion que Jack avait soigneusement repoussée jusqu'alors. Pour autant, il ne voulait pas annuler son escapade avec Lexi. Elle en aurait été trop déçue, et de son côté il avait attendu toute la semaine de se retrouver seul avec elle.

— Écoutez, vous deux. Je vous adore et je sais que vous vous inquiétez pour moi, mais je voudrais que vous me laissiez gérer cette histoire seul. Lexi et moi sommes deux adultes capables de prendre des décisions. Nous allons simplement passer du bon temps ensemble l'espace d'un week-end, rien de plus.

Angie échangea un regard dubitatif avec Rich, puis soupira d'un air résigné.

— Très bien. Fais comme tu l'entends. Je serai là pour ramasser les morceaux lorsque la catastrophe arrivera.

— Il n'y aura pas de catastrophe, lança-t-il en se dirigeant vers la porte. Je te le répète, ni Lexi ni moi n'avons l'intention de nous investir dans cette histoire. Il ne s'agit que d'une nuit ensemble. Qu'est-ce qui pourrait mal tourner en une seule nuit ?

Cette fois, Lexi s'inquiétait beaucoup moins pour sa tenue. Elle était certaine que Jack apprécierait sa robe rouge. Qui plus est, contrairement à celle qu'elle avait portée le week-end précédent, elle pouvait respirer librement dans cette robe. Ce détail n'en était pas vraiment un, compte tenu de l'impatience qui faisait battre son cœur plus vite. Enfin, Jack et elle seraient seuls, libres de faire ce qu'ils voulaient - et dans une chambre d'hôtel luxueuse, ce qui ne gâtait rien.

Jack lui avait demandé de le rejoindre directement à l'héliport de Royal. Avec son emploi du temps surchargé, l'hélicoptère restait le moyen le plus rapide pour s'échapper le temps d'un week-end. Lexi chargea sa valise dans le coffre. Elle avait emporté bien trop d'affaires pour deux jours : des tenues élégantes, plusieurs paires de chaussures, un maillot de bain, et une sélection de sa plus belle lingerie. Bien sûr, elle savait qu'elle ne porterait pas tout, mais elle aimait avoir le choix.

Alors qu'elle traversait le paysage bucolique qu'elle connaissait par cœur, juste après la sortie de la ville, son téléphone sonna. C'était Bianca.

— Coucou, répondit-elle en décrochant. Tout va bien ? Je ne peux pas parler longtemps, je suis presque arrivée à l'héliport.

— Lex, tu ne peux pas aller à Houston.

— Pardon ? Et pourquoi, s'il te plaît ? Tu me disais que c'était une bonne idée de prendre du temps seule avec Jack.

— Ce n'est pas ça. Je suis tombée sur un article aujourd'hui à propos de cette soirée où vous devez aller. Sais-tu qui est la maîtresse de cérémonie ? Eh bien… C'est Savannah Lee.

Lexi sentit sa gorge se nouer. Savannah était la femme avec qui Roger, son ex-mari, sortait depuis leur divorce.

— Crois-tu qu'il y sera ? demanda-t-elle à sa sœur.

— Je ne sais pas, mais en tout cas tu ne pourras pas éviter d'entendre parler de la grande nouvelle. Savannah et Roger viennent de se fiancer.

Lexi resta muette, incapable de prendre une décision. L'enceinte de l'héliport se profilait à quelques centaines de mètres devant elle. Devait-elle annuler le week-end ? Serait-elle capable de revoir Roger en compagnie de sa fiancée ?

— Lexi ? Tu es toujours là ? demanda Bianca.

— Plus ou moins, murmura-t-elle. Je ne sais pas du tout quoi faire.

Comme un automate, elle ralentit devant le portail de l'héliport et tapa le code d'entrée que Jack lui avait transmis. Il l'attendait de l'autre côté de la barrière. Appuyé contre sa voiture, il avait l'air d'un acteur hollywoodien avec son costume parfaitement coupé et ses lunettes de soleil noires.

— Bianca, je dois te laisser. Je suis arrivée.

— Je suis désolée d'avoir gâché ton week-end, mais je ne pouvais pas rester sans rien te dire.

— Au contraire, tu as bien fait de me prévenir. Merci beaucoup.

À peine se fut-elle garée que Jack venait déjà lui ouvrir la portière, tendant la main pour l'aider à descendre de voiture.

— Salut, ma belle. J'ai hâte de voir cette robe dont tu m'as parlé.

Lexi posa le pied à terre, sa jambe glissant involontairement hors de sa robe fendue jusqu'à la cuisse. Ce moment aurait pu être enjôleur et troublant, comme un prélude à la nuit qu'ils allaient passer ensemble, mais Lexi se sentait tout sauf séductrice. Elle réussit à articuler un « salut » hésitant avant de se blottir dans ses bras.

— Que se passe-t-il ? demanda aussitôt Jack.

— Je ne pensais pas être si transparente.

— Tu trembles comme une feuille.

Lexi ne s'en était pas aperçue, mais effectivement elle frissonnait des pieds à la tête.

— Est-ce qu'il s'est passé quelque chose avec ton père ?

*Si seulement…*

— Non, mais Bianca vient de m'apprendre une mauvaise nouvelle. Mon ex-mari vient de se fiancer et c'est l'heureuse élue qui organise la cérémonie en ton honneur.

Jack repoussa ses lunettes de soleil et se mit à observer attentivement son visage, comme pour chercher des réponses qu'elle n'avait pas.

— D'accord, finit-il par répondre. Pas de problème. Nous allons passer le week-end ailleurs.

— Non, Jack, ce n'est pas la peine. Je peux aller à Houston. J'aurai peut-être besoin d'un verre avant d'entrer dans la salle de réception, mais ça ira.

— Lexi, dit-il en lui prenant la main. J'ai travaillé comme un fou cette semaine, et la perspective de cette soirée a été ma seule bouffée d'oxygène. Je n'ai aucune envie de te mettre dans une situation qui pourrait te rendre malheureuse.

— Tu devais recevoir une décoration ce soir…

— C'est juste une plaque, fit-il avec un haussement

d'épaules. Pour moi, cela n'a aucune importance. Je veux simplement passer du temps avec toi.

Lexi sentait son cœur battre plus vite. Était-elle en train de s'emballer comme elle l'avait fait trop de fois dans sa vie, comme elle s'était promis de ne plus le faire ?

— Je ne veux pas que tu viennes à ma rescousse. Tu l'as déjà fait une fois, c'est amplement suffisant.

— C'était complètement normal. Tu en aurais fait autant pour moi.

— Peut-être, mais… Où irons-nous si ce n'est pas à Houston ? Nous avions convenu de nous éloigner de Royal.

— Et si nous passions le week-end sur l'île d'Appaloosa ?

— Tu veux dire… Sur le chantier ?

Jack éclata de rire.

— Je te promets que l'endroit où je veux t'emmener est bien plus agréable qu'un chantier.

— Quoi qu'il en soit, je suis trop habillée, déclara-t-elle en jetant un coup d'œil à sa robe.

— Pas du tout. Je te trouve parfaite dans cette robe, même si j'ai bien envie de te voir sans.

Lexi se sentit rougir jusqu'à la racine des cheveux.

— Tu es diabolique.

— Pas autant que toi, répliqua-t-il avec un petit clin d'œil. Allez, monte. Je vais prendre ta valise.

Lexi s'installa à bord de l'hélicoptère tandis que Jack informait le pilote de leur changement de destination. L'appareil était encore plus spacieux que celui de la banque et pouvait accueillir six personnes en plus du pilote, avec des sièges en cuir blanc très confortables. Lorsque Jack se fut assis près d'elle, elle demanda :

— Allons-nous dormir à l'hôtel d'Appaloosa ?

— Pas tout à fait. Je loue une maison sur l'île depuis quelques semaines, expliqua-t-il en bouclant sa ceinture. Le propriétaire est à l'étranger pendant au moins six mois, et c'est bien pratique pour moi de ne plus devoir faire les allers-retours à Royal tous les jours. Je serai aussi aux premières loges pour le festival.

Il repoussa doucement ses cheveux et déposa un baiser dans son cou. Lexi ferma les yeux, à la fois apaisée et troublée par la caresse de ses lèvres.

— Si tu continues à m'embrasser de cette façon, l'endroit où nous allons m'importe peu.

— Je te promets que ça va te plaire.

Il lui prit la main de la façon la plus naturelle du monde, comme s'ils étaient ensemble depuis des années - mais ils n'étaient *pas* ensemble, se rappela Lexi. Pourtant, en regardant le Texas défiler sous eux, elle songea que tout cela ressemblait de moins en moins à une simple aventure.

# - 6 -

Une fois de plus, Jack s'était montré plein de surprises. Lexi n'aurait jamais imaginé qu'il l'emmènerait à Appaloosa. L'idée de passer le week-end avec lui sur cette île, complètement coupés du monde, lui plaisait encore plus que celle d'un hôtel cinq étoiles.

Le soleil se couchait tout juste lorsque l'hélicoptère se posa sur la piste. Ils auraient donc toute la soirée devant eux, songea Lexi avec un frisson d'excitation. Il lui semblait qu'elle avait attendu une éternité pour se trouver enfin seule avec lui. Ses baisers lui avaient coupé le souffle, mais elle avait besoin de beaucoup plus.

Assise à côté de lui dans le SUV que Jack avait loué à la sortie de l'héliport, elle avait bien du mal à contrôler son envie de lui arracher ses vêtements, et de…

— Est-ce qu'on est bientôt arrivés ?

— Dans quelques minutes, répondit Jack en allumant les phares de la voiture.

Le côté ouest de l'île commençait à se développer, mais l'infrastructure urbaine restait très limitée, et on n'y trouvait par exemple aucun lampadaire. La nuit étoilée les enveloppait d'une lumière douce. Ils ne voyaient que les palmiers se balançant au gré de la brise et, à l'horizon, le golfe du Mexique qui se dessinait au loin.

Tout était paisible et harmonieux. Lexi inspira à fond

l'air iodé du dehors, mettant son impatience de côté pour profiter de ce moment avec Jack.

La voiture ralentit soudain et Jack tourna dans une allée de gravier qui malmena les pneus pendant quelques minutes. Enfin, la route se fit de nouveau plus lisse. Lexi aperçut devant elle les contours d'une immense maison blanche. Elle savait que Rusty Edmond ne laissait que ses amis fortunés construire leurs demeures sur l'île, mais les dimensions de celle-ci semblaient particulièrement impressionnantes.

— C'est vraiment cette maison ? demanda-t-elle. Je n'y vois pas grand-chose, mais elle a l'air magnifique.

Jack gara la voiture et se tourna vers elle.

— Tu vas l'adorer, j'en suis sûr. Je l'ai louée pour six mois, mais je songe sérieusement à l'acheter. Le propriétaire n'est jamais là de toute façon. C'est un vieil ami de Rusty qui passe la majeure partie de son temps en Asie pour affaires.

L'histoire de la maison l'intéressait, mais pas autant que Jack. Elle se pencha vers lui et posa une main contre ses lèvres.

— Si tu ne m'emmènes pas immédiatement à l'intérieur pour m'enlever cette robe, je ne te le pardonnerai jamais.

Même dans le noir, elle remarqua aussitôt l'étincelle qui s'était allumée dans le regard de Jack.

— Nous reviendrons chercher les bagages plus tard, déclara-t-il en sortant de la voiture.

Incapable d'attendre, elle sauta dehors et souleva sa robe d'une main pour le rejoindre plus vite. Il prit sa main pour la guider le long de l'escalier qui menait à l'entrée. Tout en lui volant un baiser, il tapa le code et la porte s'ouvrit.

Pour Lexi, ce fut comme si un dernier barrage avait cédé en elle, libérant enfin le désir fou qu'elle ressentait depuis des jours et des jours. Jack et elle entrèrent dans la maison d'un pas mal assuré et il la prit dans ses bras. Ses mains étaient partout à la fois, aussi empressées qu'elle. Lexi leva la tête et posa ses lèvres sur les siennes.

Elle l'embrassa sans aucune retenue, glissant les mains sous sa veste pour envoyer celle-ci valser sur le parquet. Sa chemise connut bientôt le même sort. Lorsqu'elle posa enfin les mains contre son torse, elle eut l'impression d'avoir déballé le plus beau cadeau qu'elle avait jamais reçu. Elle fit courir ses doigts le long de ses muscles parfaitement définis, de sa peau douce et chaude, et Jack poussa un grognement étouffé.

— Tu es incroyable, murmura-t-elle avant de déposer un baiser dans son cou.

— C'est toi qui l'es. Ton seul défaut, c'est de te trouver beaucoup trop loin de mon lit.

Jack la souleva dans ses bras et l'emporta vers un autre escalier, qu'il monta rapidement pour se retrouver dans un deuxième vestibule au premier étage. Lexi passa les bras autour de son cou et posa la tête contre son épaule. Le parfum de Jack, boisé et épicé à la fois, la grisait tout autant que ses bras puissants qui la portaient sans effort. Enfin, il emprunta un couloir, ouvrit une porte et la reposa délicatement sur ses pieds.

Elle resta immobile un instant, impressionnée par le décor de la chambre. Le lit aux dimensions colossales faisait face à un pan de mur entièrement vitré.

Lexi s'approcha de la fenêtre et distingua Trinity Bay, faiblement éclairée par les rayons de lune.

— C'est magnifique, Jack. J'ai hâte de découvrir cette vue en plein jour.

— Et moi, murmura-t-il en posant les mains sur ses épaules, j'ai hâte de te découvrir.

La vitre en face d'elle lui renvoya l'image de Jack qui faisait glisser les bretelles de sa robe le long de ses bras. Au contact de l'air frais contre sa peau, ses seins se tendirent encore davantage. Regarder Jack en admiration devant son corps rendait ce moment parfait. Jamais encore Lexi ne s'était sentie aussi désirée.

Il déposa un baiser sur son épaule et la fit pivoter doucement vers lui avant de se mettre à genoux devant elle. Lexi retira ses talons hauts, sa poitrine désormais à hauteur de son visage, ce dont Jack profita aussitôt. Il prit un de ses tétons entre ses lèvres, puis l'autre, les caressant du bout de la langue avant de les aspirer délicatement. Ses mains pressaient avidement ses seins l'un contre l'autre.

Lexi se sentit faiblir et appuya une main sur l'épaule de Jack, l'autre posée dans ses cheveux, maintenant son visage contre elle. Chacune des caresses de Jack et son regard brûlant de désir lui signifiaient clairement à quel point il avait envie d'elle. C'était son tour maintenant de lui prouver qu'elle le voulait encore davantage.

Elle se pencha vers lui et l'embrassa avec une passion brute, presque primitive, qu'elle-même ne se connaissait pas. Jack révélait en elle tout un univers qu'elle avait hâte d'explorer. Ses mains impatientes glissèrent de sa taille à ses hanches pour faire tomber sa robe au sol. Elle ne portait plus qu'un tanga de dentelle rouge, dernier obstacle entre elle et ce qu'elle désirait un peu plus à chaque seconde qui défilait. Jack s'arrêta un instant pour mieux la regarder, puis la souleva à nouveau pour la déposer sur le lit.

Elle s'étira de tout son long au contact des draps frais contre sa peau brûlante. De l'autre côté du lit, Jack retirait rapidement ses derniers vêtements. Elle ne put retenir un gémissement lorsqu'il parut entièrement nu devant elle. Il était tout simplement superbe, chaque centimètre de son corps parfaitement sculpté semblant appeler ses caresses. Il s'étendit près d'elle et Lexi roula sur le côté pour l'embrasser.

Son désir affluait en elle comme un incendie, dévorant tout sur son passage. Elle aurait voulu à la fois accélérer les choses et retenir le temps pour profiter de chaque seconde. Soulevant une jambe pour la placer sur sa hanche, elle se rapprocha le plus possible de lui sans le toucher tout à fait.

Jack fit lentement courir sa main le long de son dos, puis la prit par surprise en la faisant rouler au-dessus de lui pour qu'elle chevauche sa taille. Il recaptura ses seins au creux de ses mains et caressa ses mamelons du bout des doigts. Incapable de toute pensée cohérente, Lexi oublia son impatience et profita de ses gestes délicieux, alors qu'il la serrait davantage contre lui pour déposer un baiser contre sa poitrine.

Audacieuse comme elle ne l'avait jamais été, elle le regarda dessiner des cercles du bout de la langue autour de ses tétons avant de les reprendre entre ses lèvres. Jack leva la tête et elle crut défaillir lorsque son regard brûlant croisa le sien. Chaque fibre de son corps le désirait avec une urgence toujours grandissante.

Incapable d'attendre une seconde de plus, elle se laissa glisser sur le matelas et s'agenouilla près de sa taille.

Ses lèvres effleurèrent d'abord son cou, puis son torse, avant de descendre toujours plus bas en déposant une pluie de baisers le long de son ventre. Jack inspira brusquement lorsque sa main se referma sur son érection. Elle le caressa doucement au début, puis resserra son étreinte alors qu'un grognement rauque s'échappait de ses lèvres. Lexi se sentait puissante, désirable et intensément vivante.

— As-tu des préservatifs ? demanda-t-elle d'une voix où perçait une note de désespoir. J'en ai apporté, mais ils sont restés dans la voiture.

— Bien sûr. Attends un instant.

Il se leva rapidement du lit, lui offrant une belle occasion d'admirer l'harmonie parfaite de son dos et de ses fesses musclées. Brûlante d'impatience, elle agrippa les draps soyeux alors qu'il revenait vers elle avec un sourire qui la laissa pantelante. Elle ne pouvait plus penser à rien d'autre qu'à lui et à son besoin de le sentir contre elle.

Jack se retourna vers le lit et son cœur s'emballa. Lexi étendue sur les draps, ne portant rien d'autre qu'un sous-vêtement en dentelle et un sourire lascif aux lèvres… Il avait imaginé cette scène des dizaines de fois, mais elle était mille fois plus belle que dans ses rêves. Le désir occupait chaque cellule de son corps. Une partie de lui cependant avait encore plus besoin d'elle, et Jack s'empressa de se protéger avant de revenir s'agenouiller au pied du lit.

Jamais de sa vie il ne s'était consumé de la sorte pour une femme. Pourtant, malgré son impatience, une chose lui importait plus que tout. Il voulait que ce moment soit parfait pour Lexi.

— Je voudrais que tu fasses quelque chose pour moi.

— Tout ce que tu veux.

— Pose tes mains l'une contre l'autre et garde-les au-dessus de ta tête.

Elle lui obéit aussitôt et plaça ses mains contre les oreillers, mais son regard était plein de doute.

— Je veux pouvoir te toucher, Jack.

— Crois-moi, je le veux aussi. Mais pour l'instant j'aimerais que tu ne penses qu'à toi.

Il tendit la main pour faire glisser son tanga jusqu'au sol.

— Jack, protesta-t-elle en arquant le dos contre le matelas. Ce n'est pas juste.

— Je te promets que je vais rattraper cette injustice.

Il poussa doucement contre ses jambes pour les écarter et fit courir ses doigts le long de sa cuisse, lentement, prenant son temps pour arriver jusqu'à son intimité brûlante. Il la sentit si humide et prête pour lui que son érection s'intensifia encore, mais il prit sur lui pour ignorer son impatience et se concentrer sur Lexi.

Son doigt explora délicatement les plis de son sexe et trouva son clitoris gonflé de désir. Il la caressa doucement, attentif à ses moindres réactions, étudiant le mouvement de ses mains qui agrippaient les draps alors qu'elle se mordait la lèvre inférieure. Il la sentait s'abandonner un peu plus à chaque caresse. Chaque mouvement de ses doigts l'amenait un peu plus près du plaisir.

Sa respiration s'accélérait, ses hanches se balançaient contre le matelas, mais il ralentit ses caresses et la laissa presque au bord de l'orgasme. Il savait que cette frustration rendrait son plaisir encore plus intense lorsqu'il arriverait.

Jack se redressa et s'étendit près de Lexi, l'attirant dans ses bras pour poser ses lèvres sur les siennes. Il s'était attendu à ce qu'elle soit frustrée, impatiente, mais elle semblait profiter de l'instant présent et l'embrassait plus sensuellement que jamais. Soudain, sans prévenir, elle le repoussa sur le dos et le chevaucha. Il ne put que la regarder avec fascination lorsqu'elle le prit dans sa main pour le guider en elle.

Lexi descendit lentement sur lui et une vague de plaisir brûlant menaça de le submerger. Elle était parfaite, douce et chaude autour de lui. Il n'était plus que sensations et ne pouvait penser à rien d'autre qu'à la perfection de l'instant présent. Elle se pencha sur lui sans tout à fait reposer sa poitrine contre la sienne, les pointes de ses seins effleurant son torse alors qu'ils bougeaient lentement ensemble. Cette caresse nouvelle pour lui faillit lui faire perdre totalement le contrôle de la situation.

De nouveau, la respiration de Lexi se fit plus rapide, haletante, et il comprit qu'elle était tout près de s'abandonner au plaisir. Il sentait qu'il ne pourrait pas résister longtemps de son côté. Pourtant, l'instant était si parfait qu'il aurait voulu le faire durer pendant des heures. À cet instant précis, Lexi ouvrit les yeux et plongea son regard vert clair dans le sien. Elle se serra contre lui et il l'embrassa avidement, ses mains glissant de ses hanches à ses fesses qu'il agrippa pour approfondir encore ses mouvements en elle. Lexi poussa un gémissement, puis un cri de plaisir et il la sentit se contracter encore et encore autour de lui. Irrésistible, l'orgasme le frappa à son tour, déferlant en vagues inlassables dans tout son corps alors que Lexi déposait une myriade de baisers dans son cou. Jack se laissa rouler sur le côté en la gardant dans ses bras. Haletante, elle nicha sa tête contre sa poitrine, reprenant lentement sa respiration.

— C'était… Waouh.

— Je n'aurais pas dit mieux, fit-il avant de déposer un baiser sur son front.

Jack ne savait plus très bien où il en était. Une seule chose restait certaine : Il voulait encore plus de Lexi.

— Te rends-tu compte, reprit-il, que nous devrions être en ce moment même dans une salle de réception terriblement ennuyeuse ?

— Je m'en veux de t'avoir fait louper cette cérémonie, murmura-t-elle. Tu n'as pas pu recevoir ta décoration, et tout cela à cause de moi et de mon passé amoureux pathétique.

— Arrête de dire des choses pareilles. Tu as vécu des histoires qui t'ont blessée, ce n'est pas ta faute.

— Tu as raison, soupira-t-elle. C'est une mauvaise habitude que j'ai.

— D'ailleurs, je ne te l'ai même pas demandé, mais comment te sens-tu ? Quand as-tu appris que ton ex-mari s'était fiancé ?

— Je l'ai su environ cinq minutes avant de te rejoindre tout à l'heure. Bianca m'a appelée alors que j'étais en route.

— Tant mieux qu'elle ait réussi à te prévenir, mais tu sais, nous aurions pu gérer la situation si nous l'avions croisé. Je t'aurais embrassée si fougueusement qu'il aurait été jaloux.

Lexi eut un petit rire, mais il crut y percevoir une pointe de mélancolie.

— Je ne crois pas qu'il puisse ressentir la moindre jalousie. Au contraire, il serait probablement soulagé que je rencontre quelqu'un et que les choses deviennent assez sérieuses pour me marier. De cette façon, il n'aurait plus à me verser la pension alimentaire... Mais ce n'est pas près d'arriver.

S'il n'avait pas eu connaissance des mésaventures de Lexi, Jack aurait pu se sentir froissé par cette dernière phrase, mais il la comprenait parfaitement. Elle avait été blessée deux fois déjà et ne voulait revivre cette expérience pour rien au monde. Pour sa part, il avait du mal à comprendre comment un homme sain d'esprit pouvait souhaiter mettre fin à une relation avec cette femme extraordinaire. Il avait envie de lui dire qu'elle n'était pas seule à connaître ce sentiment, que lui aussi avait souffert d'être rejeté.

— J'ai un aveu à te faire, déclara-t-il.

— Dis-moi tout.

— Avant d'emménager à Royal, j'étais fiancé. Marcella m'a quitté quelques semaines avant la date prévue du mariage. Ce n'est pas aussi dur que ce que tu as vécu, bien sûr, mais c'est en partie pour cela que j'ai réagi lorsque Ross te houspillait le jour de notre rencontre. Je connais ce sentiment et je sais à quel point c'est difficile d'en entendre parler au début.

— Est-ce aussi pour cela que tu as annulé Houston sans hésiter ?

— Honnêtement, mes motivations étaient un peu

plus égoïstes. Je ne voulais pas le moindre obstacle à cette soirée avec toi. Je l'ai attendue toute la semaine.

Lexi caressa lentement son torse et il sentit - déjà - le désir s'éveiller en lui à nouveau.

— Comment était ta fiancée ? demanda-t-elle. Étiez-vous ensemble depuis longtemps ?

Jack pensait rarement à Marcella depuis quelques années. Il était passé à autre chose, et ses souvenirs commençaient à s'estomper.

— Elle a au moins eu la décence de me dire qu'elle ne m'aimait pas vraiment. J'ai beaucoup souffert au début, mais avec du recul je me dis qu'elle a fait pour le mieux. Notre mariage n'aurait jamais pu fonctionner.

— J'imagine que Brett a fait pour le mieux aussi, dit Lexi d'une voix songeuse. Je n'y avais jamais réfléchi de cette manière. Je n'ai pensé qu'à mes erreurs et à ce que j'aurais dû faire autrement.

— Voilà encore une preuve que tu devrais te concentrer un peu moins sur tes erreurs, et un peu plus sur les bonnes décisions que tu as prises…

— … Comme venir avec toi à Appaloosa ? demanda-t-elle avec un petit sourire.

Jack lui sourit en retour. Il ne s'était pas senti aussi détendu depuis bien longtemps.

— J'y pense, reprit-il, tu n'es peut-être pas obligée de repartir dès demain. Tu pourrais rester jusqu'à dimanche soir, ou même lundi matin. Si quelqu'un a besoin de moi au chantier, je peux y faire un saut et revenir ici en un rien de temps.

Aller travailler et rentrer à la maison pour la retrouver… L'idée lui semblait de plus en plus attrayante, tout comme celle de dormir avec elle plus longtemps que l'espace d'un week-end. Tout cela suggérait, même s'ils n'en étaient pas encore là, qu'il aurait envie d'une relation plus sérieuse avec Lexi dans un futur plus ou moins proche. Mais pourrait-elle en avoir envie elle aussi ?

# - 7 -

Le lendemain matin, alors qu'ils prenaient leur petit déjeuner sur le balcon, Jack tenta de convaincre Lexi d'aller nager dans la baie.

— Jack, nous sommes en avril. Texas ou pas Texas, cela n'y change rien. Il n'y a aucune chance pour que l'eau soit assez chaude.

Elle se renfonça dans son rocking-chair et remonta sur ses épaules la couverture qui lui servait de robe de chambre. Son plan pour la matinée était simple : finir son café, puis entraîner Jack à l'étage pour continuer ce qu'ils avaient commencé la nuit précédente.

Jack s'appuya contre la balustrade et lui décocha un de ses sourires irrésistibles. Elle savait qu'elle perdait tous ses moyens lorsqu'il la regardait de cette façon. Dans une seconde, elle serait incapable d'argumenter.

— Nous n'y resterons que quelques minutes avant de faire un tour dans le jacuzzi.

— Il y a un jacuzzi ici et je n'étais pas au courant ?

— Juste en dessous, fit-il en lui désignant l'étage inférieur.

En se penchant, elle aperçut une deuxième terrasse avec une cuisine d'été et, en effet, un jacuzzi.

— Je suis désolé de ne pas t'avoir fait visiter la

maison, reprit Jack en l'attirant contre lui. Nous étions quelque peu occupés.

Elle se dressa sur la pointe des pieds pour l'embrasser. Même le plus innocent des baisers semblait chargé de sensualité après la nuit qu'ils venaient de passer. Elle savait ce dont il était capable à présent, et cette conscience le rendait d'autant plus désirable à ses yeux.

— J'espérais visiter à nouveau la chambre ce matin, murmura-t-elle entre deux baisers.

— Allons faire quelques brasses d'abord. Je te promets qu'une fois dans le jacuzzi tu ne le regretteras pas, lança-t-il avec un sourire lascif qui acheva de la convaincre.

— Tu as de la chance que j'aie pensé à prendre mon maillot de bain.

— J'aurais encore plus apprécié de te voir nager sans.

— Oh… Je n'y avais même pas pensé.

Après tout, serait-ce une idée si extravagante que cela ? Il n'y avait jamais beaucoup de monde sur l'île et les maisons étaient assez éloignées les unes des autres. En revanche, si un yacht passait au large, ses cheveux la rendraient reconnaissable à des milles à la ronde - d'autant plus que beaucoup d'amis de ses parents possédaient ce genre d'embarcation… Mieux valait ne pas prendre de risque.

— Je crois que je vais m'en tenir à mon maillot de bain, déclara-t-elle. Il est trop joli pour le laisser dans une valise.

— Dans ce cas, j'ai hâte de le voir, fit Jack en souriant de nouveau.

S'habituerait-elle un jour à ces adorables fossettes ? Lexi commençait à croire que non.

— Donne-moi cinq minutes pour me changer et j'arrive.

— Parfait. Je vais chercher les draps de bain.

Elle monta l'escalier quatre à quatre et fouilla dans sa valise pour en extirper son bikini noir, qu'elle enfila dans la salle de bains. Le miroir lui renvoya l'image d'une femme épanouie, aux joues roses et aux yeux brillants, souriant comme si la journée lui réservait une foule de nouvelles aventures… Et tout cela grâce à Jack.

Elle le rejoignit sur le balcon de l'étage principal, là où elle avait pris son café un peu plus tôt, et ils empruntèrent un escalier extérieur qui descendait jusqu'au niveau de la plage. Jack saisit sa main et l'entraîna le long de la promenade en planches qui prolongeait la terrasse. Bientôt, ils marchaient pieds nus dans le sable. Une petite brise agitait de rares nuages dans un ciel presque parfaitement bleu où tournoyaient des mouettes.

Devant elle, les eaux turquoise du golfe semblaient inviter à la baignade, mais Lexi savait qu'elles descendaient parfois en dessous des quinze degrés en cette saison. Le sable constellé de coquillages se rafraîchit lorsqu'ils atteignirent le bord de l'eau. Elle laissa errer son regard le long de la plage déserte. La maison la plus proche se trouvait à un bon quart d'heure de marche, et ils étaient absolument seuls dans cet endroit paradisiaque.

Lexi pressa doucement la main de Jack. Jamais de sa vie elle ne s'était sentie aussi libre. Toutes les peurs, toutes les inquiétudes qu'elle traînait depuis si longtemps semblaient insignifiantes face à la perfection de ce moment.

— Merci de m'avoir amenée ici. L'hôtel à Houston aurait sûrement été agréable, mais cet endroit est magique.

Il se tourna vers elle et lui sourit avec douceur, les yeux plissés face au soleil.

— Je suis content de te l'entendre dire. J'étais en train de penser la même chose.

— Tu penses sérieusement à te baigner maintenant ?

La brise se mit à souffler plus fort et Lexi frissonna des pieds à la tête.

— Je ne vais pas te forcer à m'accompagner, tu sais.

— Je ne suis pas une mauviette, protesta-t-elle.

— Loin de moi cette idée.

Il fit quelques pas en direction de l'eau, Lexi sur ses talons.

— En général, reprit Jack, je marche jusqu'à ce que mes genoux soient mouillés, puis je plonge un moment et je termine avec quelques brasses.

Cela ne semblait pas si difficile, songea Lexi. Elle détestait avoir froid, mais elle voulait prouver à Jack qu'elle aussi pouvait être une aventurière. Elle lâcha sa main et fit exactement ce qu'il lui avait suggéré. Au début, l'eau lui parut presque tiède. Ce fut seulement en plongeant qu'elle sentit la morsure du froid contre sa peau. Pourtant, la sensation n'était pas désagréable. Elle se sentait plutôt revigorée. Son pied heurta le fond sablonneux et elle remonta à la surface pour respirer.

Elle jeta un coup d'œil autour d'elle, mais Jack avait disparu. Son cœur se mit à battre plus vite.

— Jack ? Où es-tu ?

Soudain, elle sentit deux mains agripper sa taille et poussa un cri perçant. Jack sortit de l'eau et la fit tournoyer dans les vagues.

— Alors, qu'est-ce que tu en dis ?

Lexi se serra davantage contre lui, fascinée par la

beauté de son visage sur lequel ruisselaient de minuscules gouttelettes.

— J'en dis que c'est génial. *Tu* es génial, Jack.

Elle enfouit les mains dans ses cheveux et leurs lèvres se rencontrèrent, jouant ensemble comme s'ils avaient tout le temps du monde devant eux. Tout était simple et naturel. Jack déposa un autre baiser sur sa joue et demanda :

— Tu veux rester encore un peu ?

— Certainement pas. Je meurs de froid.

Il eut un petit rire moqueur et la souleva dans ses bras pour la porter jusqu'au rivage. Lexi lui tendit un drap de bain et s'enveloppa dans l'autre.

— jacuzzi ? suggéra-t-il en se frictionnant les cheveux.

— Oui, et le plus vite possible.

Ils se hâtèrent de remonter la plage jusqu'à la terrasse, rincèrent le sable de leurs pieds et Jack mit le jacuzzi en marche. Lexi frissonna de plus belle en se glissant à l'intérieur.

— C'est presque trop chaud après la mer.

— Tu vas voir, on s'y habitue vite.

— C'est vrai. Je me sens parfaitement détendue maintenant. Tu es un homme intelligent, tu sais ?

— Je n'en suis pas sûr, mais en tout cas j'essaie de faire en sorte que tu te sentes bien.

— Tu es adorable, murmura Lexi. Ce week-end est absolument parfait. Merci pour tout.

Elle sentait ses défenses reculer peu à peu, mais était-ce si grave que cela ? Après tout, Jack n'était ni Roger ni Brett. Il ne lui avait pas brisé le cœur.

— Viens par là, ma belle.

Jack lui tendit la main avec une lueur familière dans

les yeux. Lexi s'empressa d'accepter l'invitation et se glissa contre lui, l'autre main de Jack caressant son visage avec un mélange de tendresse et de possessivité. Comment s'y prenait-il pour exprimer tant de choses en un seul geste ? Jamais encore elle ne s'était sentie à la fois respectée, choyée et incroyablement désirée.

Elle posa la tête sur son épaule et ferma les yeux, soupirant de bonheur lorsque sa bouche effleura la sienne. Elle entrouvrit les lèvres et sa langue se mit à jouer avec la sienne, tantôt douce, tantôt plus exigeante. Une douce chaleur qui n'avait plus rien à voir avec le jacuzzi commençait à l'envahir. Passant une jambe par-dessus sa taille, elle le chevaucha et enserra ses hanches entre ses cuisses.

Jack gémit doucement contre sa bouche lorsqu'elle lui mordilla la lèvre inférieure. Elle l'embrassa encore et encore, haletante de désir, pressant contre elle son érection qu'elle sentait grandir entre ses cuisses. Jack fit courir ses mains le long de son dos et défit rapidement l'attache de son maillot de bain, qu'elle envoya valser de l'autre côté de la terrasse.

— Voilà qui est beaucoup mieux, chuchota-t-elle, la poitrine pressée contre son torse. J'ai besoin de toi, Jack.

— J'adore t'entendre me le dire.

Elle ondula des hanches pour se frotter contre lui, envahie par un sentiment d'urgence que Jack ne semblait pas ressentir. Il la tenait toujours fermement serrée contre lui.

— Retournons à l'intérieur, le supplia-t-elle.

— Dans une minute.

Il fit courir sa main le long de son ventre jusqu'à la glisser dans son maillot de bain. Elle inspira brusquement lorsque ses doigts experts trouvèrent son point le plus sensible. Les yeux fermés, le visage enfoui contre son épaule, Lexi sentit la tension augmenter encore et encore en elle alors que Jack la caressait impitoyablement.

— Embrasse-moi, Lexi.

Sa voix chaude et profonde acheva de lui faire perdre le contrôle d'elle-même. Elle l'embrassa sans aucune retenue, répondant à chacun de ses baisers avec une passion toujours plus impétueuse. Prise dans un tourbillon de sensations, entre ses doigts virtuoses et ses lèvres sur les siennes, elle s'abandonna et laissa l'orgasme la consumer dans un long gémissement de plaisir.

Jack ralentit ses mouvements et sa main remonta doucement vers sa poitrine. Il effleura son ventre, ses seins, ses épaules avec une lenteur infinie, puis l'accueillit dans ses bras lorsque la dernière vague de plaisir eut reflué en elle. Lexi se blottit contre lui sans hésiter. Avec lui, elle n'avait pas besoin d'être forte en permanence, et elle osait se montrer vulnérable. Elle pouvait enfin être elle-même.

Avec Lexi souriante dans ses bras, face au décor magnifique de l'île, Jack se sentait submergé par une félicité qu'il ne se souvenait pas d'avoir déjà ressentie. Bien sûr, sa beauté le captivait, mais il était surtout fasciné par le changement qui s'était opéré en elle depuis leur arrivée à Appaloosa. Il avait l'impression de voir un papillon sortir de sa chrysalide.

Enfin libérée du jugement des autres, elle semblait ne plus se soucier de toutes les raisons pour lesquelles leur relation risquait de ne pas fonctionner. Jack en ressentait une euphorie qui commençait à lui faire peur. Sans s'en rendre compte, il avait attendu avec impatience le moindre signe de la part de Lexi qui aurait pu sous-entendre la possibilité d'une vraie relation entre eux.

Dans un moment comme celui qu'ils venaient de vivre, Jack ne pensait plus à tout cela. Seule persistait son attirance pour la femme séduisante, intelligente et sensible qu'il tenait dans ses bras. Il voyait à présent à quel point les gens de Royal l'avaient mal jugée. Lexi n'avait rien de la pauvre petite fille riche qui alimentait les ragots en permanence. Il aurait voulu dire sa façon de penser à toutes ces mauvaises langues, mais après tout ils ne méritaient même pas qu'on s'intéresse à eux.

— Il faut que je m'occupe de toi maintenant, murmura Lexi en déposant un baiser dans son cou.

L'offre était tentante, mais Jack avait besoin de remettre de l'ordre dans ses idées. Il avait cru jusqu'alors que garder une amourette sans attaches avec Lexi ne lui poserait aucun problème. Ses certitudes sur ce point commençaient à vaciller, et l'idée de la garder près de lui sur cette île pour le restant de ses jours occupait tout son esprit.

— Tu sais quoi ? Je meurs de faim, déclara-t-il pour faire diversion. Allons déjeuner d'abord, si tu veux bien.

Lexi lui jeta un coup d'œil dubitatif, mais se contenta de hocher la tête et sortit du jacuzzi en s'enveloppant d'une serviette. Jack lui emboîta le pas et ils montèrent ensemble l'escalier jusqu'à la cuisine. Il resta vêtu de son seul maillot de bain, mais Lexi fit un détour par la chambre et revint dans une robe bain de soleil à carreaux noirs et blancs, ses cheveux simplement attachés en queue-de-cheval. Pieds nus, sans maquillage, le teint naturellement rosé, elle était tout aussi belle que dans les tenues sophistiquées qu'elle portait habituellement. Jack songea que peu de personnes avaient dû la voir ainsi et se sentit chanceux de pouvoir découvrir ces deux versions.

Ils passèrent un moment agréable dans la cuisine, préparant des sandwichs avec ce qui leur tombait sous la main. Lexi improvisa une vinaigrette délicieuse pour la salade qu'il avait dénichée au réfrigérateur. Ils s'installèrent sur la terrasse pour profiter de la vue en mangeant, la conversation entre eux toujours facile et agréable. Jack ne se souvenait pas de s'être un jour senti aussi à l'aise avec une femme. Il avait du mal à croire que Lexi et lui s'étaient rencontrés deux semaines auparavant, lui qui avait déjà l'impression de la connaître depuis toujours.

— Comment avance ta recherche de logement ? demanda-t-il après avoir terminé son sandwich.

— Elle n'avance pas du tout. J'ai été si occupée à la banque que je n'ai pas encore eu le temps d'appeler l'agence immobilière, mais je devrais m'y mettre.

— Sache que si tu en as envie je peux t'accompagner dans les visites. C'est toujours pratique d'avoir quelqu'un du métier avec soi pour repérer d'éventuels défauts de construction.

— J'apprécierais beaucoup ton aide. Bianca m'a aussi proposé de venir faire des visites avec moi, mais son seul critère est que je ne vive pas trop loin de chez elle.

L'évocation de sa sœur ramena Jack au souvenir pénible de sa rencontre avec ses parents. Malgré tout, le fait qu'elle soit proche de sa sœur Bianca lui plaisait, puisqu'il avait le même genre de relation avec Angie.

— Que pensent tes parents de ton déménagement ?

— Ils aimeraient que je reste un peu plus longtemps dans la maison d'invités, soupira-t-elle. C'est sans doute leur instinct protecteur qui parle. Mon père est convaincu que je vais m'effondrer de tristesse à un moment ou à un autre, et il tient à être celui qui me remettra sur pied.

— À ce propos, j'espère que ton père et toi ne vous êtes pas fâchés après l'incident au club. Je suis désolé d'avoir réagi comme je l'ai fait.

Avec un peu de recul, il s'était rendu compte qu'il avait ruminé sa première rencontre avec Winston depuis des années, et que tout était remonté à la surface ce soir-là. Il n'avait pas su contenir sa colère et ce n'était pas juste pour Lexi.

— Pour être franche, nous ne nous sommes pas beaucoup parlé ces derniers jours. Je lui en veux de t'avoir traité de cette manière et il le sait. Pour autant, il n'admettra probablement jamais qu'il a eu tort. Mon père est quelqu'un de très obstiné.

— Il n'est pas le seul à avoir eu tort. J'aurais dû garder mon calme.

Lexi secoua la tête avec détermination.

— C'est lui qui a commencé à t'insulter. Pour moi, il est responsable de tout.

Jack n'était pas certain que cette réaction l'aiderait à arranger les choses. S'il acceptait sa part de responsabilité, il pourrait peut-être arrondir les angles auprès de Winston.

— Dans toutes les disputes, il y a deux façons de voir les choses. Je suis prêt à assumer que les torts sont en partie de mon côté.

— J'apprécie cette façon de penser, Jack. Sincèrement.

Elle posa une main sur son avant-bras et reprit :

— Merci encore de m'avoir amenée ici. J'avais vraiment besoin d'un week-end pour m'amuser et me détendre, et puis, nous allons vraiment bien ensemble.

— Je suis complètement d'accord sur cette dernière partie.

— C'est drôle, tu ne trouves pas ?

— Comment ça ?

Elle haussa une épaule et laissa son regard errer sur les vagues, cherchant manifestement ses mots.

— Nous ne nous ressemblons pas beaucoup. Nous venons de milieux très différents, et pourtant, nous nous entendons parfaitement bien.

— Les gens n'ont pas besoin de se ressembler pour être compatibles, tu sais.

— C'est vrai. Je suis simplement contente de pouvoir, pour une fois dans ma vie, être moi-même. Je n'ai pas besoin de faire semblant avec toi.

— Je préfère de très loin la version authentique de toi, Lexi.

Elle se retourna pour le regarder, un sourire tranquille aux lèvres.

— Voilà pourquoi j'aime passer du temps avec toi. Après quinze ans auprès d'un mari qui exigeait la perfection à chaque instant, c'est un changement bienvenu.

Jack aurait voulu en savoir plus sur sa vision de leur relation, mais il décida d'en rester là et de ne pas chercher à analyser chaque phrase qu'elle avait prononcée. Lexi avait l'air d'être heureuse. Elle appréciait le côté simple de leur relation, et il s'en contenterait, du moins pour le moment.

Lexi se leva et commença à débarrasser la table.

— Je vais prendre une douche, annonça-t-il. Je n'aime pas rester trop longtemps avec du sel sur la peau.

— Pas de problème. Je vais finir de ranger tout ça et je te retrouve là-haut.

Jack se doucha rapidement, sécha ses cheveux et enroula une serviette autour de sa taille avant de retourner dans sa chambre. Une fois sur le seuil, il s'arrêta net. Lexi l'attendait sur le lit. Allongée en appui sur ses coudes, elle portait un négligé de dentelle noire qui soulignait merveilleusement ses formes.

Il caressa des yeux sa poitrine magnifique, à peine couverte par le décolleté profond du vêtement, puis laissa errer son regard le long de ses jambes parfaitement fuselées. Elle tourna la tête vers lui et ses longues mèches rousses se répandirent sur ses épaules. Le sourire sensuel qu'elle lui décocha se passait de toute explication, et il sentit tout son corps se tendre en réponse.

Jack laissa tomber sa serviette et la rejoignit aussitôt sur le lit. Pourtant, cette fois, quelque chose avait changé. Il plongea le regard dans ses yeux verts et comprit que son désir s'accompagnait d'un sentiment bien plus profond. Il était en train de tomber amoureux de Lexi, et il ne pouvait rien y faire.

# - 8 -

Jack et Lexi ne purent pas se résoudre à quitter l'île le dimanche soir. Ils se dirent au revoir le lundi matin, peu après l'aube, sur le parking de l'héliport de Royal.

— J'ai passé un week-end formidable, déclara Lexi.

Elle aurait voulu lui dire à quel point ces deux jours avaient compté pour elle, mais elle se connaissait trop bien pour cela.

*Une étape à la fois*, se morigéna-t-elle.

Si elle commençait à s'emballer, elle risquait de tout gâcher. Jack et elle avaient tout le temps devant eux.

— Je ne m'étais pas autant amusé depuis longtemps, répondit Jack. Par contre, je suis désolé de te déposer si tôt. Le soleil est à peine levé.

— Aucun problème, cela ne me dérange pas du tout. L'idée d'arriver au bureau avant mon père ne me déplaît pas.

— En parlant de travail, il faut encore que j'aille me changer et faire ma valise pour la semaine avant de retourner sur l'île. Ces prochains jours vont être infernaux.

— Je vais te laisser rentrer, murmura-t-elle.

Malgré toutes ses réticences à s'impliquer sérieusement avec qui que ce fût, Lexi avait hâte que le chantier du festival soit terminé pour pouvoir passer plus de temps avec Jack. Ce week-end ne lui avait clairement pas suffi.

— Je n'ai pas envie de partir non plus, si cela peut te faire plaisir.

Elle ne put s'empêcher de sourire et il déposa un baiser sur ses lèvres. Même après avoir passé un week-end entier à l'embrasser, il se débrouillait toujours pour rendre ces moments terriblement excitants.

— On se voit samedi chez toi pour l'anniversaire d'Angie, n'est-ce pas ?

— Exactement. N'oublie pas de prendre un maillot de bain… Celui que tu portais à Appaloosa, par exemple.

— Pour ce genre d'occasion, je mettrai tout de même quelque chose d'un peu plus sage.

— Je me dois de protester contre cette décision, fit-il d'un air faussement indigné.

— Ne t'inquiète pas, tu reverras mon bikini noir, mais plutôt lorsque nous serons seuls à nouveau.

— Dans ce cas, j'ai hâte que ce moment arrive.

Voilà qu'elle commençait à planifier beaucoup trop de choses avec Jack, songea Lexi. Une partie d'elle-même en avait très envie, mais elle ne pouvait s'empêcher de prendre peur devant la façon dont évoluait leur relation.

Elle l'embrassa une dernière fois avant de monter dans sa voiture, se retournant pour lui faire signe de la main lorsqu'elle passa la sortie de l'héliport. Lexi avait l'impression de flotter sur un petit nuage. Malheureusement, elle ne connaissait que trop bien cette sensation pour l'avoir déjà ressentie avec Roger et avec Brett. Cette fascination pour l'autre, cette exaltation des débuts… Autant de sentiments qui pouvaient mener à l'amour si l'on n'y prenait pas garde, mais elle ne pouvait pas se le permettre.

Lexi entra dans son bureau à 8 heures tapantes. Même son père n'était pas arrivé, ce qui la mit de bonne humeur. Elle se sentait plus indépendante et plus libre pour travailler lorsqu'il n'était pas à la banque. À une heure aussi matinale, elle ne pouvait pas encore passer de coups de fil, mais elle profita de ce moment pour envoyer plusieurs mails : à Lila de la chambre de commerce, puis à l'agent immobilier, et enfin à Mandee Merriweather, de l'émission de télé locale *Soirée Royale*. Le programme bien connu dans la région diffusait surtout des histoires scandaleuses et des ragots.

Lexi aurait préféré ne pas encourager ce genre de pratique, mais l'émission restait très populaire à Royal. Elle souhaitait y parler de l'implication de la banque dans le festival Soirée dans la Baie. Si Mandee présentait la banque Alderidge comme un établissement en phase avec son temps, et non plus comme l'institution exclusive que son père avait créée, elle réussirait peut-être à attirer une clientèle plus jeune.

À sa grande surprise, Mandee lui téléphona à peine cinq minutes après l'envoi de son courriel.

— Lexi Alderidge, quelle joie de vous entendre, s'exclama Mandee. Je suis si heureuse que vous m'ayez contactée. J'adorerais vous interviewer.

Quelque chose dans le ton sucré de la présentatrice lui fit froid dans le dos. Mandee avait la réputation d'être un vrai requin qui pouvait sentir une rumeur à des kilomètres à la ronde. Pourtant, Lexi sentit qu'elle devrait faire le même genre de minauderies si elle voulait vraiment cette interview.

— C'est super, répondit-elle de sa voix la plus mielleuse. J'aimerais beaucoup que nous parlions des relations entre la banque Alderidge et le festival Soirée dans la Baie. Peut-être pourrions-nous inviter un membre du comité artistique à se joindre à nous.

— Bien sûr, nous pouvons en parler, mais… Je voudrais surtout savoir où en est votre relation avec Jack Bowden. Toute la ville en parle.

— Toute la ville ? Eh bien, je l'ignorais.

— Lexi, pourrais-je enregistrer notre conversation pour l'intégrer à l'émission de ce soir ?

— Non, j'aimerais mieux éviter. Je préférerais vraiment discuter du festival.

— Les gens s'intéresseront à Soirée dans la Baie lorsque la date se rapprochera, mais pour l'instant je crois qu'ils ont envie d'entendre parler de votre histoire personnelle. Ce ne sera pas forcément négatif, Lexi. Mon public veut savoir comment vous vous remettez de votre divorce, de votre deuxième mariage qui n'a pas eu lieu… Et puis, votre ex-mari s'est fiancé récemment. Comment avez-vous pris la nouvelle ?

Lexi sentit sa gorge se nouer. Quelle idée avait-elle eue de contacter cette Mandee ? Elle venait manifestement d'ouvrir la boîte de Pandore, et elle devait protéger Jack et elle-même de la vipère qui attendait sa réponse au bout du fil.

— Jack et moi ne sommes qu'amis, déclara-t-elle d'un ton ferme. Je ne ferai aucun autre commentaire sur le sujet. En ce qui concerne l'interview, rappelez-moi quand vous voudrez parler du festival, mais je ne tiens pas à discuter de ma vie privée.

— C'est dommage, Lexi. Recontactez-moi si vous

changez d'avis. En attendant, amusez-vous bien avec Jack. C'est quelqu'un de très… appétissant, fit-elle avec un gloussement de collégienne. Je connais une bonne cinquantaine de femmes qui adoreraient être à votre place.

Lexi avait bien conscience de ce dernier point, mais elle aurait préféré que personne ne le lui rappelle.

— Au revoir, Mandee.

— À bientôt.

*J'espère bien que non*, songea-t-elle en raccrochant.

Elle se posta devant la fenêtre de son bureau, le regard tourné en direction de la mer à des kilomètres de là. Jack était-il déjà revenu sur l'île ? Elle aurait voulu y être à ses côtés, revivre les moments qu'ils avaient passés ensemble ces deux derniers jours. Ce répit de la vie quotidienne avait été plus que bienvenu et l'appel de Mandee venait de le lui rappeler cruellement.

Un coup bref frappé à sa porte la tira de ses pensées. L'instant d'après, son père faisait irruption dans son bureau.

— Bonjour, Alexis.

— Bonjour, papa. Sais-tu que tu pourrais attendre que l'on t'invite à entrer avant de débarquer dans une pièce ?

— Je suis le propriétaire de cette banque, Lexi. Cette porte m'appartient. Ce bureau aussi. D'ailleurs, tout ce qui est autour de toi m'appartient.

— Je le sais très bien. Il y a simplement des règles de courtoisie que tu pourrais suivre comme tout le monde.

Elle s'installa derrière son bureau et demanda :

— As-tu besoin de quelque chose ?

— J'ai été très mécontent de te voir disparaître tout

le week-end sans avoir songé à nous prévenir. Ta mère et moi étions terriblement inquiets. Heureusement, Bianca nous a dit où tu étais partie.

Lexi se promit d'avoir une petite conversation avec sa sœur. La prochaine fois, elle pourrait peut-être avoir la présence d'esprit de raconter qu'elle s'offrait un week-end au spa ou une autre bêtise, mais certainement pas qu'elle passait plusieurs jours avec un homme que son père n'appréciait pas.

— Je suis navrée, papa, mais j'ai trente-huit ans. Je n'ai pas à vous dire ce que je fais de mes week-ends.

— Tant que tu vis sur la propriété familiale, j'apprécierais un minimum de communication de ta part. Ta mère et moi voulons simplement savoir si tu es en sécurité.

— Je comprends. Rassure-toi, tu n'auras plus à t'en inquiéter très longtemps. J'ai contacté un agent immobilier et j'espère visiter plusieurs maisons cette semaine.

— Tu n'as pas besoin de te presser, marmonna son père. Ta mère et moi sommes ravis de t'accueillir aussi longtemps que nécessaire.

— J'apprécie sincèrement ton offre, mais j'ai besoin d'indépendance maintenant. Je n'ai encore jamais eu de chez-moi. Après la maison, j'ai vécu en résidence universitaire, puis directement avec Roger. Il me faut un endroit bien à moi.

Son père se contenta de hocher la tête et enfouit les mains dans ses poches. Lexi s'inquiéta aussitôt de son silence. Lorsqu'il ne disait plus rien, cela signifiait généralement qu'il était en colère.

— As-tu l'intention de m'avouer que tu as passé le week-end avec Jack Bowden ?

— Je n'ai rien à avouer, papa. Il me semble que je

n'ai pas commis de crime. En effet, Jack et moi avons passé le week-end ensemble. Il travaille très dur pour Soirée dans la Baie et il n'a pas de temps libre pendant la semaine.

— Cette histoire est-elle en train de devenir sérieuse ?

Elle secoua la tête avec une véhémence exagérée.

— Non, pas du tout.

— J'ai l'impression que tu ne me dis que ce que j'ai envie d'entendre.

Comment pourrait-elle avoir l'air convaincant alors qu'elle-même ne savait pas ce qu'elle en pensait ? Pourtant, elle allait devoir faire un effort si elle voulait que son père la laisse tranquille.

— C'est la vérité, papa. Il se trouve que parfois elle correspond à ce que tu as envie d'entendre.

— Fais tout de même attention. Je ne veux pas que ce Jack devienne trop important dans ta vie. Si ce n'est que pour t'amuser, d'accord, mais il n'est pas assez bien pour toi sur le long terme.

Lexi resta médusée par son discours. Certes, elle savait que son père avait des idées classistes, mais c'était autre chose de l'entendre les exprimer avec si peu de réserve. Elle n'avait que trop supporté ses préjugés à l'époque où elle sortait avec Brett. Cette fois, en revanche, elle n'était plus une petite fille qui hochait la tête sagement. Winston Alderidge et son étroitesse d'esprit ne gagneraient pas la partie aujourd'hui.

— Tu ne connais pas Jack, commença-t-elle d'un ton ferme. Je t'assure que c'est quelqu'un de très bien. Il me traite mieux qu'aucun homme ne m'a jamais traitée, mon ex-mari compris. D'ailleurs, tu devrais même le remercier, puisqu'il m'a évité une situation très gênante ce week-end. Nous devions assister à une soirée de charité à Houston. Lorsqu'il a appris que Roger et sa fiancée y seraient, il n'a pas hésité une seconde à changer de programme, alors même qu'il devait recevoir un prix ce soir-là.

— J'imagine que ses intentions n'étaient pas seulement charitables.

— Tu exagères, papa. Jack a simplement voulu me protéger. Si quelqu'un doit apprécier cela, c'est bien toi.

— Je te remercierais de me laisser seul juge de ce que j'apprécie ou non.

Exaspérée, Lexi se leva de son bureau pour aller se poster près de la porte ouverte, espérant que son père comprendrait le message.

— Si ça ne t'ennuie pas, j'aimerais me remettre au travail. J'attends un appel de Lila Jones. Je lui ai demandé des informations sur le salon des arts plastiques qui aura lieu cet automne. À mon avis, nous devrions essayer de sponsoriser l'événement.

— Une réunion d'artistes, hein ? Je ne suis pas sûr d'y trouver le genre de personnes qui pourraient devenir nos clients.

— Voilà précisément le problème. Lorsqu'un homme travailleur et sérieux comme Jack Bowden sort de cette banque en se sentant méprisé, ne crois-tu pas qu'il faut nous remettre en question ? Nous devons nous montrer accueillants avec les gens et cesser de les regarder de haut.

Winston ouvrit la bouche pour répondre, mais la referma aussitôt.

— Qu'y a-t-il, papa ? Dis-moi le fond de ta pensée. J'en ai assez de marcher sur des œufs dès que nous abordons ce sujet. Je sais que tu as l'impression que je veux tout révolutionner ici, mais ce n'est pas vrai. Je respecte le travail que tu as accompli pendant toutes ces années et je serais désolée de le voir partir en fumée. Pourtant, c'est ce qui risque d'arriver si rien ne change. Peux-tu essayer d'envisager que tes anciennes méthodes ne sont plus les bonnes, voire qu'elles ne l'ont jamais été ?

Son père poussa un soupir et fit quelques pas pour venir se placer près de la fenêtre, le regard fixé sur un point au-dehors qu'elle ne pouvait distinguer.

— T'arrive-t-il de te sentir vieille, Lexi ? lança-t-il tout à trac. À moi, cela m'arrive souvent, et surtout lorsque nous avons ce genre de conversation. J'ai été aux commandes pendant si longtemps que j'ai beaucoup de mal à lâcher prise.

— Tu es toujours aux commandes. J'essaie simplement de t'aiguiller dans une direction légèrement différente. Tout ce que je veux, c'est assurer l'avenir de cette banque et protéger ce que tu as construit jusqu'alors.

— Et moi, sais-tu ce que je veux ? demanda-t-il avec un petit sourire. J'aimerais que nous puissions travailler ensemble sereinement.

— Dans ce cas, il va falloir que tu fasses preuve d'un peu de flexibilité.

— C'est ce que j'ai cru comprendre. Je ferai de mon mieux, Lexi, sincèrement.

Il s'apprêtait à sortir de la pièce lorsque Lexi songea à l'autre sujet qu'elle voulait aborder avec lui. Cela faisait peut-être beaucoup pour une matinée, mais si elle attendait le bon moment, celui-ci risquait de ne jamais arriver.

— J'aimerais bien que Jack et toi essayiez à nouveau de faire connaissance.

— Je croyais que ce n'était pas sérieux entre vous.

— Ça ne l'est pas, mais je l'apprécie beaucoup et j'aimerais continuer à le voir. Ton opinion sur les personnes qui font partie de ma vie compte beaucoup pour moi.

— Depuis quand, au juste ?

Lexi eut un petit rire incrédule.

— Enfin, papa, depuis toujours. J'ai l'impression que tu n'approuves jamais mes choix en ce qui concerne ma vie sentimentale.

— Ton divorce n'était certainement pas un choix de ta part.

— Non, mais cela ne t'empêche pas de me trouver en partie coupable de ce qui s'est passé.

Son père fronça les sourcils et la rejoignit de l'autre côté de la pièce, posant une main sur son épaule.

— Jamais de la vie, Lexi. Roger t'a fait beaucoup de mal. Jamais je ne songerais à rejeter la faute sur toi.

— Vraiment ?

— Bien sûr, voyons. Je ne souhaite que ton bonheur. Roger t'a rendue malheureuse, ce qui en fait quelqu'un de mauvais pour toi. Il n'y a rien à ajouter.

Il l'embrassa sur la joue et sortit de la pièce, se retournant au dernier moment pour lui glisser :

— En ce qui concerne Jack, nous verrons bien comment évoluent les choses.

Il était 10 heures du soir lorsque Jack put enfin rentrer chez lui, dans sa maison sur l'île d'Appaloosa, pour grappiller quelques heures de sommeil. Tenant à peine sur ses jambes, il tituba à travers le vestibule et s'effondra sur les marches pour retirer ses bottes de chantier. Jamais de sa vie il ne s'était senti aussi épuisé.

En arrivant dans sa chambre, il fut immédiatement assailli par les souvenirs de son week-end avec Lexi. Ils avaient fait l'amour dans les moindres recoins de cette pièce. Il essaya d'admirer la vue depuis la fenêtre comme il le faisait d'habitude, mais l'image de Lexi presque nue, son corps doucement éclairé par les rayons de lune se reflétant dans la vitre, prenait toute la place dans son esprit. Et puis il y avait son lit où le temps semblait s'être arrêté tant ils avaient eu soif de se découvrir l'un l'autre…

Même le parfum de Lexi s'était attardé dans la pièce. Comment pourrait-il passer une semaine entière sans la voir ? Il n'était pas certain d'en être capable, et cette pensée l'inquiétait. Cette histoire ne devait pas devenir sérieuse. Pourtant, il avait l'impression que Lexi lui avait jeté un sort tant elle occupait ses pensées.

Peut-être une bonne douche suffirait-elle à lui remettre les idées en place. Jack se débarrassa de ses vêtements de travail et fila à la salle de bains. Il commença à se détendre aussitôt que le jet d'eau chaude eut atteint son dos et ses épaules, mais les images de Lexi revenaient de plus belle, toujours plus précises à mesure que la température augmentait dans la pièce. Il tenta de les ignorer en se savonnant. Au lieu de cela, il l'imaginait sous la douche avec lui, ses mains parcourant son corps puis l'entraînant vers la chambre…

Cette fois, c'était peine perdue. Tout son corps se tendait en pensant à elle. Bien sûr, il aurait pu satisfaire son envie seul, mais Lexi lui manquait tellement qu'il en avait presque mal. Il ferma les robinets en se demandant si elle répondrait au téléphone à une heure aussi tardive. Après tout, rien ne l'empêchait d'essayer.

Attrapant une serviette, il se sécha rapidement avant d'aller s'étendre sur son lit pour appeler Lexi.

— Allô ?

— Salut, ma belle.

Un seul mot de Lexi, et il se sentait déjà bouillonner intérieurement. Il voyait ses magnifiques cheveux roux et ses yeux verts comme si elle se trouvait à côté de lui.

— Je suis surprise que tu m'appelles. Je te croyais déjà endormi, ou occupé, et je ne voulais pas te déranger.

— Tu ne me dérangeras jamais. Que fais-tu en ce moment ?

— Je m'apprêtais à aller au lit, prendre un bon livre et rattraper un peu de sommeil. Quelqu'un m'a empêchée de dormir ce week-end.

— Comment es-tu habillée ?

— En voilà une drôle de question.

— Si tu voyais dans quel état je suis, tu ne la trouverais pas si drôle.

— Ah oui ? Et dans quel état es-tu ?

Jack hésita un instant. Comment pouvait-il lui dire qu'il aurait aimé l'avoir près de lui en cet instant, portant de voluptueux sous-vêtements qu'il aurait pu retirer un à un avant de lui faire l'amour ?

— Je suis sur mon lit, finit-il par répondre. Sans vêtements. Et j'ai envie de toi.

— Oh…

Était-il allé trop loin cette fois ? Jack avait l'impression de se tenir au bord d'un précipice, osant à peine faire le pas qui l'entraînerait vers un futur avec Lexi. S'il prenait le risque, viendrait-elle avec lui ? Rien n'était moins sûr, mais il ne pouvait s'empêcher d'essayer.

— Je te promets que c'est vrai, dit-il. J'étais à peine rentré dans ma chambre que je pensais déjà à toi, à quel point je te désire, et à quel point j'ai hâte de passer un autre week-end avec toi.

— C'est adorable, Jack.

— Je n'essaie pas d'être adorable. J'essaie de te séduire, Lexi. Je veux que tu te déshabilles et que tu me racontes ce que tu fais, ce que tu ressens.

Il y eut un silence à l'autre bout du fil qui lui sembla durer une éternité. Enfin, elle répondit :

— Tout ce que tu veux. Attends une minute.

Jack posa son téléphone sur la table de chevet et enclencha le haut-parleur. Il entendit un froissement de tissu, le bruit d'un tiroir que l'on referme, et Lexi reprit :

— J'ai retiré ma robe. Je vais m'installer au lit.

— Est-ce que tu as *tout* retiré ?

— Pas encore. Je porte toujours mes sous-vêtements, fit-elle d'une voix lascive. Je suis sûre qu'ils te plairaient.

Jack étouffa un grognement de désir. Sa main descendit le long de son ventre, mais il s'arrêta au dernier moment. Il voulait savourer pleinement ce qui était en train de se passer.

— Décris-les-moi, murmura-t-il.

— Mon soutien-gorge est en soie couleur prune, très doux et bordé de dentelle, avec un tanga assorti.

— Je n'ai aucun mal à l'imaginer. Tu dois être magnifique. J'ai tellement hâte de te toucher à nouveau, de sentir ta peau contre mes lèvres.

— J'ai hâte aussi, Jack. Si tu savais comme j'ai envie de toi maintenant...

— Raconte-moi.

Il poussa un gémissement lorsqu'elle lui dit que le son de sa voix avait suffi à faire durcir ses tétons, qu'elle aurait envie de sentir ses mains partout sur son corps. Sa main enveloppa son sexe, mais il s'imaginait la paume tiède et veloutée de Lexi contre sa peau, exauçant tout ce qu'il pouvait désirer. Elle lui raconta qu'elle venait de retirer son sous-vêtement pour se caresser à son tour en imaginant ses doigts à la place des siens.

Jack aurait donné n'importe quoi pour être près d'elle, mais son parfum sur l'oreiller et sa voix haletante le rendaient déjà fou. Il lui dit qu'il rêvait de sa bouche autour de lui et elle se mit à gémir doucement. Jack comprit qu'elle approchait de l'orgasme. Il n'y tint plus et s'abandonna enfin au plaisir, son corps parcouru de spasmes alors que Lexi poussait un cri étouffé à l'autre bout du fil. À bout de souffle, il roula sur le côté et récupéra son téléphone.

— Lexi ? Tu es toujours là ?

— Plus ou moins, fit-elle en riant doucement. Je sais que je passe mon temps à le dire, mais tu es décidément plein de surprises. Je ne m'attendais pas à... Enfin, à tout ça.

Jack sentit une chaleur familière l'envahir à nouveau. Comment pouvait-il avoir déjà envie d'elle après ce qu'ils venaient de faire ?

— C'est toi la responsable, finit-il par répondre. Tu es bien trop attirante. Je n'ai qu'à penser à toi pour perdre le contrôle de mon corps.

# - 9 -

Le samedi après-midi, alors qu'elle était en route vers la maison de Jack, Lexi se sentait incroyablement anxieuse. Elle jeta un énième coup d'œil à la robe qu'elle avait passé une éternité à choisir. Était-elle trop habillée, ou au contraire trop décontractée ? La sœur de Jack allait-elle la détester ? Y avait-il un lien logique entre ces questions ?

Dix minutes avant d'arriver, elle n'y tint plus et décida de chercher du soutien auprès de sa sœur.

— Salut, toi, répondit Bianca après quelques sonneries.

— Je t'en supplie, aide-moi à me calmer.

— Je suis en train de faire réviser son contrôle d'histoire à Maisie, alors il faudra que tu te calmes rapidement.

— Je suis en route vers la maison de Jack. Il organise l'anniversaire de sa sœur chez lui, et il y aura aussi Rich, son meilleur ami.

— Tu as peur qu'ils ne t'apprécient pas ?

*Merci, Seigneur, d'avoir inventé les sœurs*, songea Lexi.

— C'est exactement ça.

— Aïe, marmonna Bianca. Ce n'est pas bon signe.

— Pardon ? Tu es censée me rassurer et me dire que

tout va bien se passer. D'après le GPS, j'arrive dans cinq minutes, alors tu ferais mieux de te rattraper très vite.

— Je voulais dire que si tu t'inquiètes autant ce n'est pas bon signe. Nous n'aurions même pas cette conversation si votre relation n'était pas sérieuse. J'en déduis que tu es en train de t'engager un peu plus que prévu avec Jack.

*Dans cent cinquante mètres, tournez à gauche*, gazouilla le GPS fort à propos. *Votre destination se trouvera sur votre droite.*

— Je ne sais pas combien de fois je vais devoir te le répéter, déclara Lexi. Jack et moi ne sommes pas ensemble. Nous ne faisons que nous amuser.

— Ah oui ? As-tu vraiment l'impression de t'amuser en ce moment ?

Lexi ralentit et s'engagea dans l'allée privée qui conduisait à la maison de Jack. Devant elle, perchée au sommet d'un coteau, une superbe bâtisse contemporaine dominait la campagne environnante. La façade anthracite laissait ressortir des poutres extérieures en bois sombre, surmontées de plusieurs terrasses qui s'étageaient tout autour de la maison. L'effet général était prodigieux. Pour autant, elle ne fut pas surprise que la maison de Jack soit un joyau d'architecture moderne. Elle commençait à bien le connaître après tout.

— Honnêtement, je n'ai aucune idée de ce que j'en pense, finit-elle par répondre à sa sœur. Je suis complètement perdue et j'arrive déjà chez lui.

— Dans ce cas, laisse-moi te donner un conseil très simple. Bois un verre de vin, n'aborde pas de sujets trop sérieux et, surtout, reste toi-même. S'ils t'apprécient, tant mieux, et sinon… Ce n'est pas de ton ressort.

Si seulement les choses pouvaient être si simples, songea-t-elle en se garant devant l'entrée. Deux autres voitures s'y trouvaient déjà, un pick-up noir et un petit SUV gris argent. Elle était visiblement une des premières arrivées et elle en fut soulagée. Il était toujours plus facile de faire connaissance avec quelques personnes, plutôt que de se retrouver au milieu d'une foule d'inconnus.

— D'accord, Bianca.

— Tu n'as pas l'air très convaincue.

— Je ne le suis pas, mais je vais faire de mon mieux.

— Puisque ce n'est pas sérieux, ne le prends pas sérieusement, répliqua sa sœur. Je ne vois pas de meilleure solution. Courage, Lex.

Elle remercia Bianca et raccrocha, aussitôt reprise de panique. Il faudrait pourtant bien qu'elle sorte de sa voiture. S'armant de courage, elle récupéra son sac à main et le cadeau qu'elle avait acheté pour Angie et sortit juste au moment où Jack se matérialisait sous le porche.

Son sourire chaleureux dissipa aussitôt ses angoisses. Elle ne l'avait pas revu depuis le lundi matin précédent, à l'héliport. Bien sûr, ils s'étaient parlé tous les soirs au téléphone, mais le voir en personne lui avait terriblement manqué. Elle courut presque jusqu'à lui malgré ses talons hauts et se jeta dans ses bras. Se penchant vers elle, Jack la souleva légèrement pour déposer un baiser sur ses lèvres.

— Cette semaine était bien trop longue, murmura Jack.

— Pour moi aussi.

Lexi entendit alors un toussotement qui semblait

provenir de l'intérieur de la maison. Jack se retourna, son bras toujours passé autour de sa taille.

— Oh ! c'est toi. Lexi, je te présente ma sœur Angie. Angie, voilà Lexi.

La cadette de Jack s'avança sous le porche. Elle était très grande elle aussi, mais sa silhouette était plus mince et ses cheveux bruns légèrement plus sombres. Sur son visage à la beauté naturelle ressortaient de grands yeux noisette, des lèvres bien ourlées et des traits nets qui lui donnaient un air décidé et volontaire. Elle portait une robe bain de soleil couleur corail et des sandales plates décontractées.

— Enfin, je rencontre la fameuse Lexi, fit-elle en l'observant des pieds à la tête. Merci d'être venue.

Angie s'approcha pour lui faire deux bises. Cela ne pouvait qu'être un bon signe, songea Lexi. Si elle avait prévu de la détester, elle ne l'aurait probablement pas accueillie de cette manière.

— Je suis heureuse de te rencontrer aussi. Joyeux anniversaire, ajouta-t-elle en lui tendant son cadeau.

— Merci beaucoup. Je l'ouvrirai tout à l'heure avec les autres.

À ce moment, un homme presque aussi grand que Jack sortit à son tour de la maison.

— Vous voilà, s'exclama-t-il. Je me demandais où vous étiez passés.

— Rich, je te présente Lexi, dit Jack en lui faisant signe de les rejoindre.

Rich s'approcha pour lui tendre la main.

— Enchanté, Lexi. J'ai beaucoup entendu parler de toi.

— En bien, j'espère. Ravie de faire ta connaissance.

Pendant qu'ils discutaient, plusieurs voitures s'étaient garées dans la cour et Jack s'excusa :

— Je dois aller accueillir mes invités.

— Pas de problème, dit aussitôt Angie en prenant le bras de Lexi. Nous allons faire connaissance, toutes les deux.

— Angie, c'est ton anniversaire. Tu devrais peut-être venir avec moi.

— C'est peut-être mon anniversaire, mais ce sont tes amis. Je ne connais encore personne ici. J'aurai tout le temps de les rencontrer plus tard, et c'est peut-être ma seule occasion de dire du mal de toi avec Lexi.

Jack lui glissa un regard circonspect.

— Sois gentille, d'accord ?

— Je le suis toujours.

Lexi suivit Angie dans le vaste hall d'entrée. Sur sa gauche se trouvait une salle à manger d'aspect solennel, tandis qu'un bureau semblait s'ouvrir du côté droit. Angie et elle traversèrent le vestibule et empruntèrent un large couloir qui débouchait sur une immense pièce à vivre. D'un côté, il y avait une cuisine ultramoderne dans les tons gris et blancs, relevés par une mosaïque colorée sur les murs ; de l'autre, un salon avec le canapé le plus grand qu'elle eut jamais vu, faisant face à ce qu'elle supposait être un écran plat habilement dissimulé par un panneau coulissant. Tout ici ressemblait à Jack. Les meubles étaient imposants, les plafonds élevés, mais l'élégance décontractée du décor mettait les visiteurs à l'aise.

— Viens voir la piscine, proposa Angie en l'entraînant vers les fenêtres.

Un peu en contrebas, Lexi aperçut un patio joliment

meublé entourant une gigantesque piscine. Elle distingua des amas de roche naturelle, de petites chutes d'eau et même un toboggan. L'endroit était à la fois un havre de paix et un lieu de détente et d'amusement.

— C'est magnifique, dit-elle sincèrement à Angie.

— Mon frère a mis tout son cœur dans cette maison, comme dans tout ce qu'il entreprend, d'ailleurs.

— J'ai cru comprendre que vous étiez assez proches tous les deux. Je l'imagine en tout cas, puisque tu es venue vivre dans une ville où tu ne connaissais personne simplement pour te rapprocher de lui.

Angie s'adossa contre le mur avec un soupir.

— Ce n'était pas la seule raison de mon déménagement. Je ne sais pas si Jack te l'a dit, mais je viens de divorcer. J'ai vingt-neuf ans et je me trouve pathétique. Je n'étais pas du genre à croire au prince charmant, mais j'espérais au moins dépasser les trente ans avant de voir ma vie s'effondrer.

— Je te comprends. Mon ex-mari m'a quittée après quinze ans de mariage. Quinze ans, c'est long, et je ne peux pas m'empêcher de penser que j'ai gâché les plus belles années de ma vie avec la mauvaise personne.

— Avez-vous eu des enfants ensemble ?

Lexi secoua la tête, le regard voilé de tristesse.

— Non. Et toi ?

— Moi non plus.

— J'aurais bien voulu en avoir, mais ce n'était pas le cas de mon mari et je n'ai pas osé insister. Je sais qu'en cas de divorce il vaut mieux ne pas avoir eu d'enfants. Pourtant, je regrette de ne pas avoir défendu mes choix.

Angie jeta un coup d'œil en direction de l'entrée,

où Jack accueillait un petit groupe d'invités, avant de reporter son attention sur Lexi.

— Parfois, lorsque l'on essaie de dire exactement ce dont on aurait envie ou besoin, la discussion devient une dispute insurmontable. C'est ce qui s'est passé pour moi.

Lexi n'avait jamais envisagé cette possibilité. Lorsqu'elle repensait à son mariage, elle regrettait seulement de s'être laissé marcher sur les pieds.

— On dirait que toi et moi avons traversé une période compliquée.

— En effet. La question à présent, c'est comment aller de l'avant. Je ne sais pas ce que tu en penses, mais en ce qui me concerne, je ne suis pas encore prête à m'attacher de nouveau à quelqu'un.

Lexi se sentit prise au piège, mais elle décida de jouer la carte de l'honnêteté.

— Je ne me sens pas prête non plus, mais j'apprécie beaucoup ton frère. Nous passons de très bons moments ensemble.

Lexi entendit un éclat de rire et tourna la tête en direction du vestibule. Une inconnue se tenait près de Jack, la main posée sur son avant-bras et le sourire aux lèvres. Elle s'efforça de tempérer sa jalousie sans vraiment y parvenir.

— Certainement, répliqua Angie qui avait suivi son regard. C'est impossible de ne pas s'amuser avec Jack. Les dames le trouvent généralement irrésistible.

Elle songea au commentaire de Mandee Merriweather lorsqu'elle lui avait téléphoné. Selon elle, une bonne cinquantaine de femmes auraient rêvé de sortir avec lui. Jack ne lui avait rien dit de son passé sentimental en dehors de sa fiancée.

— J'imagine que tu l'as vu avec beaucoup de petites amies, dit-elle de sa voix la plus détachée.

— Eh bien… Je ne veux pas te mentir.

— Aucun problème, je m'en doutais bien.

— Disons simplement qu'il n'a eu aucune histoire sérieuse depuis que sa fiancée l'a quitté.

— Oui, il m'a raconté cette histoire. C'est l'une des choses très étranges que nous avons en commun.

— Si cela peut te rassurer, je ne l'ai jamais vu aussi heureux avec une petite amie depuis très longtemps.

— Je ne suis pas sûre qu'il me considère comme sa petite amie. En tout cas, il ne m'a pas présentée de cette manière lorsque je suis arrivée.

— C'est vrai ? demanda Angie en fronçant les sourcils. Je n'avais pas remarqué.

Quant à Lexi, non seulement elle l'avait remarqué, mais elle y pensait encore dix minutes plus tard. Hors de question cependant de paraître y attacher de l'importance devant Angie, qui le raconterait probablement à son frère dès la soirée terminée.

— Ce n'est vraiment pas un souci, fit-elle avec un petit rire. Crois-moi, je ne cherche pas à mettre une étiquette sur notre relation. Je ne demande pas mieux que de rester Lexi, et lui Jack, tout simplement. Cela me suffit.

Était-ce bien vrai cependant ? Lorsque le regard de Jack croisa le sien depuis l'autre côté du couloir et qu'il esquissa un petit sourire, elle sentit son cœur louper un battement. Elle était instantanément plus heureuse en sa présence. Avec lui, tout devenait plus beau et plus vivant. Elle avait l'impression que la vie lui envoyait un message, celui de ne pas tout gâcher, mais elle aurait voulu que tout cela arrive quelques mois plus tard. Elle n'avait pas eu le temps de se retrouver et de faire le point sur elle-même avant que Jack fasse irruption dans sa vie.

La voix d'Angie finit par la tirer de ses réflexions.

— Allez, viens. Retournons avec le reste des invités.

— Je te suis.

Malgré la fatigue de l'organisation, entre la liste des invités et le gâteau d'anniversaire pour Angie, Jack se sentait soulagé de passer le week-end loin du chantier. Ce répit était plus que bienvenu. Il devrait retourner travailler très tôt le lundi matin pour mettre le dernier coup de collier au projet et cette idée l'épuisait d'avance. Plutôt que d'y penser, il décida donc de chasser le festival de son esprit et de boire quelques margaritas au bord de la piscine en compagnie de sa sœur, de Lexi et des autres invités.

Il ne restait plus grand monde à présent, la fête se terminait et il était bien près de laisser le travail revenir dans ses pensées. Heureusement, Lexi était là pour le distraire. Ils étaient étendus côte à côte sur des chaises longues et plus personne ne venait les déranger.

— Tu es vraiment doué pour organiser des fêtes, remarqua-t-elle en s'étirant voluptueusement.

Jack prit un moment pour profiter du spectacle de son corps splendide, mis en valeur par un bikini à peine plus discret que celui qu'elle avait porté sur l'île. Ses courbes sensuelles et sa peau satinée étaient un ravissement constant pour lui.

— J'espère que tu t'es bien amusée, en tout cas. Tu

ne connaissais personne et je sais que ces situations sont parfois éprouvantes.

Il ne le lui aurait jamais avoué, mais il s'était demandé avec un peu d'inquiétude si elle réussirait à trouver sa place à cette fête. Lexi avait d'abord passé l'épreuve du feu en discutant avec sa sœur. Angie pouvait donner du fil à retordre à n'importe qui dans ses bons jours, et Jack était bien placé pour le savoir. Elle avait ensuite passé l'après-midi à discuter avec des inconnus dont la plupart étaient liés d'une façon ou d'une autre à Bowden Construction, un univers totalement étranger pour elle, tout comme celui de la banque l'était pour lui.

— C'est impossible de ne pas s'amuser avec toi, répondit Lexi avant de déposer un baiser sur ses lèvres. Ta sœur et moi en parlions justement tout à l'heure.

Jack s'était demandé comment s'y prendre pour savoir de quoi elles avaient discuté, mais Lexi venait de lui faciliter les choses en abordant le sujet la première.

— Que vous êtes-vous raconté, si ce n'est pas indiscret ?

— Nous avons surtout parlé de nos divorces. Ce n'est pas très gai, mais le sujet nous a rapprochées. Cela fait parfois du bien de se confier à quelqu'un qui a vécu les mêmes mésaventures que soi.

Jack fut soulagé d'apprendre qu'elles avaient eu une conversation paisible. Angie savait se montrer redoutable lorsqu'elle craignait que la personne en face d'elle puisse faire du mal à son frère.

— Je comprends. Vous avez traversé des épreuves difficiles toutes les deux, et je suis content que vous puissiez en parler ensemble. D'ailleurs, tu aurais peut-être de bons conseils à lui donner. Il lui arrive encore de penser qu'elle est arrivée au bout de son chemin depuis le divorce, mais dans ces moments-là j'essaie de lui rappeler qu'elle a tout le temps du monde pour refaire sa vie.

Jack trouvait ses conseils de patience pertinents lorsqu'il s'agissait de sa sœur, mais il n'était pas certain qu'il pouvait se les appliquer. Il avait trente-neuf ans et une carrière bien établie. Ses aventures lui avaient suffi jusqu'alors, mais depuis sa rencontre avec Lexi il commençait à se rendre compte qu'il avait besoin de plus. Il avait envie d'une relation sérieuse pour la première fois depuis bien longtemps.

Le fait que Lexi soit justement la personne qui lui inspirait ce désir restait assez ironique, mais il comprenait pourquoi elle tenait à ne pas s'impliquer dans un couple pour le moment. La raison pour laquelle il avait accepté cet état de fait lui apparaissait clairement : il avait craint qu'ils soient trop différents pour s'entendre. À présent, il comprenait à quel point il s'était trompé.

Angie apparut soudain dans son champ de vision.

— Tu vas me traiter de grand-mère, mais je crois que je vais rentrer. Je suis épuisée.

— Es-tu en état de conduire ?

— Rich va me ramener à la maison, il n'a rien bu de la soirée. Je reviendrai chercher ma voiture demain.

Jack se leva pour serrer sa sœur dans ses bras.

— J'espère que tu as apprécié la fête.

— J'ai adoré. C'était génial, Jack.

Elle se tourna vers Lexi pour ajouter :

— Je suis heureuse d'avoir fait ta connaissance, et merci encore pour le bracelet. Il est magnifique.

Angie leva le poignet pour faire admirer à Jack le cadeau très bien choisi que lui avait offert Lexi.

— Tant mieux s'il te plaît. Je suis contente de t'avoir rencontrée aussi, répondit Lexi.

Angie le tira par le bras avec une discrétion toute relative.

— Est-ce que je peux te parler une minute ? Et… à l'intérieur ?

— Bien sûr. Je vais aider Angie à rassembler ses affaires, ajouta-t-il à l'adresse de Lexi.

Sa sœur l'entraîna vers le salon et ils s'installèrent côte à côte sur le canapé. Jack commença à ramasser le papier cadeau éparpillé sur la table basse, tandis qu'Angie rassemblait ses nombreux cadeaux dans un sac.

— Tu sais, je l'apprécie beaucoup, déclara-t-elle sans préambule. Je m'attendais à rencontrer une de ces bourgeoises trop riches et égoïstes, mais Lexi n'est rien de tout cela. Je la trouve intelligente et bienveillante.

— Merci, Angie. Je suis heureux de te l'entendre dire.

— Il y a une chose à laquelle tu devrais tout de même faire attention.

— Je me disais bien que c'était trop beau, fit Jack en poussant un soupir. Vas-y, dis-moi tout.

— Si j'en juge par mon expérience, elle souffre probablement encore de son divorce. Elle sera peut-être parfaitement heureuse avec toi certains jours avant de se mettre à douter le reste du temps. Lorsque l'on vit ce genre de situation, on a tendance à tout remettre en question.

Jack hocha la tête, essayant de comprendre ce qu'il était censé faire avec la remarque de sa sœur.

— Alors, tu me suggères d'y aller doucement ?

— Exactement.

— C'est noté. Merci du conseil.

Angie se leva et prit son sac, mais elle sembla se souvenir de quelque chose et se tourna à nouveau vers lui.

— J'oubliais, dit-elle. Lexi a remarqué que tu ne l'avais pas présentée comme ta petite amie. Ce n'est probablement qu'un détail, mais vous devriez peut-être en discuter.

— Est-ce qu'elle t'a paru blessée que je ne l'aie pas fait ? Si je dois y aller doucement, ça ne me paraît pas être une bonne idée, lâcha Jack, un peu perdu.

— Je ne pense pas qu'elle soit blessée. D'ailleurs, elle m'a dit qu'elle préférait ne pas mettre d'étiquette sur votre relation, donc j'imagine que tout va bien. Cela vaut tout de même la peine d'en parler avec elle.

— Tu as raison.

Une seule chose était sûre : Lexi venait de faire une incursion importante dans son univers. Il allait devoir faire la même chose s'il voulait que leur relation avance, ce qui signifiait probablement qu'il lui faudrait trouver un terrain d'entente avec son père…

Angie l'embrassa sur la joue pour lui dire au revoir.

— Merci encore pour cette belle journée. Va vite retrouver Lexi. Je t'appelle lundi, d'accord ?

Elle fila jusqu'à la cuisine pour rejoindre Rich, puis ils partirent ensemble en direction du hall d'entrée. Jack retourna sur le patio et s'aperçut que les derniers invités s'apprêtaient eux aussi à rentrer chez eux. Il les remercia, leur souhaita une bonne nuit et s'empressa de rejoindre Lexi sous le parasol. Il s'assit à côté d'elle et serra sa main dans les siennes. Enfin, ils étaient seuls.

Il prit conscience qu'il avait envie d'elle, *besoin* d'elle, depuis des heures.

— Est-ce que tu veux rester dormir ? demanda-t-il en caressant le dos de sa main.

— J'aimerais beaucoup, mais cela risque d'être compliqué. Bianca a réussi à me traîner à son cours de yoga ce matin, et en échange je lui ai fait promettre de venir m'aider à trier les vieux cartons dans mon garage. Entre les enfants et ses séances de sport, elle ne peut venir qu'à 8 heures demain.

— Aïe, commenta Jack.

— Comme tu dis, mais cela en vaut la peine. Je suis bien décidée à repartir de zéro lorsque je trouverai une nouvelle maison. Je ne veux pas déménager avec des souvenirs de ma vie à Houston et de mon mariage, et je crois que j'irai mieux une fois que je m'en serai débarrassée.

Jack se sentit soulagé de l'entendre parler ainsi. Elle semblait vouloir aller de l'avant, ce qui ne pouvait qu'être bon signe pour leur avenir commun.

— Si tu veux, je peux t'aider à emporter les cartons une fois que tu auras fait le tri. J'ai quelques camions à ma disposition. En principe, ils devraient être assez grands pour tes affaires, plaisanta-t-il.

— Ce serait génial. Pourrais-tu venir demain après-midi, ou dans la soirée ?

— Aucun problème.

Jack décida que s'il croisait Winston Alderidge le lendemain il en profiterait pour discuter avec lui. Cette fois, ce ne serait pas pour lui dire ses quatre vérités, mais pour essayer d'arranger les choses entre eux.

— À part mes cartons, qu'as-tu de prévu pour la journée de demain ? lui demanda Lexi.

— C'est ma seule journée de congé, alors je vais en profiter pour faire la grasse matinée. J'ai bien besoin d'emmagasiner du sommeil avant de retourner à Appaloosa.

Lexi lui décocha un petit sourire en coin.

— J'ai vraiment hâte d'y retourner.

— Je t'aurais bien proposé d'y aller le week-end prochain, mais avec la semaine que j'aurai passée je crois que j'aurai besoin de rester loin de cette île un petit moment.

— Je comprends très bien.

Jack lui prit la main pour la porter jusqu'à ses lèvres.

— Je te promets que nous y retournerons bientôt pour une escapade dans le jacuzzi.

Lexi se leva pour venir se placer face à lui, sa silhouette voluptueuse illuminée par les rayons du soleil couchant.

— Qui a dit que nous avions besoin d'un jacuzzi ? Il n'est pas tard, et je peux encore rester quelques heures…

— Je suis ravi de l'entendre, murmura-t-il avant de l'attirer dans ses bras.

# - 10 -

Le lendemain soir, Jack était en route vers Pine Valley lorsque son téléphone sonna. Il s'agissait d'un appel de sa sœur. Tendant la main, il pressa un bouton sur le tableau de bord pour décrocher.

— Salut, Angie. Est-ce que tout va bien ?

— J'étais en train de vérifier nos comptes, et il s'avère que le dernier chèque de Soirée dans la Baie a été refusé par la banque.

— Vraiment ? Cela ne m'est jamais arrivé, fit Jack en fronçant les sourcils.

— Je suis aussi surprise que toi, d'autant plus que nous avons essayé de l'envoyer deux fois.

— Quel est le montant du chèque ?

— Deux cent cinquante.

Jack savait que sa sœur, avec son jargon de comptable, voulait parler de deux cent cinquante mille dollars, soit un quart de million. Il ne se faisait pas trop de souci pour autant. S'il y avait une erreur, Rusty Edmond la rectifierait.

— Je vais appeler Rusty tout de suite.

— Serais-tu en chemin pour aller rejoindre Lexi, par hasard ?

Jack ralentit en arrivant devant le portail de sécurité de Pine Valley, mais le gardien lui fit un grand signe de la main et le laissa entrer aussitôt. Il commençait manifestement à passer beaucoup de temps dans ce quartier.

— En effet, finit-il par répondre à sa sœur. Pourquoi ce ton affligé ?

— Pour rien. Je me disais juste que voir une personne tous les jours, ce n'est pas vraiment y aller doucement.

— C'est notre dernière occasion de nous voir avant que je retourne à Appaloosa, grommela-t-il. En plus, je vais simplement l'aider à débarrasser des cartons. Ce n'est pas vraiment une soirée romantique.

— Quelque chose me dit qu'avec vous deux ce sera forcément une soirée romantique.

— Je refuse de poursuivre cette conversation.

Jack se passa une main dans les cheveux, exaspéré de voir à quel point sa sœur pouvait l'agacer tout en ayant raison.

— Il faut que je te laisse, reprit-il. Je dois appeler Rusty.

— Pas de souci. Si je te dis tout cela, c'est seulement parce que je tiens à toi, Jack. J'apprécie beaucoup Lexi et j'aimerais continuer à l'apprécier. Si elle te brise le cœur, ou l'inverse, personne n'en tirera rien de bon.

— Je comprends et j'y ferai attention. À bientôt, Angie.

Il raccrocha et composa aussitôt le numéro de Rusty. Ne sachant pas combien de temps durerait l'appel, il décida de se garer peu avant la propriété des Alderidge.

— Jack ? En voilà une surprise.

— Je suis désolé de ne pas vous avoir prévenu et de vous téléphoner un dimanche, mais il s'agit d'une question urgente.

— Que puis-je faire pour vous ?

— Je vous appelle parce que le dernier chèque que nous avons reçu du festival a été refusé à la banque.

— Il doit y avoir une erreur.

— C'est ce que j'ai pensé aussi, mais nous avons essayé de le déposer deux fois. Peut-être y a-t-il eu une confusion dans votre service comptable ?

— J'espère bien que non. S'il y a une chose que je ne peux pas souffrir, c'est bien de voir des gens travailler aussi dur que vous et recevoir leur salaire en retard.

— Dans ce cas, que pourrions-nous faire ? Il s'agit tout de même de deux cent cinquante mille dollars.

— Je vais vous faire un chèque moi-même et je réglerai la question plus tard avec le comité du festival. Je vous envoie un coursier demain matin à la première heure.

— Merci infiniment, Rusty.

— J'imagine que je vous verrai mercredi soir pour fêter la fin du chantier.

Jack leva les yeux au ciel, fatigué d'avance. Rusty avait organisé une soirée de fin de travaux le jour même du délai final, ce qui signifiait que son équipe et lui devaient absolument terminer à temps. Comme s'ils avaient besoin d'une pression supplémentaire…

— Du moment que tout est fini, je serai là. J'arriverai peut-être en bottes de chantier, mais j'espère que vous me laisserez entrer.

— N'hésitez pas à venir accompagné, pourquoi pas de Lexi Alderidge si c'est toujours d'actualité.

— Je vais voir ce que je peux faire.

— En tout cas, j'ai hâte de vous féliciter avec une coupe de champagne mercredi.

Jack n'avait que trois jours devant lui, mais il aurait

voulu avoir trois semaines. Il lui restait une montagne de choses à faire pour remplir le cahier des charges du festival.

— Merci beaucoup, Rusty. Je vous tiens au courant.

Il termina l'appel et redémarra sa voiture pour s'arrêter devant le portail des Alderidge, tapant le code que Lexi lui avait donné la fois précédente. Le voyant lumineux émit une lueur rouge. Il essaya une autre fois sans plus de succès.

Pestant intérieurement, il appela le portable de Lexi, mais la barrière s'ouvrit avant qu'elle ait eu le temps de décrocher. Il s'attendit donc à la trouver de l'autre côté du portail. Lorsqu'il s'engagea dans l'allée, cependant, il vit que Winston Alderidge l'y attendait.

*Allons-y*, songea-t-il avec la nette impression d'entrer sur un ring de boxe.

Il se gara et, au moment où il sortait de sa voiture, il aperçut Lexi qui traversait la pelouse au pas de course. Il aurait pourtant préféré qu'elle ne se trouve pas là lorsqu'il parlerait avec son père.

— Monsieur Alderidge, dit-il en lui tendant la main. Je suis désolé de vous avoir dérangé. Je ne sais pas pourquoi, mais je n'arrivais pas à déclencher l'ouverture de la porte.

— Les codes pour les visiteurs changent toutes les deux semaines, répliqua Winston d'un ton froid tout en lui serrant la main.

Lexi arriva à leur hauteur, hors d'haleine. Elle était pieds nus et portait une de ces robes élégantes qu'elle affectionnait tant.

— Le code a changé hier, dit-elle à Jack. Je suis désolée, j'avais complètement oublié.

— Ce n'est pas grave. Si tu veux bien, j'aimerais discuter avec ton père un petit moment.

Le regard de Lexi se mit à faire des allers-retours entre son père et lui. Elle semblait consciente de la tension entre eux, mais comprit sans doute qu'elle ne pouvait pas y faire grand-chose et se résigna :

— D'accord. Prends ton temps, je t'attends dans le garage. J'ai encore quelques affaires à trier.

Elle sembla hésiter un instant puis, s'approchant encore un peu plus, elle se dressa sur la pointe des pieds pour déposer un baiser sur sa joue. Il apprécia son geste d'autant plus qu'elle l'avait fait devant son père, un détail qui n'en était pas un compte tenu de leur situation.

Une fois Lexi hors de portée d'oreille, Winston proposa :

— Voudriez-vous entrer un moment ?

— Vraiment ? demanda Jack, pris au dépourvu. Je veux dire, oui, volontiers. Merci beaucoup.

— Cinq minutes, pas plus. Ma fille déteste qu'on la fasse attendre. Pour autant, je préférerais éviter d'avoir cette conversation dans l'allée.

— Bien sûr.

Il emboîta le pas à Winston, le cœur cognant dans sa poitrine mais avec plus d'espoir qu'il n'en avait eu jusqu'alors. Le père de Lexi ne l'aurait certainement pas invité chez lui s'il avait voulu le réprimander. Lorsqu'il passa la porte d'entrée, il songea qu'il était en train de voir une partie de la vie de Lexi qu'il ne connaissait pas encore. Cette maison était celle où elle avait grandi.

L'endroit était luxueux et le décor légèrement guindé, ce qui ne le surprit pas outre mesure, étant donné ce qu'il connaissait du propriétaire. Dans le vestibule dallé de marbre, des canapés solennels attendaient les visiteurs et un immense lustre en cristal tombait du plafond élevé. Il suivit Winston le long d'un couloir sombre tapissé de nombreuses photos de famille. L'un des portraits attira soudain son attention. Une Lexi adolescente y souriait, l'air gêné, découvrant un encombrant appareil dentaire.

Lorsqu'il vit quelle photo Jack regardait, Winston éclata de rire.

— Elle détestait cet appareil, commenta-t-il. Je l'ai rarement vue aussi heureuse que le jour où elle a enfin pu le retirer.

Cet homme était donc capable d'humour, songea Jack. Il aurait presque cru que c'était impossible.

— Même comme cela, elle était adorable.

— C'est vrai.

Il fit un effort pour affronter le regard de Winston et y lut autant de choses que s'il avait parlé. Jack comprit qu'il aimait profondément sa fille et serait prêt à tout pour la protéger. Quant à lui, il tenta également de lui faire passer un message : il tenait à Lexi et ne reculerait devant rien, pas même la colère de son père.

Après cette conversation silencieuse, Winston se détourna de nouveau et ils reprirent leur marche pour arriver dans une pièce tout au bout du couloir. Jack comprit aussitôt qu'il se trouvait dans son bureau. On aurait dit un musée à la gloire de la famille Alderidge. Les murs étaient couverts de photographies de Winston en compagnie de dignitaires locaux, et les étagères surchargées de trophées étincelants.

Jack songea que, si le père de Lexi semblait à ce point bloqué dans son cercle social, c'était peut-être simplement parce qu'il vivait à Royal depuis très longtemps, ce qui n'était pas nécessairement une mauvaise chose. Lui-même avait ressenti une impression similaire avec ses amis de San Antonio. Il était même allé jusqu'à attirer Rich et sa sœur à Royal pour retrouver un peu de cette familiarité qui lui était si chère. Même s'il n'acceptait pas l'élitisme, surtout lorsqu'il se basait sur l'argent, il comprenait un peu mieux certaines de réactions de Winston.

— Jouez-vous au golf, Jack ?

— J'ai essayé quelques fois, monsieur, mais ce n'est pas ma tasse de thé. Je pratique d'autres sports en revanche. Mon meilleur ami et moi jouons souvent au basket-ball, et je suis un assez bon nageur.

— Je vois. Si vous décidez de refaire une tentative, prévenez-moi. Je serais heureux de vous emmener jouer.

— J'apprécie votre offre, mais si vous me permettez… Pourquoi ce changement ? Lors de notre dernière rencontre au club des Gentlemen, j'avais l'impression que vous alliez me jeter par la fenêtre d'une minute à l'autre. Je n'avais pourtant rien fait d'autre que danser avec votre fille. Je sais que je ne suis pas le premier à l'avoir fait, ce qui me laisse penser que pour vous je ne suis pas la bonne personne pour elle.

Winston s'adossa contre son immense bureau d'acajou et croisa les bras. D'où il était placé, Jack avait une vue imprenable sur la maison de Lexi et notamment sur la porte d'entrée, là où ils s'étaient embrassés avant de partir pour cette fameuse soirée. Voilà qui n'avait pas dû jouer en sa faveur.

— Je trouve que vous êtes quelqu'un de bien, Jack.

— Vous feriez mieux d'en être certain, parce que

si c'est le cas j'ai l'intention de vous le rappeler régulièrement.

— Voilà, fit Winston en hochant la tête d'un air appréciatif. Voilà exactement le genre de réaction qui me plaît. Vous êtes franc et direct, et vous ne tournez pas autour du pot.

— Je n'en vois pas l'utilité.

— Moi non plus.

Winston s'éclaircit la gorge avant de poursuivre :

— Je tiens à vous dire que j'ai fouillé dans mes archives pour retrouver la demande de prêt que vous nous avez adressée il y a quatre ans. Pour ma défense, vous n'étiez pas sur le marché du travail depuis très longtemps lorsque vous êtes venu nous voir.

— Il me semble que sept ans sont largement suffisants pour consolider une entreprise. J'étais obligé de refuser des projets à l'époque, c'est pourquoi j'avais besoin d'augmenter mon capital.

— Je comprends. Vous savez, Jack, Royal a un défaut. C'est un endroit très agréable à vivre, mais tout le monde y vit en vase clos, et gagner la confiance des gens prend du temps. C'est là que j'ai commis une erreur. Je n'avais jamais entendu parler de votre entreprise et j'ai supposé que vous n'étiez pas suffisamment sérieux. Je n'ai pas regardé les chiffres d'assez près, et je me rends compte à présent que vous aviez des perspectives solides. J'aurais dû vous accorder ce prêt et je vous fais toutes mes excuses.

— Pour être honnête, monsieur, le problème ne venait pas seulement de votre refus. C'est surtout le ton que vous avez employé qui m'a heurté. Vous m'avez fait comprendre que non seulement je ne faisais pas partie de la bonne société de Royal, mais que je n'en ferais probablement jamais partie.

— J'en ai bien conscience et j'en suis également navré. Lexi et moi avons discuté de ce sujet de nombreuses fois depuis qu'elle travaille à la banque. Vous savez, Jack, lorsque l'on est son propre patron depuis des années, c'est parfois difficile de se remettre en question et de comprendre quelle est l'opinion réelle des gens.

Il hésita un instant et reprit sur le ton de la confidence :

— Mon entreprise se porte bien, j'en déduis que tout le monde m'apprécie et souhaite travailler avec moi sans réfléchir plus avant. Mais Lexi m'a rappelé que l'on n'attrape pas les mouches avec du vinaigre.

Voilà qui lui rappelait quelque chose, songea Jack. Angie l'avait justement accusé d'être de plus en plus grincheux l'autre jour au bureau.

— Je comprends très bien, répondit-il. Tant mieux si Lexi a réussi à vous amener à remettre en question votre manière de travailler.

— J'ai eu du mal à faire un pas vers l'avenir, pour la simple raison que la longue histoire de notre banque est l'un de nos plus gros atouts. Les gens se sentent en confiance face à une institution reconnue depuis longtemps. Pour autant, ils ont également besoin d'un contact agréable, et j'ai décidé d'y faire attention à partir de maintenant.

Jack prit son courage à deux mains et décida d'aborder le sujet qui leur tenait à cœur.

— Vous savez, je tiens vraiment beaucoup à votre fille.

Sa voix s'était brisée sur ces derniers mots, sous le coup d'une émotion qu'il eut du mal à contrôler.

— Je le vois bien, répondit Winston, et je crois comprendre que c'est réciproque.

— Cela signifie-t-il que vous et moi sommes en paix ?

— Plus ou moins. Je reste son père, et je vous tuerai de mes mains si vous lui faites du mal.

— C'est bon à savoir.

Winston se retourna vers lui et le regarda dans les yeux.

— Quoi que vous fassiez, allez-y doucement, Jack. Elle a beaucoup souffert.

— Je ferai attention, je vous le promets.

Il se pencha pour lui serrer la main à nouveau.

— Je ferais mieux d'y aller. Lexi doit se demander de quoi nous parlons.

— Vous avez raison, allez-y. Je suis certain qu'elle s'imagine toutes sortes de choses terribles.

Au lieu de trier les cartons qu'elle avait apportés du garage, Lexi écartait les rideaux du salon toutes les deux minutes, essayant d'apercevoir ce qui se passait dans le bureau de son père. Jack et lui étaient sans aucun doute en train d'y discuter, mais de quoi ? Se disputaient-ils comme lors de leur dernière entrevue ? Elle espérait que non, que son père avait compris son point de vue et qu'il ne lui mettrait pas de bâtons dans les roues en menant la vie dure à Jack.

*Ce serait peut-être pour le mieux…*

Elle bannit aussitôt cette pensée de son esprit, puisqu'elle ne voulait pour rien au monde s'éloigner de Jack. Elle avait cependant l'impression que les circonstances les menaient vers quelque chose de plus sérieux que prévu

- le week-end ensemble, l'anniversaire d'Angie, les coups de téléphone... Jack lui offrait un nouvel univers qu'elle n'avait aucune intention de quitter, mais chacune de ces expériences avec lui l'entraînait un peu plus près de ce mot qui lui faisait si peur. Un couple. Voilà ce qu'ils étaient en train de devenir.

Elle jeta un nouveau coup d'œil au-dehors et vit Jack remonter l'allée en direction de sa maison. Laissant tomber le rideau, elle courut jusqu'à la porte et l'ouvrit juste au moment où Jack y arrivait.

— Alors ? Que s'est-il passé ? demanda-t-elle sans préambule.

Il s'arrêta sur le seuil et lui sourit, de ce sourire irrésistible qui faisait s'envoler ses peurs en une fraction de seconde. Elle l'adorait, elle le voulait dans sa vie, et contre toute logique elle voulait que les choses fonctionnent entre eux. Comment un sourire pouvait-il lui inspirer autant de certitudes ?

— Étais-tu inquiète ?

— Bien sûr que je l'étais. Je connais mon père, je te connais, et ce sont des raisons suffisantes pour inquiéter n'importe qui de plus raisonnable que moi.

Elle fit un pas de côté pour le laisser entrer et referma la porte derrière lui.

— Nous avons eu une bonne conversation, tu sais. Il s'est même excusé.

Lexi resta muette un instant, se demandant si elle avait bien entendu.

— Tu plaisantes ? Je n'ai jamais entendu mon père s'excuser auprès de qui que ce soit, pas une seule fois dans ma vie.

Jack traversa le salon et s'assit sur l'un des canapés, tapotant le siège près de lui pour l'inviter à le rejoindre.

— Viens par là, ma belle. Je vais tout te raconter.

Elle s'empressa d'accepter l'invitation et vint se lover contre lui, Jack passant un bras rassurant autour de ses épaules.

— Alors, tu me dis que tout s'est bien passé ?

— Ce n'était pas parfait, mais je crois que nous nous entendons un peu mieux. Ton père m'a dit qu'il était désolé de ne pas m'avoir accordé ce prêt. Il m'a expliqué qu'il avait tendance à ne pas accorder sa confiance en dehors des entreprises et des familles bien connues de Royal, mais que tu avais réussi à le convaincre que quelque chose devait changer de ce côté-là.

— J'ai réussi à le convaincre ? Vraiment ? J'ai l'impression de le lui répéter à longueur de journée sans aucun résultat. Il y a tant de nouvelles activités à Royal que je trouve dommage de ne pas nous y intéresser, de ne pas nous impliquer davantage dans la vie locale. Mon père est si obstiné qu'il est incapable de voir tout cela.

— De son point de vue, il s'agit seulement d'une fidélité à la communauté dans laquelle il a construit son entreprise et élevé ses enfants. Il n'y a pas que du négatif dans le fait de se souvenir d'où l'on vient. C'est une chose importante pour moi aussi, même si je ne le montre pas de la même manière.

— Tu veux parler d'Angie et de Rich ?

— Exactement.

Jack comme elle avaient obtenu l'approbation et le soutien des leurs, songea Lexi. Le seul obstacle venait d'elle-même à présent. Elle était incapable de savoir à quoi elle était vraiment prête avec Jack.

— Est-ce que vous avez aussi parlé…

— De nous ? Oui. Il m'a conseillé d'y aller doucement avec toi. Il m'a aussi dit qu'il me tuerait si je te faisais souffrir, mais c'est bien normal.

— Tu n'as pas à t'inquiéter pour ça, affirma Lexi. Je suis à peu près sûre que tu ne me ferais jamais de mal.

En revanche, elle commençait à avoir peur que l'inverse se réalise. Elle se rendait bien compte que Jack éprouvait des sentiments sincères pour elle. Bien sûr, il n'avait jamais rien dit, mais elle le comprenait aisément. Elle n'était pourtant toujours pas pressée de mettre des mots sur ce qu'ils vivaient. Tout ce qui comptait pour elle, c'était ce qu'elle ressentait avec lui : l'impression d'être importante pour lui, que ses sentiments avaient de la valeur et qu'il lui accorderait tout le temps dont elle avait besoin pour faire le tri dans ses pensées.

Malgré tout, Lexi ne se faisait pas d'illusions. Elle savait bien que Jack plaisait à beaucoup de femmes. Dès leur premier rendez-vous au restaurant, puis au club des Gentlemen et même la veille au bord de la piscine, elle avait bien vu comment les autres le regardaient. Elle comprenait aussi d'après sa propre expérience qu'une fois que l'on connaissait Jack de près on ne voulait plus jamais le lâcher.

Angie lui avait dit qu'il ne s'était jamais engagé dans une relation sérieuse depuis que sa fiancée l'avait quitté. En toute logique, Jack devait avoir envie de se poser à présent. Il aurait bientôt quarante ans et ne passerait pas sa vie à attendre qu'elle soit prête. S'il finissait par se lasser, elle ne pourrait pas lui en vouloir.

Jack lui prit la main et entrelaça ses doigts aux siens. Elle eut presque envie de rire tant la différence de taille entre eux était flagrante. Sa main disparaissait complètement dans celle de Jack. Bien que comique, cette situation illustrait parfaitement leur relation : ils étaient très différents, mais cela ne les empêchait pas de s'entendre à merveille.

— Je suis heureux que tu me fasses confiance, déclara Jack.

— J'ai su que tu étais quelqu'un de fiable dès la minute où je t'ai rencontré.

— Ça, ce n'est pas vrai. Je n'ai pas été honnête avec toi la première fois que nous nous sommes vus.

— Tu as raison, c'était très mal de ta part, fit-elle d'un air faussement indigné en lui décochant une petite tape de sa main libre. Mais ce jour-là, tu es aussi venu à ma rescousse et je t'en suis très reconnaissante. Nous ne serions jamais sortis ensemble si tu ne l'avais pas fait.

Lexi tenta de s'imaginer ce qui se serait passé si elle n'avait pas accepté l'invitation de Jack ce jour-là. Elle aurait manqué tant de moments extraordinaires, non seulement leurs nuits enflammées, mais aussi leurs conversations passionnantes et toutes ces fois où ils avaient ri ensemble. Non, décidément, l'idée d'un monde où elle n'aurait pas connu Jack ne lui plaisait pas.

— C'est l'une des meilleures décisions que j'ai prises de ma vie, répondit Jack en l'embrassant tendrement sur la joue. Je suis prêt à te laisser tout le temps qu'il te faudra, Lexi. Ton père me l'a demandé et je tiendrai parole. Je suis déjà plus que satisfait de notre relation telle qu'elle est maintenant. Il faut tout de même que tu saches que tu comptes beaucoup pour moi, et que notre histoire n'a rien d'une simple aventure à mes yeux.

Lexi sentit son cœur s'affoler. Pourquoi avait-il fallu

qu'il prononce ces mots-là, précisément ceux qu'elle redoutait d'entendre ?

— Moi aussi, je suis contente de ce que nous avons maintenant. Beaucoup de choses sont en train de changer dans ma vie, entre mon travail à la banque, mon futur déménagement… C'est un soulagement pour moi que nous ayons réussi à nous amuser sans nous mettre de pression.

— Nous amuser… En effet, il y a eu beaucoup d'amusement, répondit-il d'un ton étrange qu'elle eut du mal à interpréter.

Avait-elle dit quelque chose de mal ? Lexi décida de ne pas ruminer cette question. Jack préférait qu'elle soit sincère, et elle s'était tenue à une version complètement honnête de ce qu'elle pensait.

— Cela m'ennuie, mais je devrais finir de trier ces deux derniers cartons. Nous pouvons continuer à discuter pendant que je termine.

— Je croyais que j'étais là pour me servir de mes biceps, plaisanta-t-il.

Lexi rit de bon cœur, soulagée de voir l'atmosphère se détendre. Elle se leva du canapé et lui prit la main pour l'entraîner à sa suite.

— Très bien, monsieur Muscle. Je vais te montrer quels sont les cartons que tu peux charger dans le camion.

Jack feignit un soupir exaspéré, mais se leva et la suivit jusqu'au garage. Ils traversèrent la pièce jonchée de dizaines de cartons, tous remplis de souvenirs dont elle ne voulait plus entendre parler. Lexi s'arrêta net lorsqu'elle sentit les mains de Jack sur ses hanches. Il effleura son cou de ses lèvres avant d'y déposer une pluie de baisers.

— C'est comme ça que tu portes des cartons ? J'aime bien cette façon de faire, murmura-t-elle.

— Et ça, tu aimes aussi ?

Jack se pressa plus étroitement contre elle et Lexi eut un petit rire, qui se transforma aussitôt en gémissement lorsqu'elle sentit son érection contre le bas de son dos.

— J'aime beaucoup, mais cela me donne l'impression que tu as envie de retourner dans le salon.

— Ou de rester ici. C'est toi qui décides.

Il repoussa ses cheveux sur le côté et embrassa tendrement sa nuque, puis sa main descendit le long de sa jambe et remonta le tissu de sa robe jusqu'à sa hanche, effleurant l'intérieur de sa cuisse au passage. Lexi rejeta la tête en arrière et se cambra contre lui.

— Je sais juste que j'ai envie de toi, souffla-t-elle. Je suis incapable de penser à autre chose.

Jack prit les choses en main comme à son habitude et la souleva dans ses bras.

— Allons dans ta chambre. J'ai cru comprendre que personne ne peut nous voir de ce côté de la maison.

— J'ai toujours dit que tu étais un homme intelligent.

Jack la reposa sur ses pieds dès qu'ils furent dans sa chambre et lui retira aussitôt sa robe. L'instant d'après, son soutien-gorge atterrit à son tour sur le parquet. Il s'assit au bord du lit et elle vint se placer entre ses genoux. Leurs regards se croisèrent, intenses et pleins de promesses, et Jack se pencha pour déposer un baiser sur sa poitrine.

Sa langue se mit à jouer avec ses tétons durcis et il en prit un entre ses lèvres. Lexi sentit une vague de désir parcourir tout son corps, puis encore une autre. N'y tenant plus, elle fit rapidement passer le T-shirt de

Jack au-dessus de sa tête et il en profita pour lui retirer à son tour le dernier sous-vêtement qu'elle portait.

Elle le repoussa sur le matelas et vint s'asseoir à califourchon sur ses hanches. Jack glissa une main entre ses jambes et trouva immédiatement son point le plus sensible. Le tissu rugueux de son jean frottait contre la peau délicate de ses cuisses, mais ce contraste de sensations augmentait encore son désir. Ses caresses précises et impitoyables la faisaient déjà trembler. Comme à chaque fois, Jack comprenait ce qu'elle aimait et restait attentif à la moindre de ses réactions.

— Tu es beaucoup trop habillé, murmura-t-elle en se laissant glisser sur le côté.

Elle tendit le bras et fouilla dans le tiroir de sa table de nuit pour y trouver un préservatif, tandis que Jack se débarrassait hâtivement de ses vêtements. Il se protégea et Lexi esquissa un mouvement pour s'allonger sur le lit, mais il la surprit en la soulevant dans ses bras à nouveau.

Plaquant son dos contre le mur, il passa une de ses jambes autour de sa taille et elle fit de même avec la deuxième, croisant les chevilles dans son dos. Elle n'avait jamais fait l'amour dans cette position, mais elle fit confiance à Jack et l'attira encore plus près de lui lorsqu'il vint en elle d'un mouvement puissant et implacable.

Ils s'embrassèrent de plus en plus fiévreusement à mesure que le plaisir affluait en eux, plus rapidement encore que les autres fois. Les mouvements de Jack se firent plus saccadés en elle. Les hanches pressées contre le mur, elle se mit à gémir au rythme de ses va-et-vient et toute pensée cohérente l'abandonna. Elle se sentait déjà proche de l'orgasme, si proche, mais pas tout à fait… Lexi se concentra sur la sensation des lèvres de Jack contre sa peau, sur sa respiration haletante et laissa son corps prendre le contrôle, sans retenue, sans hésitation.

Enfin, elle poussa un cri de plaisir et enfouit son visage dans son cou, lui infligeant une morsure qu'elle vint aussitôt apaiser du bout de la langue. Jack se tendit et gémit à son tour, quoique moins discrètement, son corps agité de spasmes et ses bras se resserrant autour de ses cuisses. Ils restèrent silencieux un instant, reprenant progressivement leur souffle, puis Jack la reposa sur le lit et passa rapidement à la salle de bains. Lorsqu'il revint dans la chambre, Lexi était étendue de tout son long sur le matelas et il s'empressa de la rejoindre.

— C'était incroyable, murmura-t-elle en posant une main sur son torse.

— Pour moi aussi, mais je ne suis pas surpris. C'est toujours incroyable avec toi.

Lexi ne pouvait qu'être d'accord avec lui. Chaque fois qu'ils faisaient l'amour, il s'agissait d'un moment spécial. Cette partie-là de leur relation était décidément parfaite, comme le reste d'ailleurs…

— Est-ce que tu as faim, ou soif ? Je vais aller faire un tour à la cuisine.

— Je ne refuserais pas un verre d'eau, dit-il en se glissant sous la couette.

— Je reviens tout de suite.

Lexi s'enveloppa de sa robe de chambre en soie et se dirigea vers la cuisine d'un pas mal assuré. Elle ouvrit le réfrigérateur pour en sortir une carafe d'eau, remplit deux verres et s'aperçut en refermant la porte que les lumières de ses parents étaient encore allumées.

Elle avait du mal à croire que son père et Jack avaient réellement fait la paix. Après réflexion, elle prit aussi un paquet de biscuits au chocolat et retourna dans la chambre avec ses provisions, mais une fois sur le seuil une vision angélique l'arrêta net.

*Oh… Il s'est endormi.*

Le bras passé sous l'oreiller, Jack s'était tourné sur le côté et dormait profondément. Elle s'assit au bord du lit pour grignoter un biscuit sans le quitter des yeux. Fallait-il le réveiller ? Son père saurait qu'il avait dormi chez elle, puisque son camion était toujours dans l'allée. D'un autre côté, il avait travaillé si dur toute la semaine qu'elle n'eut pas le cœur de le déranger.

Lexi se brossa les dents rapidement, éteignit les lumières et se glissa à son tour sous la couverture. Jack était si grand qu'elle eut du mal à se nicher dans ses bras, mais elle finit par lui tourner le dos et se serrer étroitement contre lui. Avant de s'endormir, elle eut le temps de penser qu'elle allait avoir de sérieux ennuis - pas avec son père cette fois, mais avec son propre cœur.

# - 11 -

En se réveillant à 5 heures du matin dans le lit de Lexi, Jack commençait sa semaine de la pire manière. Il se leva d'un bond et tituba dans le noir à la recherche de ses vêtements. Il s'efforçait de faire le moins de bruit possible pour ne pas la réveiller, mais sa mission échoua lorsqu'il se cogna l'orteil contre le pied de la commode.

Un cri de douleur lui échappa, qu'il tenta d'étouffer avec peu de succès tout en s'appuyant contre le mur. Il se tenait sur un pied tel un flamant rose qui aurait oublié d'être gracieux.

— Jack ? Tout va bien ? demanda Lexi d'une voix ensommeillée.

— Désolé de t'avoir réveillée. Il faut que je parte le plus vite possible, ou je vais être en retard. J'ai rendez-vous avec Rich à l'héliport dans une heure.

Lexi alluma la lampe de chevet, clignant des yeux pour s'habituer à la lumière.

— Je suis désolée.

— Tu aurais dû me réveiller. Ma camionnette est toujours dans l'allée, ce qui signifie que ton père sait que j'ai dormi ici. Je lui ai promis d'y aller doucement avec toi hier, et voilà comment je tiens parole.

— Jack, commença-t-elle avec un petit rire, mon père se doute que nous ne jouons pas aux cartes.

— Ce n'est pas drôle. Bien sûr qu'il s'en doute, mais c'est une question de principes. Je veux qu'il me voie comme quelqu'un d'honnête.

— Ce n'est pas si grave, Jack. Tu t'es simplement endormi. Tu étais épuisé parce que tu travailles comme un fou. Si mon père ne comprend pas cela, alors c'est son problème.

Jack prit une grande inspiration pour tenter de se calmer. L'avis du père de Lexi lui importait, mais il ne lui serait pas très utile s'il se disputait avec elle.

— Excuse-moi, je suis sous pression en ce moment. Ces trois prochains jours vont être un vrai cauchemar.

Elle se glissa hors du lit et enfila sa robe de chambre.

— J'en ai bien conscience, et c'est moi qui suis désolée. Pense à la fête chez Rusty mercredi soir. Tout sera fini et tu pourras enfin souffler à ce moment-là.

Lexi posa doucement la main sur son avant-bras et leva la tête pour le regarder. Il se sentait déjà un peu mieux.

— Tu as raison. Je dois juste réussir à tenir le coup jusque-là.

— Tu vas y arriver, j'en suis certaine.

— Merci. Il faut vraiment que je file maintenant.

Jack s'assura qu'il avait ses clés et son portefeuille, puis se dirigea vers la porte d'entrée, Lexi sur ses talons. Son regard tomba sur les deux cartons restés dans le salon depuis la veille et il se sentit coupable. Décidément, il laissait tomber beaucoup de monde en ce moment.

— Je ne vais pas pouvoir débarrasser tes cartons aujourd'hui, soupira-t-il. Est-ce que je peux m'en occuper le week-end prochain ?

— Bien sûr, ne t'inquiète pas pour ça.

— Je suis vraiment navré. C'est tout de même la raison pour laquelle je suis venu hier soir.

— Oui, mais au lieu de cela tu as eu une conversation importante avec mon père et nous avons passé une très belle soirée ensemble. Essaie de voir le côté positif des choses. Ces cartons n'en sont pas à une semaine près.

— Merci d'être aussi merveilleuse.

— Arrête de dire des bêtises et file, répliqua-t-elle en le poussant gentiment vers la porte. Appelle-moi si tu trouves une minute, d'accord ?

— Je m'arrangerai pour la trouver.

Il revint sur ses pas pour la prendre dans ses bras et l'embrassa longuement, conscient qu'il n'aurait que ce souvenir pour tenir les trois prochains jours.

— Je t'appelle bientôt, murmura-t-il avant de rejoindre sa voiture au pas de course.

Il referma sa portière le plus doucement possible et traversa Pine Valley à la vitesse de l'éclair. Une fois chez lui, il s'arrêta juste le temps de récupérer le sac de voyage qu'il avait heureusement préparé la veille. Il arriva à l'héliport avec un quart d'heure de retard. Rich et le pilote l'attendaient déjà à bord, mais les choses auraient pu être pires.

— Tout va bien ? demanda Rich lorsqu'ils eurent attaché leurs ceintures.

— Oui, ça va. Je suis simplement préoccupé par le boulot.

— Et moi donc, soupira son ami.

En réalité, le chantier n'était pas le seul à occuper son esprit. Il s'était rarement senti aussi tourmenté, aussi vide de l'intérieur. Les deux choses qu'il désirait le plus, à savoir terminer le projet du festival à temps et amener Lexi à envisager une vraie relation avec lui, lui semblaient plus que jamais hors de sa portée. Dans les deux cas, il ne pouvait que faire de son mieux et s'efforcer de rester lui-même.

Comme c'était souvent le cas, à la date prévue de l'arrêt du chantier les travaux n'étaient pas complètement terminés. Il restait quelques détails à peaufiner pour que tout soit parfait. Rusty n'en avait pas moins insisté pour annoncer la fin des travaux et maintenir la fête chez lui. Il avait invité des centaines de personnes et tenait à ne pas reporter la soirée.

Jack n'avait aucune envie de se rendre à cette fête, mais d'un autre côté il comprenait Rusty. Retarder l'événement aurait certainement émoussé l'enthousiasme suscité par Soirée dans la Baie. Ce qui l'ennuyait le plus dans toute cette précipitation, c'était d'être trop en retard pour aller chercher Lexi chez elle. Il n'avait pas eu d'autre choix que de lui demander de le rejoindre chez Rusty. Encore une fois, il avait l'impression de ne pas être à la hauteur.

Il lui téléphona alors qu'il approchait du portail sécurisé à l'entrée du domaine Edmond. Devant lui, une longue file de voitures bloquaient l'allée, leurs phares illuminant les immenses pelouses qui entouraient la propriété. Il apercevait un peu plus loin la piscine et les écuries. Le ranch Edmond - l'une des plus grandes propriétés privées du comté -était connu de tous à Royal. Rusty y vivait en célibataire avec sa fille Gina et son beau-fils Asher. Billy Holmes, le créateur de Soirée dans la Baie, résidait depuis quelques semaines dans l'une des maisons d'invités.

— Es-tu coincée dans cet embouteillage devant la maison ? demanda Jack lorsque Lexi eut décroché.

— Je viens de me garer. Je vais t'attendre dehors.

— Parfait, merci beaucoup.

Il se mit à tambouriner sur le volant, impatient de revoir Lexi. Il ne souhaitait qu'une seule chose : trouver quelque chose à boire, puis un coin tranquille pour se reposer. Il savait pourtant qu'il lui faudrait discuter un minimum avec les invités pour ne pas paraître impoli.

— Quel endroit incroyable, commenta Lexi. Je crois que je n'étais pas venue depuis mes quinze ou seize ans.

— Pour moi, cela ne fait que quelques mois. Rusty m'invite parfois à ses parties de poker.

— Dans ce cas, je suis surprise que tu n'y aies jamais croisé mon père. Il n'aime pas beaucoup les cartes, mais il va souvent aux soirées de Rusty pour le plaisir de fumer des cigares avec lui.

— Je n'accepte pas toujours ses invitations. Rusty et ses amis n'ont aucun problème avec le fait de perdre des sommes folles en une nuit, ce qui ne me plaît pas beaucoup. Je n'aime pas jeter l'argent par les fenêtres. Les vieilles habitudes ont la vie dure.

Aussitôt qu'il eut prononcé ces mots, il songea à une autre habitude qu'il serait trop heureux de perdre, celle de ne jamais s'engager dans une relation sérieuse. Il avait beaucoup réfléchi ces trois derniers jours. Il s'était imaginé à quoi ressemblerait sa relation avec Lexi dans les prochains mois : des sorties ensemble, de longues nuits passionnées, et beaucoup d'allers-retours entre sa maison et la sienne, quel que soit l'endroit où elle finirait par emménager. Ce scénario ne lui déplaisait pas totalement. Pourtant, Jack commençait à comprendre qu'il ne lui suffirait pas.

La voix de Lexi le tira soudain de ses réflexions.

— Ces voitures n'avancent pas bien vite, grommela-t-elle.

— Rusty m'avait prévenu que la liste des invités serait longue comme le bras.

— Est-ce que tu te sens anxieux ?

Il approchait à présent de la maison, immense et spectaculairement éclairée.

— Non, ça va. Par contre, j'ai vraiment besoin de dormir. J'ai bien l'intention de faire la grasse matinée ce week-end.

— C'est vrai, tu dois être épuisé. Tu t'es endormi en deux minutes l'autre soir chez moi. Je t'ai trouvé adorable.

— Merci de me rappeler cet épisode, marmonna-t-il. Je suis toujours inquiet de la réaction de ton père.

— Heureusement, nous n'aurons bientôt plus ce problème. Nous serons tranquilles une fois que j'aurai trouvé une nouvelle maison.

Malgré sa fatigue, entendre ce « nous » le réconforta. Il signifiait que Lexi l'incluait dans ses plans d'avenir. Malheureusement, son contentement fut de courte durée : il venait d'apercevoir la camionnette de télévision garée devant l'entrée de chez Rusty.

— Quelle poisse, maugréa-t-il. Je viens de voir le van de *Soirée Royale*. Cela signifie que Mandee Merriweather sera là, et je déteste cette fouineuse.

— Je te comprends. Je l'ai appelée il y a environ une semaine pour discuter du festival et de la banque, mais elle ne m'a posé que des questions sur toi et sur notre relation.

— Vraiment ? Tu ne m'en avais pas parlé.

— J'ai dû oublier.

La file se mit enfin à avancer et un voiturier le guida vers un emplacement libre sur le parking.

— Je vais faire de mon mieux pour l'éviter. Elle m'a mené la vie dure il y a quelques années, et elle passe son temps à répandre l'idée que je suis une sorte de don Juan incorrigible. C'est parfaitement ridicule.

— D'après mes informations, Mandee n'a pas complètement tort.

Jack se doutait qu'Angie lui avait parlé des femmes avec qui il était sorti, mais il aurait aimé pouvoir lui enlever cette idée de la tête.

— Quoi que ma sœur t'ait dit, je suis certain qu'elle a exagéré comme elle le fait toujours.

— Je croyais que tu appréciais le fait que je m'entende bien avec elle.

— C'est toujours le cas.

Il sortit de sa voiture et se mit à la chercher du regard.

— Où es-tu ?

Le rire de Lexi parvint à ses oreilles, mais cette fois il ne provenait pas de son téléphone.

— Juste derrière toi.

Jack fit volte-face et découvrit un spectacle auquel il ne s'était pas préparé. Lexi portait une longue robe noire et scintillante qui moulait ses formes à la perfection, faisant ressortir le feu de sa chevelure rassemblée sur son épaule. Insoucieux de l'opinion des invités, il la prit dans ses bras et la fit tournoyer dans les airs avant de l'embrasser. Elle lui rendit son baiser avec toute la tendresse qui lui avait manqué ces trois derniers jours. Aussitôt, il sentit son corps tout entier se détendre et la fatigue de la semaine peser un peu moins lourd sur ses épaules.

— Tu as l'air tendu, remarqua-t-elle d'un ton préoccupé lorsqu'il l'eut reposée sur ses pieds.

— Je suis un peu fatigué.

— Dans ce cas, entrons et allons boire un verre. Cela te redonnera peut-être un peu d'énergie.

— Avant toute chose, je dois te dire que tu es absolument magnifique ce soir.

Le mot lui semblait bien insuffisant pour décrire ce qu'il ressentait. Lexi n'était pas seulement belle à se damner. Elle était tout ce qu'il avait toujours désiré sans même le savoir.

— Tu es très beau aussi, mais cela ne change pas de d'habitude.

Elle passa une main sur le revers de sa veste de costume anthracite et Jack sourit, acceptant le compliment avec joie. Lorsqu'elle le regardait de cette manière, elle ressemblait à un ange tombé du ciel.

— Merci, répondit-il avant de déposer un baiser sur sa joue. Je suis heureux de t'avoir à mes côtés ce soir.

— Je suis heureuse que tu me l'aies proposé.

Il prit sa main et l'entraîna jusqu'aux marches du perron, soupirant intérieurement malgré lui. Bien sûr, il appréciait toutes ces petites phrases gentilles qu'elle lui disait, mais il avait besoin de plus. Il osait enfin se l'admettre à lui-même. La question restait de savoir à quel moment il oserait l'avouer à Lexi.

Dès l'instant où Jack et elle franchirent le seuil, Lexi commença à se sentir tendue. Elle avait beau aimer sa ville natale, la pression sociale qui s'exerçait dans les cercles influents de Royal pesait lourd sur elle. Tous ces gens venaient pour voir et pour être vus. Ils passaient leur temps à se juger les uns les autres et à essayer de faire mieux que le voisin, sans autre but que celui de garder leur rang dans la bonne société. On aurait parfois dit qu'ils vivaient dans un autre siècle.

Lexi avait grandi dans cet univers, elle l'avait même apprécié à une époque, mais sa rupture avec Brett lui avait fait comprendre à quel point l'argent et le pouvoir se révélaient parfois superficiels, voire destructeurs.

— Jack ! s'exclama Rusty depuis l'autre bout du vestibule.

Le vieux milliardaire se fraya un chemin jusqu'à eux et envoya une grande tape sur l'épaule de Jack.

— Voilà enfin la star du jour, reprit-il. Je suis content de vous voir. Beaucoup de gens ont hâte de discuter avec vous, y compris certains investisseurs qui pourraient bien vous intéresser. J'aimerais que vous parliez aussi avec Mandee Merriweather, de *Soirée Royale*. Son reportage sur le festival nous offrira une publicité dont nous avons grand besoin.

— Si cela ne vous ennuie pas, j'aimerais d'abord prendre le temps de boire un verre avec Lexi. Je crois que cela nous ferait du bien.

— Mais bien sûr, allez vite vous servir. Je vous recroiserai dans un moment.

Lexi ne put s'empêcher de remarquer que Rusty avait à peine fait attention à elle. À une époque, ce détail l'aurait profondément blessée, mais elle ne s'en souciait guère à présent. Elle devait être sur la voie du progrès.

— Qu'est-ce que tu veux boire ? demanda-t-elle à Jack lorsqu'ils se trouvèrent devant le bar.

— Connaissant la cave de Rusty, je vais prendre un whisky. Je sais qu'il sera très bon. Et toi, chérie, qu'est-ce qui te ferait plaisir ?

— « Chérie » ?

— Que se passe-t-il ? demanda Jack en fronçant les sourcils. Est-ce que cela t'ennuie si je t'appelle de cette façon ?

— J'apprécie le fait que tu en aies envie, mais il se trouve que c'était comme cela que Roger s'adressait à moi. Entendre ce mot à nouveau ne me fait pas vraiment plaisir.

Le visage de Jack se décomposa et elle en eut mal au cœur. Le blesser était la dernière chose qu'elle aurait souhaitée.

— Je suis vraiment désolé, murmura-t-il.

— Ne t'inquiète pas, tu ne pouvais pas le savoir. Je suis sensible à l'intention - sincèrement, Jack.

— Je trouverai quelque chose de mieux.

— Ce serait parfait, dit-elle en lui prenant la main. En attendant, j'apprécierais une coupe de champagne.

Jack commanda leurs boissons et ils s'installèrent dans un coin presque tranquille. La pièce était bondée et une certaine agitation y régnait, le bruit des conversations et de la musique s'intensifiant de minute en minute.

— Je ne sais pas combien de temps je vais pouvoir tenir, dit-il après quelques gorgées de champagne.

— Pourtant, tu es la star de la soirée.

— C'est juste un prétexte de Rusty pour faire de la publicité au festival.

— Peut-être qu'il voulait sincèrement te féliciter pour ton travail, tu sais.

Lexi s'apprêtait à continuer ses encouragements lorsqu'elle aperçut, du coin de l'œil, une lumière vive qui semblait se rapprocher d'eux. Elle tourna la tête pour tomber nez à nez avec un cameraman, suivi de près par la fameuse Mandee Merriweather.

— Jack Bowden ! s'exclama celle-ci en le montrant du doigt. Vous essayiez de m'échapper, hein ?

— Pas du tout. Je viens d'arriver.

— Il me faut *absolument* une interview. Vous et moi devons discuter de Soirée dans la Baie.

— Pas de problème, répondit Jack avec autant d'enthousiasme que s'il allait se faire arracher une dent.

Mandee se tourna alors vers elle comme si elle venait de remarquer sa présence.

— Bonjour, Lexi. Est-ce que vous pourriez vous asseoir plus loin ? Vous êtes dans le champ.

Elle fit de son mieux pour encaisser l'insulte gracieusement. Il s'agissait de la soirée de Jack, après tout. Elle n'était là que pour le soutenir.

— Pas de problème, fit-elle en se levant du canapé où elle était installée.

Mandee prit aussitôt sa place et s'assit tout près, bien trop près, de Jack. Lexi vida sa coupe de champagne pour tenter d'apaiser sa jalousie. La présentatrice échangea d'abord quelques mots avec le cameraman, puis avec Rusty, qui était venu assister à l'interview. Jack était visiblement tendu, et elle compatit de tout cœur avec lui, sachant à quel point il détestait être le centre de l'attention. Enfin, Mandee regarda la caméra bien en face et commença son numéro.

— Ici Mandee Merriweather, en direct du célèbre ranch Edmond. L'élite de Royal s'est réunie ce soir pour faire honneur à Jack Bowden, dont l'entreprise vient d'achever les travaux du festival Soirée dans la Baie, sur l'île d'Appaloosa.

Mandee fit un sourire étincelant à la caméra avant de reporter son attention sur Jack. Elle l'assaillit de questions sur le festival et sur les difficultés qu'il avait rencontrées pour terminer le chantier à temps. Jack lui répondait sommairement, cachant à peine son ennui.

— À présent, Jack…

La présentatrice posa une main possessive sur son épaule avant de reprendre :

— La dernière fois que nous avons discuté ensemble, vous étiez célibataire. Beaucoup de mes téléspectateurs vous ont aperçu ces dernières semaines en compagnie de Lexi Alderidge. Pourtant, lorsque je lui ai posé la question, elle m'a affirmé que vous n'étiez qu'amis. Elle m'a juré qu'il n'y avait absolument rien entre vous.

Lexi sentit sa gorge se serrer. Elle n'avait fait cette réponse que pour se protéger, ainsi que Jack, des rumeurs. De plus, Mandee donnait à ses paroles un sens catégorique qu'elle n'avait jamais exprimé elle-même. Elle tenta de se rapprocher du cameraman pour capter l'attention de Jack. Lorsque son regard croisa le sien, elle y lut une telle déception qu'elle eut l'impression que son cœur se fendait.

— Je suis désolée, chuchota-t-elle.

Jack toussota avant de se tourner à nouveau vers Mandee.

— C'est vrai, finit-il par répondre. Lexi et moi sommes amis, rien de plus.

Mandee lui décocha un sourire sirupeux qui donna la nausée à Lexi.

— Vous avez entendu, mesdames. Jack Bowden, l'homme qui a construit de ses mains Soirée dans la Baie, est célibataire.

Jack attendit à peine quelques secondes avant de lui demander :

— Avez-vous terminé ?

— J'ai tout ce dont j'avais besoin.

Il se leva d'un bond, sortit du champ de la caméra et attrapa la main de Lexi.

— Il faut que je te parle.

Elle se sentit prise au piège, mais d'un autre côté elle avait envie de s'expliquer.

— Rusty, votre bureau est-il occupé ? demanda Jack.

— Non, il n'y a personne.

— Parfait. Puis-je vous l'emprunter quelques minutes ?

— Tout va bien, Jack ? interrogea Rusty, l'air confus.

— Tout va pour le mieux. Lexi et moi devons simplement discuter de quelque chose.

— Dans ce cas, ne soyez pas longs. Il y a beaucoup de gens ici qui souhaitent vous parler.

— C'est noté.

Il traversa la pièce au pas de course et elle s'efforça de suivre son rythme. Jack semblait savoir exactement où il allait. Poussant une porte qu'elle n'avait pas remarquée jusqu'alors, ils débouchèrent dans un petit vestibule, puis Jack ouvrit une autre porte et ils se retrouvèrent dans le bureau de Rusty.

Elle prit la parole avant même que Jack ait refermé la porte derrière eux.

— Jack, je suis désolée.

— Est-ce que tu le pensais ? Pour toi, nous ne sommes rien d'autre qu'amis ?

— Que voulais-tu que je lui dise ? Il me semble que tu détestes les ragots autant que moi. Aurais-tu préféré que je lui raconte ce qui se passe réellement entre nous ?

Il la regarda intensément, avec un mélange de colère et d'autre chose qu'elle n'arrivait pas à définir.

— J'aurais préféré que tu lui dises la vérité. Je n'ai pas beaucoup de tolérance pour les menteurs.

Lexi n'en croyait pas ses oreilles.

— Cette femme gagne sa vie en déformant les paroles des gens pour les rendre plus sensationnelles et plus graveleuses. Je refuse de lui donner du grain à moudre.

Jack secoua la tête et se mit à faire les cent pas dans la pièce.

— Je comprends ton point de vue, mais cela ne m'empêche pas d'être déçu et frustré. Cela ne m'empêche pas de devenir fou rien que dy penser.

— Frustré ? répéta Lexi, complètement perdue. Je ne comprends pas. Que veux-tu dire par là ?

Il s'immobilisa soudain pour la regarder droit dans les yeux.

— Je veux dire que je t'aime, Lexi. Je t'aime et savoir que tu ne partages pas mes sentiments me rend malade. J'ai l'impression d'avoir enfin trouvé la personne avec qui je veux passer le reste de ma vie, mais tu n'es pas certaine de le vouloir aussi et j'en souffre depuis des jours.

Incapable de parler, Lexi se repassa en boucle les

mots qu'il venait de prononcer. Ce n'étaient pas ses sentiments pour lui qui la faisaient hésiter, mais encore et toujours la peur d'être rejetée.

— Je… Je ne sais pas quoi te dire.

— Tu ne ressens pas la même chose que moi. Je comprends très bien. Je n'ai aucune envie de t'entendre dire quelque chose que tu ne penses pas.

Jack se détourna et se prit la tête entre les mains.

— Je suis un imbécile de t'avoir mise dans l'embarras de cette manière.

— Ce n'est pas vrai, Jack. Tu n'as pas à t'en vouloir. C'est la dernière chose que je souhaite.

— Qu'est-ce que tu souhaites, alors ?

Cette question était à la fois simple et incroyablement compliquée. Elle aurait voulu redevenir celle qu'elle était quinze ans auparavant, une femme qui n'avait pas souffert des trahisons de ceux qu'elle avait aimés, mais elle savait pertinemment que c'était impossible.

— Je voudrais pouvoir entendre ce que tu viens de me dire sans que cela me fasse souffrir.

— Je ne comprends pas pourquoi l'idée que je t'aime devrait te faire souffrir. Tu passes ta vie à te demander comment les gens te perçoivent, ce qu'ils pensent de toi.

Il fit un pas vers elle et la domina de toute sa taille, semant un peu plus la confusion dans son esprit troublé.

— Avec moi, tu n'as pas à te poser la question. Je te dis très sincèrement ce que je pense de toi. Plus je te regarde, plus j'ai envie de passer le reste de ma vie à te regarder. Tu me rends plus heureux que je ne l'ai jamais été.

— Jack… Nous nous connaissons depuis un mois.

— Exactement. Imagine ce qui nous attend si je

ressens déjà cela pour toi après un mois. Notre relation ne peut que s'épanouir et devenir plus belle encore, tu ne crois pas ?

Lexi aurait donné n'importe quoi pour partager le même optimisme. À présent, elle aurait réellement voulu remonter le temps jusqu'au début de la soirée, lorsque ces trois petits mots dévastateurs n'avaient pas encore été prononcés.

— Veux-tu que je t'explique pourquoi cela me fait mal de t'entendre dire que tu m'aimes ?

— Oui, je veux que tu me l'expliques parce que je n'y comprends rien.

— Cela me fait mal parce que les deux hommes qui me l'ont dit auparavant ne le pensaient pas vraiment.

Sa voix se fêlait sous le coup de l'émotion, et elle eut besoin d'une pause avant de reprendre :

— J'ai construit toute ma vie autour de deux personnes qui promettaient de m'aimer pour toujours. Je ne peux pas supporter l'idée d'entendre ces mots à nouveau, d'y croire et de souffrir lorsque tu changeras d'avis. Je n'y arriverai pas une troisième fois, Jack.

— Je ne changerai pas d'avis.

— Comment peux-tu en être aussi certain ? Roger et Brett le pensaient, eux aussi.

Jack poussa un soupir exaspéré.

— Je ne vois pas comment je peux te convaincre, d'autant moins en cinq minutes dans le bureau de Rusty Edmond.

— Qu'est-ce que cela signifie ? Es-tu en train de me dire que tu ne veux plus me voir ?

Il ferma les yeux et resta silencieux un instant, avant de reprendre d'un ton ferme :

— Je ne crois pas que nous puissions aller de l'avant si nous ne sommes pas sur la même longueur d'onde, Lexi. Je suis quelqu'un de patient, mais j'ai mes limites. Je pense que nous devrions faire une pause. J'ai besoin de réfléchir de mon côté et je crois que toi aussi.

Lexi ravala ses larmes et hocha la tête sans être d'accord pour autant. Elle ne voulait pas faire de pause. Une pause menait toujours à une rupture, et elle ne s'imaginait pas reprendre sa vie sans que Jack en fasse partie.

— Très bien, murmura-t-elle. Je vais rentrer chez moi.

— Tu n'es pas obligée de partir. Profite de la soirée, amuse-toi.

Il lui tendit la main, mais Lexi recula vivement et se dirigea vers la porte. Le toucher n'aurait fait que décupler sa tristesse.

— Tu sais aussi bien que moi qu'il n'y a plus rien d'amusant dans cette histoire.

# - 12 -

Lorsque Lexi rentra chez elle, elle fut incapable de s'endormir. Son lit lui paraissait froid et solitaire. D'un autre côté, elle avait bien mérité ce qui lui arrivait. Elle se repassait les événements de la soirée en boucle, incapable d'arrêter le flot de ses pensées. Plus elle se remémorait les paroles qu'elle avait prononcées, plus la situation lui semblait catastrophique et plus elle s'en voulait.

Elle commençait à comprendre qu'elle avait fait une erreur en disant à Jack que sa déclaration lui avait fait de la peine. En vérité, ce qu'elle avait ressenti sur le moment n'avait rien à voir avec lui. Ses mots avaient simplement fait remonter des souvenirs douloureux qu'elle aurait préféré continuer à oublier. Ces souvenirs la hantaient et tournaient en boucle dans son esprit depuis la veille. Elle savait qu'elle ne devait pas laisser son passé l'empêcher de vivre son présent, mais comment s'y prendre ? Lexi n'en avait aucune idée, et, dans l'immédiat, elle était peut-être en train de laisser partir l'homme de sa vie.

Un coup d'œil à son réveil lui apprit qu'il était un peu plus de 4 heures du matin. Lasse de tourner et retourner sous les couvertures, elle décida de mettre son temps à profit pour trier le dernier carton de Houston. Se débarrasser du dernier vestige de son passé l'aiderait peut-être à regarder vers l'avenir plus sereinement.

Elle descendit au salon et souleva le carton pour le poser sur la table basse. Prenant son courage à deux mains, elle l'ouvrit d'un coup de ciseaux et trouva une boîte plus petite à l'intérieur. Elle savait déjà ce que contenait cette boîte. Si sa mémoire était bonne, elle était remplie de photos de sa vie d'avant avec Roger. Elle fut tentée de la fourrer dans un tiroir pour s'en occuper plus tard, un jour où elle se sentirait moins dévastée, mais elle savait qu'elle avait besoin de régler cette question pour aller de l'avant. Elle n'avait que trop tardé.

Les premières photos montraient Roger et elle dans un bar, entourés de leurs amis de l'époque. Elles avaient été prises le soir de leurs fiançailles. Sa première pensée fut pour sa coupe de cheveux (comment avait-elle pu se promener avec une coiffure aussi ridicule ?), mais rapidement ce fut son expression sur ces clichés qui attira son attention. Elle arborait le sourire de convenance qu'elle avait appris à faire lorsque ses parents l'emmenaient à un événement qui l'ennuyait. C'était le visage qu'elle montrait lorsque tout le monde s'attendait à ce qu'elle ait l'air heureux.

Lexi feuilleta la pile de photos jusqu'à la dernière, les souvenirs de cette soirée affluant à son esprit. Elle se rappela alors un détail qui aurait dû la déranger à l'époque. Elle ne s'était pas sentie particulièrement joyeuse à l'idée de passer le reste de sa vie avec Roger, et elle n'avait pas ressenti grand-chose lorsqu'il lui avait passé au doigt un énorme diamant hérité de sa famille.

Le seul moment vraiment heureux ce jour-là avait été celui de l'annonce des fiançailles à ses parents. Ils avaient tous les deux pleuré à l'autre bout du fil en lui disant à quel point ils avaient hâte de raconter la nouvelle à leurs amis et de lui organiser un mariage somptueux.

En réalité, elle n'avait jamais aimé Roger. Elle était à peu près convaincue qu'il en était de même avec Brett. Elle avait passé des mois à faire son deuil d'une histoire romantique qui n'avait existé que dans son esprit. Et puis, Jack avait fait irruption dans sa vie, et elle s'était persuadé qu'elle avait besoin de temps pour se reconstruire d'abord. Ne s'était-elle pas trompée ? Avait-elle simplement besoin de faire un pas vers l'avenir avec le seul homme qui l'avait jamais rendue heureuse ?

Son cœur lui criait une réponse évidente, mais elle voulait être certaine qu'elle n'était pas en train de s'emballer trop vite. Elle devait parler avec Bianca.

Un peu avant 7 heures, elle lui envoya un message.

Tu es réveillée ?

J'ai déjà fait ma séance de sport. Je vais bientôt préparer les enfants pour l'école.

Est-ce que je peux t'appeler une minute ?

Bien sûr.

— Que se passe-t-il ? demanda sa sœur aussitôt qu'elle eut décroché.

— Je crois que j'ai gâché ma vie… Encore.

Lexi s'allongea sur le canapé et se mit à fixer le plafond, puis elle prit une grande inspiration et raconta les événements de la veille à Bianca.

— Qu'est-ce que je fais, maintenant ? demanda-t-elle d'une voix plus désespérée qu'elle ne l'aurait voulu.

— Tu es la seule à pouvoir répondre à cette question.

— Voilà qui m'avance bien.

— Si tu veux vraiment mon avis, Jack ne va probablement pas t'attendre indéfiniment, surtout après la réponse que tu lui as faite lorsqu'il t'a dit qu'il t'aimait.

Elle sentit son cœur se serrer en repensant à ce qu'elle avait dit la veille.

— C'était une réponse stupide. J'ai paniqué et j'ai dit n'importe quoi.

— Mais aurais-tu été sincère si tu lui avais dit que tu l'aimais aussi ?

— Oui.

Le mot était sorti dans un murmure, mais elle le pensait réellement.

— En es-tu certaine ?

— Je le suis, mais je ne peux pas m'empêcher d'avoir peur. Je croyais aimer Roger et Brett, mais aucune de ces relations n'a fonctionné et je ne sais pas si je peux prendre le risque d'être rejetée à nouveau. C'est trop douloureux.

— Pourtant, c'est exactement ce que tu as fait subir à Jack hier.

— Je sais, dit-elle d'une voix étranglée. Je me sens terriblement coupable.

— Jack mérite au moins que tu lui fasses tes excuses, non ? Qui sait, il acceptera peut-être de reparler avec toi ensuite.

— C'est vrai, je dois m'excuser auprès de lui, mais je ne sais pas quoi décider pour le reste. Je sais qu'il voudra reparler de l'avenir.

— Ferme les yeux, ordonna Bianca.

— Pardon ? Pour quoi faire ?

— Tu verras bien.

Elle poussa un soupir exaspéré, mais finit par obéir à sa sœur.

— C'est bon, ils sont fermés.

— Très bien. Maintenant, imagine-toi dans ta future maison, pas seulement dans un mois mais plutôt dans un an. Pense à une de celles que tu as visitées. Visualise ton salon, les meubles que tu auras achetés disposés comme tu en as envie, et toi assise dans ton canapé un samedi matin avec tout le week-end devant toi.

— D'accord. J'imagine bien.

— Alors, qu'est-ce que tu vois ?

Lexi se remémora les photos d'une des maisons qu'elle avait visitées et s'imagina la décoration dont elle rêvait, les objets qu'elle aurait choisis pour elle et pour elle seule. Tout semblait parfait, mais…

Mais elle ne s'y sentirait pas chez elle. Ce serait peut-être en partie à cause du déménagement récent, du côté nouveau de cette vie, mais surtout parce que cette maison lui semblerait vide sans quelqu'un pour la partager avec elle. Elle avait envie de prendre son petit déjeuner avec quelqu'un, de se lover à deux sur le canapé. Mais la seule personne qu'elle voulait à ses côtés pour faire tout cela, c'étaitJack.

C'était lui qui la faisait rire aux éclats et qui la rendait parfaitement heureuse, lui encore qui avait le courage de la reprendre lorsqu'elle repartait dans ses vieilles habitudes toxiques. Bianca aussi le faisait, mais elle était sa sœur et elle avait sa vie à elle. Lexi voulait tracer son propre chemin à présent.

— Je vois un endroit triste et solitaire, finit-elle par répondre.

— Pourquoi cela ?

— Parce que Jack n'y est pas.

Lexi sentit une larme perler au coin de sa paupière. Elle n'arrivait pas à envisager sa vie future sans Jack. Pour autant, comment savoir si cette fois serait la bonne ? Comment être certaine que cette histoire-là durerait vraiment pour toujours ?

— Je suis ridicule, pas vrai ? demanda-t-elle à sa sœur.

— Pas du tout, Lex. Ne sois pas si dure envers toi-même. Tu as vécu des histoires compliquées, c'est normal que tu aies du mal à accorder ta confiance. Pourtant, il va bien falloir que tu essaies si tu veux aller de l'avant.

— D'accord, mais quand ? Comment savoir si c'est le bon moment ?

— Si j'étais toi, je me concentrerais sur le « qui » plutôt que sur le « quand ». Jack est celui qu'il te faut, n'est-ce pas ?

— J'en ai bien l'impression.

— Alors, oublie la prudence et fonce. Va lui parler avant qu'il ne soit trop tard.

— D'accord, murmura Lexi sans trop d'optimisme. De toute façon, il faut que j'essaie. Je dois au moins m'assurer qu'il sait ce que je ressens pour lui.

— Tu peux le faire, certifia sa sœur. Je sais que c'est effrayant, mais si tu n'essaies pas, tu le regretteras toute ta vie.

— Tu as raison. Merci, Bianca. Je t'adore.

— Tu vois que ce n'est pas si difficile de déclarer ses sentiments, plaisanta-t-elle.

Lexi parvint à esquisser un sourire.

— Il faut que je te laisse.

— Bien sûr. Appelle-le tout de suite, conclut Bianca avant de raccrocher.

Lexi téléphona aussitôt à Jack, mais elle tomba sur son répondeur et lui laissa un message.

— Salut, Jack. C'est Lexi. J'aimerais parler avec toi. Rappelle-moi, s'il te plaît.

Elle lui écrivit aussi un SMS pour plus de sûreté, mais dix minutes plus tard elle n'avait toujours pas de réponse. N'y tenant plus, elle décida d'appeler Angie. L'idée ne lui plaisait pas outre mesure. Elle savait à quel point Jack et elle étaient proches, et Angie ne devait pas la porter dans son cœur après ce qui s'était passé la veille, mais elle n'avait pas le choix. Chaque minute qui s'écoulait était une minute de plus où Jack croyait qu'elle ne l'aimait pas.

— Salut, Lexi, répondit Angie après deux ou trois sonneries. Comment vas-tu ?

— J'ai besoin de contacter Jack, mais je n'arrive pas à le joindre. Il ne répond pas non plus à mes messages.

— C'est normal, il est à Appaloosa. Tu sais qu'on ne peut pas trop compter sur le réseau là-bas. Je lui ai écrit il y a une heure, et il ne m'a pas encore répondu non plus. Si tu veux, je peux lui dire de te rappeler lorsque j'aurai des nouvelles.

— Pourquoi est-il retourné sur l'île ? Je croyais qu'il ne restait plus rien à faire sur le chantier.

Lexi songea tout à coup qu'Angie se montrait particulièrement gentille avec elle, pas du tout comme si elle avait brisé le cœur de son frère la veille.

— Il devait encore vérifier certains détails avant l'inspection finale de demain. Pour tout te dire, je crois qu'il commence à s'enticher de cet endroit. Rich aurait très bien pu se charger seul du travail aujourd'hui.

— C'est vrai qu'il aime beaucoup sa maison.

Les souvenirs de son week-end avec Jack s'immiscèrent alors dans son esprit, et elle se souvint à quel point elle s'était sentie libre d'être elle-même là-bas. Jack lui avait ouvert les portes d'un nouvel univers. Bien sûr, ce n'étaient pas la maison de luxe ni le jacuzzi qui avaient compté pour elle ce jour-là, mais seulement les moments sincères et harmonieux qu'ils avaient passés ensemble. Elle voulait revivre ces instants jusqu'à la fin de ses jours. Comment avait-elle pu être assez aveugle pour ne pas s'en rendre compte jusqu'à présent ?

— Alors, tu penses que Jack sera sur le chantier ? reprit-elle. Cet endroit est immense. Je ne sais pas comment je vais m'y prendre pour le trouver.

— As-tu l'intention d'aller à Appaloosa ? Est-ce que tout va bien, Lexi ?

— C'est bien ce que je pensais, tu n'es pas au courant. Jack et moi avons rompu.

Angie inspira brusquement à l'autre bout du fil.

— Non, je ne savais pas. Il faut dire que Jack était d'une humeur massacrante ce matin. Il est souvent comme ça après un gros chantier, alors j'ai pensé que c'était normal.

— Malheureusement, tout est ma faute. Il faut que je lui parle le plus vite possible. Je dois m'expliquer avant qu'il ne veuille plus jamais me parler.

— Je vais appeler Rich et lui demander où il se trouve exactement sur le site du festival. Je t'enverrai les détails par SMS.

— Merci beaucoup, Angie. Je pars à l'instant.

— Je ne sais pas si tu arriveras suffisamment tôt. Le temps que tu puisses prendre un ferry, il sera peut-être déjà reparti.

— Ne t'inquiète pas pour ça, je ne vais pas y aller en voiture, répondit-elle avant de raccrocher.

Lexi attrapa son sac à main pour sortir, se rendant compte qu'elle allait devoir parler à Jack alors qu'elle portait une vieille robe, des sandales plates et qu'elle n'était pas maquillée. Elle n'avait pas le temps d'enfiler une tenue plus féminine qui lui aurait donné un peu de confiance en elle. De toute manière, lorsqu'elle était avec Jack, elle n'avait pas besoin de tous ces accessoires pour se sentir bien.

Sur le chemin de la banque, elle téléphona à la secrétaire pour s'assurer que l'hélicoptère était disponible. Elle monta directement sur le toit pour embarquer le plus vite possible, mais, en arrivant à l'héliport, elle eut la grande surprise de trouver son père qui l'attendait.

— Tu as l'intention d'aller voir Jack, n'est-ce pas ?

— Je ne m'arrêterais pour rien au monde, papa. Je l'aime et je dois le lui dire. Je me suis comportée d'une manière stupide et je n'ai pas le temps de me justifier auprès de toi, d'accord ?

— Je n'essayais pas de te dissuader. Je voulais simplement te souhaiter bonne chance.

— Comment savais-tu que j'allais prendre l'hélicoptère ?

— Ta sœur me raconte beaucoup de choses, tu sais. C'est même elle qui m'a convaincu d'arranger les choses avec Jack.

Lexi se promit de remercier Bianca, une fois qu'elle l'aurait réprimandée pour son indiscrétion.

— Ma sœur est pénible, marmonna-t-elle.

— Elle t'aime, tout comme ta mère et moi.

Son père la prit dans ses bras et la serra contre lui.

— Je ne veux que ton bonheur, Alexis. Si Jack Bowden te rend heureuse, j'espère que tu auras le courage de tout essayer pour que les choses fonctionnent.

Lexi sourit et déposa un baiser sur la joue de son père. Depuis le temps qu'elle attendait ce genre d'encouragement de sa part, voilà qu'il arrivait exactement au bon moment.

— Merci, papa. Je ferais mieux d'y aller maintenant.

— Bien sûr, monte vite. J'ai demandé à Viv de te préparer une petite surprise à bord.

Confuse, Lexi s'installa dans l'un des sièges passagers et remarqua une miniglacière à côté d'elle. Elle y découvrit une bouteille de champagne reposant sur de la glace et deux flûtes. Décidément, son père avait tout prévu, et cette petite attention lui fit chaud au cœur. L'hélicoptère décolla et elle regarda les maisons de Royal défiler sous eux, de plus en plus petites à mesure qu'ils prenaient de la vitesse. Elle laissait son passé derrière elle, mais un nouveau chapitre l'attendait droit devant.

Jack venait de terminer ses dernières vérifications sur le site du festival. L'inspection finale du projet se ferait le lendemain, et il prévoyait de passer la nuit à Appaloosa. Certes, il aurait pu s'en dispenser, mais il avait besoin de respirer un peu d'air marin pour chasser le nuage noir qui pesait sur son esprit depuis la veille. Il avait l'impression d'étouffer à Royal. Même chez lui, avec plusieurs hectares de terrain à perte de vue, il s'était senti oppressé. Il y avait quelque chose d'anormal dans le fait d'imaginer une vie sans Lexi.

Pourtant, sa raison lui disait qu'il devait lui laisser

du temps après les événements de la veille. Maintenant qu'il avait rattrapé quelques heures de sommeil, et une fois délivré de la pression infligée par cette stupide soirée, il savait qu'il en serait capable. Pour combien de temps ? Un mois, deux mois ? Là était la question. Il ne savait pas s'il pourrait résister longtemps à cette inquiétude constante.

Il restait persuadé qu'il ne risquait pas de s'intéresser à une autre femme, mais il avait peur que Lexi ne soit jamais prête pour une relation avec lui. Après tout, elle avait eu le cœur brisé à deux reprises. Lui-même n'avait connu cette situation qu'une fois et il avait mis dix ans à s'en remettre. S'il regardait les choses en face, il n'était pas certain qu'il pourrait avoir autant de patience envers Lexi.

Jack approchait de son quarantième anniversaire. Il aurait voulu pouvoir s'assurer que sa vie amoureuse le comblerait pendant sa prochaine décennie sur la planète. Il voulait tout, cette fois : une vie commune, un mariage, peut-être même des enfants. Le seul problème résidait dans le fait que, s'il n'avait pas Lexi à ses côtés, toutes ces envies disparaissaient.

Il traversa le site du festival pour rejoindre la voiture de golf qui lui avait été louée avec la maison, mit le contact et emprunta la route fraîchement pavée que ses équipes avaient construite. Il avait travaillé dur pour ce projet et il était fier de l'ouvrage accompli en si peu de temps. À présent, il avait hâte d'assister au festival, qui promettait d'être un beau spectacle et une véritable aubaine pour la région.

Jack atteignit la partie ouest de l'île et continua vers le nord jusqu'à sa maison de location. Aussitôt qu'il se fut garé devant chez lui, son téléphone se mit à vrombir furieusement. Il venait probablement de recommencer à capter le réseau de la maison, et un nombre impressionnant de messages lui arrivaient d'un seul coup.

Le premier provenait d'Angie qui lui demandait où il était. Il se contenta de lui partager sa localisation, puis l'informa qu'il voulait qu'on le laisse tranquille pour le restant de la journée. Quant aux autres messages, il ne prit même pas la peine d'en regarder l'expéditeur. Il n'attendait pas de nouvelles urgentes, et la lecture de ces mails pouvait être remise au lendemain. Pour le moment, il comptait bien profiter de sa journée pour se reposer et faire le point.

Montant l'escalier au pas de course, il fit un crochet par sa chambre pour y enfiler un T-shirt propre. Il eut beaucoup de mal à ne pas penser que c'était là qu'il avait appris à connaître Lexi, là qu'il était tombé amoureux d'elle. Il tenta de se rappeler que l'issue de cette histoire n'était plus entre ses mains. Il devrait encore vivre dans le doute pour une période qui ne dépendait pas de lui.

Jack attrapa une bouteille de bière dans le réfrigérateur et s'installa sous le porche à l'arrière de la maison. Les rocking-chairs se balançaient au gré du vent, et les crêtes des vagues scintillaient au soleil. Il rejeta la tête en arrière et inspira une bouffée d'air iodé. Le moment aurait pu être parfait, mais il lui manquait quelqu'un pour le partager avec lui. Il avait cru jusqu'à présent que sa vie serait plus belle une fois qu'il aurait trouvé la bonne personne. Malheureusement, parfois, la bonne personne n'était pas sûre de vouloir prendre le risque d'être heureuse elle aussi.

Soudain, il entendit la baie vitrée coulisser derrière

lui et se retourna d'un bond. Lexi se tenait devant lui, plus belle que jamais, ses longues mèches rousses ondulant dans la brise marine. Il se demanda l'espace d'un instant s'il n'était pas en train de rêver. Elle restait immobile, silencieuse, comme si elle avait voulu parler sans y réussir.

— Lexi ? murmura-t-il en faisant un pas vers elle.

Son parfum de fleurs vint chatouiller ses narines et il eut alors la confirmation qu'il ne rêvait pas. Elle courut vers lui et se jeta dans ses bras avec tant de force qu'il faillit perdre l'équilibre.

— Jack, je suis tellement désolée. J'ai fait une énorme erreur. Je n'aurais jamais dû te dire que je voulais y aller doucement avec toi.

Il l'écarta doucement de lui pour plonger son regard dans le sien.

— Tu n'as pas à t'excuser de demander les choses dont tu as besoin.

— Et toi, tu n'as pas à m'inventer de bonnes excuses en permanence. Je t'ai fait du mal et je te demande pardon. Je ne suis qu'une idiote. Pose la question à ma sœur si tu ne me crois pas.

— Merci de t'être excusée, mais je sais que tu ne m'as pas blessé délibérément. Tu as simplement voulu être honnête envers moi et envers toi-même. Je sais ce que c'est de se remettre d'une rupture difficile, et toi, tu en as vécu deux. Ne sois pas trop dure avec toi-même.

— Si je ne le suis pas un minimum, je n'aurai jamais ce que je veux vraiment.

— Et… Qu'est-ce que tu veux vraiment ?

— Toi, Jack. Tout simplement.

Il sentit ses lèvres s'étirer en un sourire irrépressible.

— Tu es sûre ?

— Oui. Je t'aime, Jack. J'aurais dû avoir le courage de te le dire hier soir. D'ailleurs, je crois que j'ai commencé à t'aimer le jour où nous étions devant le restaurant, lorsque tu m'as dit que les hommes de ma vie ne m'avaient pas traitée comme je le méritais.

— Ce n'étaient que des mots, Lexi. N'importe qui peut dire de jolies choses à une femme. Je préférerais que tu me juges d'après mes actes.

— Là aussi, tu as été parfait. Tu as toujours été là pour moi dès la minute où nous nous sommes rencontrés. Tu as même eu le courage d'affronter mon père. Tu m'as invitée à faire partie de ton monde, même si tu n'étais pas certain que j'y trouverais ma place.

Jack n'en croyait pas ses oreilles. Même dans ses rêves les plus fous, il n'aurait pas imaginé qu'elle prononcerait ces mots un jour.

— Dans ce cas, que voudrais-tu faire à présent ? Tu sais déjà ce que je ressens pour toi. Je suis heureux d'entendre que c'est réciproque, mais tu sais, tu n'as pas besoin de dire tout cela pour que nous restions ensemble. Je comprendrai si c'est encore une étape trop difficile à franchir pour toi.

Il prit son visage entre ses mains et lui caressa doucement la joue. Lorsque Lexi releva la tête, son regard était plein d'une détermination qu'il lui avait rarement vue.

— Je ne l'ai pas dit simplement pour rester avec toi, Jack. Je le pense, je le ressens, et même si j'ai eu besoin d'un peu de temps, je suis prête à sauter le pas.

— Qu'est-ce que cela signifie exactement ?

Lexi posa une main sur sa poitrine, juste là où son cœur battait la chamade.

— Pour commencer, pourquoi pas quelques jours ici, sur l'île ? Nous serions tranquilles pour discuter de la suite.

Il l'attira dans ses bras pour déposer un baiser sur son front. Il ressentait mille émotions à la fois, du soulagement, de la joie, et surtout un bonheur qu'il n'avait pas osé espérer.

— J'espère que tu es vraiment prête, parce que je veux absolument tout avec toi. Je n'ai pas envie que tu achètes une maison, Lexi. J'aimerais que tu emménages chez moi.

— Dans ce cas, nous allons devoir négocier certaines choses concernant les meubles, dans le salon par exemple.

— Qu'est-ce qui ne va pas avec mon salon ?

— Avons-nous vraiment besoin d'une télévision aussi grande ?

Il éclata de rire et se pencha pour l'embrasser sur la joue.

— Cette télévision est à peine assez grande. Par contre, je m'apprêtais à changer de canapé. Nous pourrons le choisir ensemble.

— Voilà le genre de négociation qui me plaît.

Elle se haussa sur la pointe des pieds pour l'embrasser sur les lèvres, tendrement, avec cette douceur qu'il adorait.

— Je t'aime, Jack. Je veux emménager avec toi et mettre ta maison de Royal sens dessus dessous, et celle-ci aussi si tu décides de l'acheter. Je resterai avec toi aussi longtemps que tu voudras de moi.

— Pour toujours, Lexi. Au moins.

— Il y a intérêt.

Jack ne parvenait pas à s'arrêter de sourire. Il ne se souvenait pas d'avoir jamais été aussi heureux.

— Attention, quand même. On dirait que tu planifies des choses avec moi, la taquina-t-il.

— J'ai bien l'intention de planifier toute ma vie avec toi... Et encore, je ne sais même pas si une vie sera suffisante.

JULES BENNETT

# Un espoir de bonheur

*Traduction française de*
ANDRÉE JARDAT

PASSIONS

HARLEQUIN

*Titre original :*
THE COWBOY'S SECOND-CHANCE FAMILY

# - 1 -

L'homme avait sciemment choisi de se tenir à l'écart. De toute évidence, il ne tenait pas à attirer l'attention sur lui. Raté. Lucy Brooks l'avait remarqué à la seconde où il s'était faufilé vers le fond de la salle, vingt minutes plus tôt.

Elle le détailla attentivement : une carrure imposante, un corps athlétique tout en muscles, un teint hâlé, une mâchoire volontaire qu'ombrait une barbe de trois jours. Il n'y avait pas de doute : l'homme débordait d'une virilité qui faisait de lui un mâle irrésistiblement sexy et attirant.

Elle détourna la tête, cherchant à se concentrer sur ce que disait l'un des habitués du groupe de soutien qui avait pris la parole. Cette association - The Helping Hands, qu'elle avait créée avec Tara et Kate, ses deux meilleures amies - avait pour but d'encourager ses semblables à surmonter les épreuves que la vie leur avait envoyées. Chacun venait ici avec le poids d'une souffrance dont il avait à cœur de se décharger. Chaque cas était différent car chaque histoire était différente.

Malgré elle, son regard glissa de nouveau vers le bel inconnu. Un cow-boy, visiblement. Mais un cow-boy inconnu au bataillon. C'était peut-être la raison pour laquelle les battements de son cœur s'étaient un peu accélérés. Il n'était pas si fréquent que Stonerock, petite bourgade du Tennessee où tout le monde se connaissait, accueille de nouveaux habitants.

La voix de Tara la ramena brutalement sur terre.

— Quelqu'un souhaite-t-il prendre la parole ? demandait-elle à la cantonade. Non ? Dans ce cas, la séance est terminée. N'oubliez pas que la prochaine fois nous commencerons une heure plus tard, soit à 19 heures. D'ici là, je vous souhaite à tous de passer une bonne semaine.

Lucy s'excusa auprès de ses amies et se dirigea vers le fond de la salle où l'inconnu cherchait à sortir aussi discrètement qu'il était entré.

Elle le rattrapa alors qu'il n'était qu'à quelques mètres d'un énorme pick-up noir. Évidemment, au volant de quel autre véhicule un cow-boy pouvait-il se déplacer ?

— Bonjour. Je m'appelle Lucy.

C'était une bien piètre présentation, elle en avait bien conscience, mais cet homme, qu'elle pressentait différent de ceux qu'elle connaissait, lui faisait perdre ses moyens.

— J'aurais aimé vous présenter au groupe, poursuivit-elle d'un ton plus assuré, mais vous ne m'en avez pas laissé le temps.

L'homme rejeta son stetson en arrière puis sortit un trousseau de clés de la poche de son jean.

— Peu importe, rétorqua-t-il. De toute façon, je n'ai pas l'intention d'adhérer à ce groupe. Je suis juste passé, pour voir…

Elle reconnut tout de suite le visage qui se voulait impassible, le ton désinvolte qui en même temps qu'il cherchait à nier l'évidence était destiné à persuader l'autre qu'on n'avait pas besoin d'aide. Deux ans plus tôt, elle-même accumulait tous ces signaux qui disaient qu'on allait mal et qu'on peinait à s'en sortir.

— Vous avez perdu quelqu'un récemment ?

La mâchoire de l'inconnu se contracta, signe typique d'une colère contenue. De toute évidence, elle avait vu juste.

— Souhaitez-vous retourner dans la salle, pour que nous en parlions ?

L'homme émit un ricanement cynique tout en secouant la tête.

— Merci bien, mais je ne souhaite pas déballer ma vie privée devant un groupe d'étrangers, répondit-il avec une pointe d'agressivité.

Machinalement, elle enroula les bras autour de sa taille, dans une posture défensive. Elle avait pourtant l'habitude. Une fois de plus, il fallait qu'elle garde en tête que cette hargne n'était pas dirigée contre elle.

L'homme laissa échapper un profond soupir avant de se retourner pour faire face à Lucy.

— Noah, dit-il d'un ton radouci. Je m'appelle Noah.

Elle lui sourit. Allons, l'homme n'était pas si mauvais puisqu'il faisait preuve de repentance. Cow-boy mais gentleman.

— Pour information, il ne s'agit pas de déballer sa vie privée, comme vous dites. Les gens qui viennent ici viennent pour parler, pas nécessairement de la perte d'un proche ou de leurs souffrances profondes. Nous nous réunissons une fois par semaine pour discuter de sujets variés.

Noah l'épingla d'un regard sceptique.

— Comme quoi, par exemple ?

Elle haussa les épaules, dans un mouvement qui se voulait désinvolte.

— Eh bien, en général, celui qui prend la parole doit commencer la discussion par un fait positif qu'il a vécu au cours de la semaine écoulée. Ça peut être n'importe quoi. Le but de ces rencontres est d'aider l'autre à se sentir un peu plus léger ; pas forcément de se focaliser sur ce qui le fait souffrir.

Le regard de Noah se perdit un instant au loin avant de revenir se poser sur Lucy.

— C'est vraiment bien ce que vous faites, mais ce n'est pas pour moi, conclut-il.

Elle acquiesça d'un léger hochement de tête. Avec le temps, elle avait appris à ne pas insister quand il le fallait.

— Au cas où vous changeriez d'avis, les réunions ont lieu tous les mercredis, ajouta-t-elle, l'air de rien.

Comme elle lui tournait le dos pour s'éloigner, la tête légèrement baissée en avant pour se protéger de la pluie qui s'était mise à tomber, elle l'entendit dire :

— J'ai perdu ma femme, il y a six mois.

Elle s'immobilisa un court instant avant de se retourner vers lui.

— J'ai perdu mon mari il y a deux ans, confia-t-elle à son tour.

Elle avait parlé pour lui faire comprendre qu'ils avaient quelque chose en commun, qu'il n'était pas seul ; qu'elle savait ce qu'il avait dans le cœur puisqu'elle avait vécu la même chose. Elle constata que, malgré les deux années écoulées, les mots avaient toujours autant de mal à franchir le barrage de sa bouche. Elle vivait ce deuil de manière factuelle, comme un événement terrible qu'elle s'était résignée à devoir vivre toute sa vie.

— Nous pouvons en parler en tête à tête, si vous préférez.

Il la fixa sans rien dire, lui laissant à penser qu'il se livrait une bataille intérieure âpre. Elle attendit patiemment sa réponse, indifférente à la pluie qui, en ruisselant sur elle, plaquait ses vêtements sur ses courbes féminines.

Enfin, il parla. Malheureusement, ce ne fut pas la réponse qu'elle attendait.

— Vous feriez mieux d'aller vous mettre à l'abri, dit-il. L'orage gronde.

Les mains tellement crispées sur son volant que ses phalanges en étaient blanches, Noah Spencer rentrait chez lui. Ou plutôt, dans la maison qu'il louait.

Car, en même temps qu'il avait perdu sa femme, il avait perdu son ranch. Deux sur trois des éléments importants qui composaient sa vie et qu'il ne retrouverait jamais. Comme à chaque fois, cette pensée fit naître en lui une vague de culpabilité et de chagrin qui menaçait de l'engloutir tout entier.

Il exhala un long soupir destiné à évacuer ce trop-plein d'émotions. Allons. Il n'avait pas tout perdu. Il n'était pas seul. Il avait une petite fille qui dépendait totalement de lui et qui comptait sur lui pour lui apporter toute la sécurité et tout l'amour qu'un enfant de cet âge est en droit d'attendre de son père. Cette vision qu'elle avait sans doute d'un avenir plus heureux et plus serein, même sans sa maman, il se faisait fort de la concrétiser.

Un sourire vint flotter sur ses lèvres. L'image d'Emma, sa si jolie petite fille aux boucles blondes comme les blés et aux joues toutes roses et rebondies, lui chamboulait toujours le cœur. Elle avait accueilli ce changement de vie bien mieux qu'il ne l'avait fait lui-même. À ses yeux, cette installation à Stonerock prenait des allures d'aventures extraordinaires. Il avait beaucoup à apprendre d'elle et de son optimisme.

C'était en pensant à sa fille qu'il avait poussé la porte de ce groupe de parole dont lui avait parlé l'agent immobilier qui lui avait trouvé la maison qu'il habitait. Au cours de leur entretien, elle avait mentionné toutes sortes de renseignements relatifs à la vie à Stonerock susceptibles de l'intéresser : le nom de baby-sitters connues pour être sérieuses et fiables, celui d'un bon pédiatre, ceux de quelques restaurants réputés, et puis Helping Hands, une association créée par des bénévoles qui vous aidaient et vous soutenaient dans les épreuves que la vie vous envoyait.

Il n'était pas sensible au fait d'être aidé psychologiquement pour aller mieux dans sa vie. Pour l'heure, rien ni personne ne pouvait l'aider. Sa souffrance était encore beaucoup trop vive pour être atténuée. Et il était moralement trop fatigué pour tenter quoi que ce soit.

Tandis qu'il remontait l'allée qui le conduisait chez lui, il refoula la colère qu'il sentait gronder en lui. Pour l'amour de sa fille, il s'exhortait toujours à lui offrir un visage souriant et rassurant. C'était son rôle de père que de lui épargner sa propre souffrance. À quatre ans à peine, Emma avait non seulement perdu sa maman mais aussi sa jument, qu'elle considérait comme son animal de compagnie.

Arrivé à l'emplacement où il avait l'habitude de garer son 4x4, il coupa le moteur mais n'esquissa pas le geste d'ouvrir sa portière. Il resta là, pensif, repensant à la jolie blonde qui l'avait poursuivi jusqu'à son véhicule pour lui offrir son aide. Elle s'était montrée aussi déterminée à le faire flancher que lui à camper sur ses positions. Pourtant, au cours de leur bref échange, quelque chose dans son sourire - mais aussi dans la douceur de sa voix et de son regard - lui en avait fait dire plus qu'il n'avait voulu.

La confidence qu'elle lui avait faite en retour l'avait étonné. Mais plus encore, le sourire qu'elle lui avait adressé malgré la tristesse qui pointait dans sa voix. Alors qu'elle était pour lui une parfaite étrangère, elle lui avait tendu la main. Une main qu'il avait refusée.

Il soupira de nouveau tandis qu'il ouvrait sa portière. Il ne rejoindrait pas ce groupe de parole. Parler de ce qu'il avait vécu ne ferait que lui faire revivre un traumatisme dont il ne s'était toujours pas remis. S'il était venu s'installer ici, à Stonerock, c'était pour redémarrer une nouvelle vie et c'était bien ce qu'il comptait faire. Comment pourrait-il aller de l'avant si on lui rappelait sans cesse le passé ?

Tandis qu'il franchissait les derniers mètres qui le séparaient de la porte d'entrée, il vit à la fenêtre sa petite Emma qui agitait frénétiquement la main pour attirer son attention. Un diadème en plastique planté de travers dans ses boucles blondes, elle esquissait une grimace qui le fit rire de bon cœur. Il sut alors que, à la seconde où la baby-sitter aurait franchi le seuil, il devrait troquer son stetson pour une tiare et se laisser déguiser par sa fille.

Il n'y avait pas d'autre endroit au monde où il aurait aimé se trouver à ce moment-là. Il n'avait aucunement besoin d'un groupe de soutien pour aller de l'avant. Il avait juste besoin de sa petite princesse de quatre ans.

C'était une certitude. Cependant, il ne parvenait pas à chasser totalement de son esprit l'image de cette jolie jeune femme, si patiente, si empathique, si pleine de sollicitude. Et si sexy, il ne pouvait le nier. Il revit alors les courbes délicieusement féminines que ses vêtements plaqués sur elle par la pluie lui avaient révélées. Pour la première fois depuis le drame, il avait ressenti ce qui ressemblait fort à un frémissement d'attirance physique.

Non. Il se refusait à aller sur ce terrain-là. Pour mener de nouveau la vie stable à laquelle il aspirait, il n'avait besoin que de sa fille et du poste qu'il allait occuper pour la première fois le soir même. Une nouvelle rencontre ne figurait pas au programme.

Noah prit une profonde inspiration puis, redressant les épaules, pénétra dans les locaux des services de police. Une forte odeur de café brûlé flottait dans l'air. Heureusement, il avait avalé deux expressos avant de quitter la maison. Car ici ce n'était pas comme au Texas. Arrivé le dernier, il n'avait eu d'autre choix que d'accepter de faire partie de l'équipe de nuit.

Le Tennessee, il connaissait déjà. Sa femme et lui y avaient effectué leur voyage de noces. Aussi, lorsque l'idée de prendre le large s'était imposée à lui, était-ce tout naturellement qu'il avait pensé à revenir ici.

Il se dirigea tout droit vers le bureau du capitaine Cameron St. John, un homme intègre dont la réputation n'était plus à faire. Il ressentit un mélange d'excitation et d'anxiété à l'idée de cette nouvelle vie professionnelle qui l'attendait.

— C'est parce que tu laisses toujours brûler le café. Si tu me laissais faire, on pourrait boire autre chose que cette lavasse infâme.

Il s'immobilisa devant la porte. Cette voix féminine le ramena à la veille au soir quand, au moment où il allait monter dans son pick-up, Lucy l'avait abordé pour lui proposer son aide.

Il était encore figé sur place lorsque la porte s'ouvrit sur Lucy qui le percuta violemment. Il eut la présence d'esprit de la retenir par le bras. Sa peau était douce et ferme sous ses doigts. Il remarqua qu'elle n'était pas très grande. À peine lui arrivait-elle sous le menton.

Si la bienséance lui fit très vite laisser retomber les bras le long de son corps, Lucy, elle, garda ses deux paumes à plat sur son torse. Elle leva sur lui un visage perplexe.

— C'est vous, la nouvelle recrue ? demanda-t-elle en faisant un pas en arrière. Bien sûr que c'est vous. Vous êtes en uniforme. J'allais juste…

Elle s'interrompit, légèrement rougissante.

— Vous travaillez ici ? demanda-t-il à son tour. Je ne vous ai jamais vue avant. Il faut dire que je ne suis venu que deux fois, pour me familiariser avec les lieux, mais…

Il s'interrompit à son tour, conscient de la platitude de ses paroles.

— C'est parce que je ne travaille qu'à mi-temps, expliqua-t-elle en coinçant une mèche de cheveux rebelle derrière son oreille. Je m'occupe de réguler les appels urgents. Le reste de mon temps, je le passe à potasser mes cours de psychologie.

*Et à animer gratuitement un groupe de soutien.* De toute évidence, elle était très occupée. Tant mieux. Cela lui éviterait de fantasmer sur des tentations inutiles.

Il désigna la porte du menton.

— Excusez-moi. Je dois aller me présenter au capitaine.

— Bien sûr. Allez-y. Je ne voudrais pas vous retenir plus longtemps. C'est juste que je suis tellement surprise de vous revoir si vite. Et ici, en plus. Je…

— À plus tard, la coupa-t-il un peu abruptement.

Certes, il avait eu un moment de faiblesse. Mais ce moment était passé et il comptait bien ne plus se montrer aussi vulnérable. Pour quel genre de flic le prendrait-elle ? En tant que policier, il avait le devoir d'être fort, de faire preuve de sang-froid et d'être dans le contrôle permanent.

— À plus tard, répéta-t-elle. Je vais préparer du café.

Elle lui sourit, révélant une rangée de dents parfaitement blanches et alignées. Tandis qu'elle s'éloignait, il se laissa aller à la suivre des yeux quelques secondes avant de se ressaisir très vite. Lucy ne faisait partie de ses projets de vie future.

# - 2 -

Lucy maudit ses mains tremblantes. Elle savait qu'un nouveau policier devait intégrer le service, mais de là à imaginer que ce serait le mystérieux inconnu dont elle avait fait la connaissance la veille au soir…

Était-il plus séduisant dans l'uniforme bleu des policiers qu'en tenue de cow-boy ? Entre les deux son cœur balançait. En tout cas, elle n'avait pas l'intention de se priver du plaisir de le lorgner en douce à chaque fois que l'occasion se présenterait. Car il n'y avait rien de mal à apprécier un physique aussi parfait, n'est-ce pas ? De toute façon, elle ne serait pas la seule à qui la simple vue de ce policier archi-séduisant ferait battre le cœur. Il ne faisait aucun doute que toutes les célibataires de Stonerock allaient se disputer ses faveurs.

Le délicieux arôme de café en train de passer se répandit dans l'air, masquant l'odeur de brûlé dont la pièce était imprégnée jusque-là.

— Lucy.

La voix rauque de l'officier McCoy la fit sursauter. Elle se retourna vers lui, un large sourire aux lèvres. Elle aimait bien cet homme qui, s'il avait des allures de gros nounours inoffensif, n'en était pas moins, sur le terrain, un flic très compétent.

— Salut. Tu m'as fait peur. Je ne t'ai pas entendu entrer.

— Excuse-moi. Le capitaine veut que tu fasses équipe avec l'officier Spencer. C'est Carla qui devait s'en charger mais elle a dû partir précipitamment pour la maison de retraite. Sa mère n'est pas très bien.

Dans l'absolu, l'idée de passer quelques heures avec le plus bel homme de Stonerock pouvait paraître assez séduisante. Sauf que Lucy n'était pas insensible à son charme ravageur et qu'elle n'était pas certaine de pouvoir le lui cacher bien longtemps.

Comment était-ce possible ? Elle ignorait tout de lui, à part qu'il était veuf.

— Pas de problème, lança-t-elle d'un ton qu'elle voulait dégagé. Je suis heureuse de pouvoir aider.

Sur ce point, elle ne mentait pas. Elle ne ménageait jamais sa peine quand il s'agissait de prêter main-forte aux uns ou aux autres.

— Je finis de préparer le café et j'y vais, annonça-t-elle.

— Heureusement que tu es là. Tu nous épargnes le breuvage infect de Jamie Lee. Elle est bien meilleure sur le terrain qu'en cuisine.

Ce trait d'humour fit rire Lucy qui alla prendre un des mugs disposés sur le comptoir.

— Au moins, elle a le mérite d'essayer, la défendit-elle. Je bois mon café et je vais retrouver l'officier Spencer.

La nuit serait longue. Elle avait besoin d'une bonne dose de caféine pour tenir le coup.

Ses pensées dérivèrent de nouveau vers Noah Spencer. Pour être honnête, il ne lui avait pas manifesté le moindre intérêt. Il était donc fort probable, pour ne pas dire certain, que ce coup de cœur n'était pas partagé. Sans doute n'avait-il pas encore fait le deuil de sa femme et c'était bien normal, après à peine six mois de veuvage.

Perdue dans ses pensées, elle remplit son mug et, comme elle se tournait, se heurta à un torse musculeux. Le liquide chaud qui lui brûla la main lui fit lâcher le récipient qui alla se fracasser au sol.

Une paire de mains solides se posa sur ses épaules. Noah.

— Ça va ? demanda-t-il avec une pointe d'inquiétude.

Elle acquiesça d'un hochement de tête.

— Votre uniforme ? Je n'ai pas renversé de café sur vous ?

— Comment va votre main ? demanda-t-il, ignorant sa question. Vous vous êtes brûlée ?

— Ça va. Laissez-moi plutôt aller chercher de quoi essuyer votre chemise.

— Laissez tomber ma chemise, Lucy.

La prenant par le bras, il la conduisit jusqu'à l'évier où il passa sa peau rougie sous l'eau froide.

Elle ne sentait rien de sa brûlure tant elle s'était focalisée sur la douceur des doigts de Noah sur son poignet.

— Que se passe-t-il ? s'enquit l'officier McCoy, revenu dans la salle.

— Rien, répondit Lucy. J'ai renversé mon café.

— Je vais nettoyer.

McCoy disparut un court instant puis revint, muni d'une serpillière qu'il entreprit aussitôt de passer sur le carrelage éclaboussé de café.

— Je crois que c'est bon, Noah, dit-elle après quelques minutes.

Noah ferma le robinet et prit une serviette en papier

dans le distributeur tout proche. Comme il s'apprêtait à la presser doucement sur sa peau endolorie, elle la lui prit des mains pour le faire elle-même. Il en allait de sa santé mentale que cet homme cesse le moindre contact physique avec elle. Toujours dans cette optique, elle devait garder en mémoire qu'ils allaient faire équipe et que son but était de le pousser à fréquenter Helping Hands pour l'aider à se remettre du deuil qu'il traversait.

D'ailleurs, ne s'était-elle pas juré de ne jamais tomber amoureuse d'un homme dont le métier le conduisait à risquer sa vie tous les jours pour les autres ?

— McCoy, laisse, je vais le faire, dit-elle en voyant l'officier se baisser pour ramasser les bouts de faïence épars.

— La perspective de boire un café digne de ce nom mérite bien un peu de reconnaissance, répliqua McCoy en souriant. Et puis, il est temps que Spencer et toi vous vous mettiez au travail.

Elle quitta la salle, talonnée par Noah dont elle sentait le regard sur elle. Elle regretta soudain l'absence de Carla. Avec elle à ses côtés, elle se serait un peu délestée de l'appréhension qui pesait sur ses épaules.

C'était la première fois depuis la mort de son mari qu'elle éprouvait une attirance aussi forte pour un homme. Dommage que l'homme en question ne soit pas réceptif à ce trouble qu'il suscitait en elle. Coéquipiers ils étaient, coéquipiers ils resteraient, se résigna-t-elle à conclure.

— Vous êtes certaine que votre main ne vous fait pas souffrir ? demanda encore une fois Noah alors qu'ils arrivaient au centre d'appels, équipé de nombreux moniteurs et appareils téléphoniques.

Combien de fois devrait-elle le lui répéter ? pensa-t-elle, un brin agacée.

— Oui, ne vous inquiétez pas pour moi, répondit-elle d'un ton qu'elle s'appliqua à garder neutre. Occupez-vous plutôt de vos chaussures.

Il abaissa les yeux sur ses rangers, que le café n'avait pas épargnées.

— Ce n'est rien, dit-il. En revanche, votre pull…

Son pull aussi était tout taché. Un pull blanc, évidemment. Classe. Vraiment très classe.

— Ce n'est pas grave, assura-t-elle en rougissant sous le regard insistant de Noah qui restait fixé sur sa poitrine. Ça finira bien par sécher.

Sans attendre, elle alla s'asseoir à son bureau et, de la main, invita Noah à prendre place à côté d'elle.

— Depuis combien de temps êtes-vous à Stonerock ? s'enquit-elle.

— Presque une semaine, répondit-il.

Elle pointa du menton l'un des moniteurs, celui où figurait un plan de la ville.

— Alors, je suppose que vous avez déjà quelques points de repère.

Il acquiesça d'un hochement de tête.

— C'est assez facile avec un plan quadrillé comme celui-ci.

— Vos missions ne seront pas très différentes de celles que vous accomplissiez avant, ajouta-t-elle. Stonerock est une petite ville dont le taux de criminalité est assez bas.

Il l'écouta sans l'interrompre lui expliquer comment les choses allaient se dérouler de son côté. Lorsqu'une des lignes s'éclaira, lui signalant un appel, elle fit le geste de poser son index sur ses lèvres pour lui signifier de rester silencieux puis elle décrocha.

L'appel émanait d'un enfant, en proie à une panique totale.

— C'est maman ! cria-t-il. Elle va avoir le bébé ! Elle va avoir le bébé !

Lucy eut tout de suite les mots qu'il fallait pour tenter d'apaiser et de rassurer l'enfant. Ce n'était pas son premier accouchement prématuré et ce ne serait pas le dernier. Tout en parlant, elle localisa la provenance de l'appel puis chercha le nom du voisin le plus proche qu'elle appela aussitôt, tout en gardant le petit garçon sur l'autre ligne. En attendant que les secouristes arrivent sur les lieux, elle préférait qu'il soit en compagnie d'un adulte.

Moins de cinq minutes plus tard l'équipe médicale était sur place. Une fois tout le monde en sécurité et le problème réglé, Lucy déconnecta la ligne.

Tout en se calant contre le dossier de son siège, elle lança un coup d'œil oblique à Noah. Tout le temps qu'avait duré l'échange, elle avait complètement oublié sa présence, ce qui était plutôt bon signe. Allons. Tout n'était pas perdu pour elle.

— Vous avez parfaitement géré la situation, la félicita-t-il.

— Normal. C'est mon métier.

— Certes. Mais tout le monde ne serait pas capable de faire ce que vous faites. Il faut être doué de qualités spéciales.

Il se pencha en avant jusqu'à presque toucher son visage avant de poursuivre :

— Tout le monde ne possède pas votre calme et

votre sang-froid. Vous êtes le lien vital entre ces gens en détresse et les sauveteurs, vous savez.

Elle haussa les épaules dans un mouvement qui se voulait désinvolte. Elle ne l'avait jamais vu sous cet angle, mais finalement Noah n'avait pas tort.

Les appels se succédèrent à un rythme soutenu. Invariablement, Lucy répondait et, invariablement, entre deux coups de fil, Noah et elle bavardaient à bâtons rompus. Au bout d'une heure, l'officier McCoy passa chercher Noah et tous deux partirent en mission.

Lucy était tiraillée. D'un côté, elle détestait voir Noah partir ; de l'autre, elle en était soulagée. Car elle avait beau faire, elle avait beaucoup de mal à se libérer de sa présence charismatique.

Dieu merci, le téléphone se mit à sonner et elle oublia tout ce qui n'était pas la personne qui appelait au secours à l'autre bout du fil. Elle était heureuse d'avoir l'esprit occupé à autre chose qu'au très séduisant Noah Spencer.

Noah monta à bord du véhicule de police, côté passager. Il n'avait pas l'habitude qu'on le conduise, mais il y avait tant de choses dont il n'avait pas l'habitude depuis qu'il avait emménagé à Stonerock ! Comme vivre sans sa femme, loin de son ranch.

Même si chaque jour le tenait un peu plus à distance de l'immense souffrance qu'il avait connue, il n'en restait pas moins qu'il éprouvait toujours le vide sidéral que la disparition de sa femme avait creusé en lui.

McCoy venait juste de mettre le contact lorsque la voix de Lucy se fit entendre.

— On nous signale la disparition d'un enfant, au

186 Walnut Street, annonça-t-elle. La mère affirme qu'elle lui avait demandé d'aller se mettre en pyjama mais lorsqu'elle est montée dans sa chambre, quelques minutes plus tard, il ne s'y trouvait pas.

Noah avait beau être dans la police depuis un bon moment, il ne s'habituait pas à savoir un enfant en danger. Son cœur se serra en imaginant l'angoisse que devait vivre cette mère.

— Il y a un ruisseau derrière la maison, poursuivit Lucy. La mère et quelques voisins se trouvent sur place.

McCoy actionna la sirène de son véhicule et fonça à travers la ville, en direction de l'adresse indiquée. Lucy gardait le contact avec eux tandis qu'elle discutait avec l'un des voisins, les informant ainsi de la situation minute par minute. Sa voix douce, sa manière de parler, à la fois ferme mais rassurante, reflétait exactement ce qu'avait souligné Noah un peu plus tôt : Lucy était le lien vital entre les gens en détresse et les secours. Dommage qu'elle n'en soit pas consciente. Ce rôle était si important !

En temps normal, il se sentirait coupable de penser à elle autrement que comme une coéquipière, mais il y avait chez elle quelque chose qui ressemblait à… À quoi, exactement ? Il peinait à trouver le mot juste. De la tristesse. Une profonde tristesse, semblable à celle qu'il ressentait encore si souvent. Malgré les efforts qu'elle faisait pour la dissimuler, il avait su la déceler. Peut-être qu'elle trouvait dans le groupe de soutien qu'elle animait le réconfort dont elle-même avait besoin ? En tout cas, ce groupe n'était définitivement pas pour lui. Il avait pris le temps d'y réfléchir mais non. Il ne se voyait décidément pas mettre ses tripes sur la table devant un groupe de parfaits étrangers. Un jour, il y parviendrait. Il saurait tourner la page pour aller sereinement de l'avant. Mais ce chemin il le ferait seul, sans l'aide de personne.

Un court instant plus tard, McCoy garait leur véhicule devant une pimpante maisonnette blanche. Un petit groupe de gens était rassemblé sur la pelouse. Son taux d'adrénaline grimpant en flèche, Noah se rua en direction du ruisseau, là où la mère se trouvait déjà, tandis que McCoy demandait aux voisins une description détaillée du petit garçon.

Avec les pluies diluviennes qui étaient tombées récemment, le niveau de l'eau avait monté de manière significative. Noah pria en son for intérieur pour que cette recherche ne se termine pas en découverte macabre.

Chacun était armé d'une lampe torche et balayait sans répit les abords de la rivière ainsi que ses eaux devenues tumultueuses.

— Je le vois ! cria soudain quelqu'un. Il est agrippé à un buisson de l'autre côté, là !

Noah n'y réfléchit pas à deux fois. Il se précipita dans l'eau, éclairé par la lumière crue des lampes-torches que tous avaient braquées dans la direction du petit naufragé.

— Tiens bon, mon bébé ! entendit-il la mère crier à son petit garçon.

— Tiens bon, petit ! cria-t-il à son tour. Regarde, j'arrive. Je ne suis pas très loin.

Le pauvre petit, terrorisé, était secoué de sanglots convulsifs.

Noah, de l'eau jusqu'à la taille, progressait péniblement. La rivière était plus froide qu'il n'avait pensé. Il ignorait depuis combien de temps le garçonnet était accroché là, à demi immergé, mais avec la nuit qui était tombée Noah redoutait une hypothermie qui pourrait lui être fatale.

Cette pensée décupla ses forces. Au bout de minutes qui lui parurent une éternité, enfin, il rejoignit le petit garçon.

— N'aie pas peur, mon grand. Enroule tes jambes autour de ma taille et mets tes bras autour de mon cou. Je vais décrocher ta capuche.

Mais l'enfant, tétanisé par la peur, n'esquissa pas le moindre geste. Il continuait à pleurer à chaudes larmes, incapable de bouger.

— Je suis l'officier Spencer, expliqua Noah d'une voix à la fois douce et ferme. Mais tu peux m'appeler Noah. Et toi, comment t'appelles-tu ?

— Je… Je m'app… m'appelle Connor.

À présent, il avait cessé de pleurer, mais il claquait des dents de manière convulsive.

— Très bien, Connor. Tu es un grand garçon, n'est-ce pas ? J'ai besoin que tu m'aides parce que mon coéquipier est resté sur la rive. Tu veux bien être mon coéquipier ?

Connor acquiesça en silence.

— Je voulais juste voir l'orage, commença-t-il à expliquer. Et puis, j'ai vu un chat dans la rivière. Alors, j'ai voulu le sauver.

— Tu es un garçon très courageux. Aussi, tu vas faire comme je t'ai dit : tu vas enrouler tes jambes autour de ma taille et tes bras autour de mon cou. D'accord ?

Cette fois, le petit garçon obéit docilement. Il tremblait de tous ses membres, de peur autant que de froid. Son précieux fardeau dans les bras, Noah traversa la rivière en sens inverse. Sur la berge, la mère tendait ses bras grands ouverts à son enfant, le corps secoué de sanglots spasmodiques.

Les secours attendaient derrière elle, prêts à prendre le petit garçon en charge aussitôt que Noah l'aurait sorti de l'eau. C'était le protocole. Même si l'enfant ne présentait aucun signe alarmant sur son état de santé, il devait passer par les mains expertes des urgentistes.

Ce ne fut que lorsque l'enfant fut enfin dans les bras de sa mère que Noah sentit la pression retomber et les battements de son cœur retrouver un rythme normal.

— Beau boulot, Spencer, le félicita McCoy en le gratifiant d'une bourrade qui se voulait aussi virile qu'amicale. À peine arrivé, et tu joues déjà les héros ! ajouta-t-il pour le taquiner. On peut dire que tu as bien choisi ta voie.

— Au moins, ce petit plongeon aura servi à nettoyer mes chaussures, répliqua Noah sur le même mode léger.

McCoy partit d'un éclat de rire sonore.

Ils venaient de regagner le véhicule de police quand la mère de Connor se précipita vers eux pour étreindre Noah.

— Merci, dit-elle d'une voix chevrotante d'émotion. Vous avez sauvé mon petit garçon. Je peux vous assurer que plus jamais il ne s'approchera de cette rivière.

— Je crois que cela lui a servi de leçon. Ce pauvre petit a eu la peur de sa vie. Mais il est très courageux, vous savez. C'était pour essayer de sauver un chat qu'il s'était aventuré tout seul là-bas.

Encore sous le choc, la maman de Connor essuya ses larmes du revers de la main puis esquissa un sourire d'approbation avant d'aller retrouver son petit. Du brancard où il était assis, Connor lui fit un signe de la main.

Quelques minutes plus tard, les deux hommes reprenaient la direction du poste de police où Noah pourrait se sécher et se changer. Et surtout, revoir Lucy. En attendant, il devait se contenter de sa voix. Une voix qu'il trouvait envoûtante et qui faisait affleurer un trouble qu'il s'empressa de refouler.

Avait-il raison de s'interdire les émotions que Lucy faisait naître en lui ? Après tout, il n'était qu'un homme soumis à des désirs naturels. Pour la première fois depuis la tragédie, une femme réveillait des pulsions charnelles qu'il pensait enfouies en lui à jamais. Était-ce le son de sa voix, l'empathie dont elle faisait preuve à l'égard de ses semblables ou la vulnérabilité qu'il devinait derrière la désinvolture affichée qui lui rendaient Lucy aussi attirante et attachante ? Il n'aurait su le dire. Le mélange d'un peu tout cela, sans doute.

Il décida d'accueillir les choses comme elles viendraient, sans toutefois prendre le risque de se brûler les ailes. Il était loin d'être remis de la perte de sa femme - si tant est qu'on pouvait se remettre d'un pareil drame - et, pour l'heure, il s'aventurait en terrain inconnu.

Au moment où ils arrivaient devant le poste de police, il en était à se demander ce que les jours, les semaines et les mois à venir allaient lui réserver.

En arrivant dans cette petite ville, il ne savait pas trop à quoi s'attendre, mais il n'imaginait certainement pas qu'une jolie blonde aux yeux verts lui ferait entrevoir la possibilité d'une vie amoureuse.

# - 3 -

Lucy bouillonnait d'une nervosité contenue. Cela faisait presque une semaine que Noah officiait au poste de police et elle avait travaillé cinq jours sur sept. Elle avait assuré un temps complet, remplaçant au pied levé Carla qui avait dû prolonger son absence et ne reprendrait sa place que dans quinze jours.

Ce qui signifiait pour Lucy plus de temps passé en tête à tête avec Noah. Pourquoi fallait-il qu'elle soit attirée par cet homme aussi sexy que ténébreux ? Par un homme qui, comme son défunt mari, pouvait risquer sa vie tous les jours ? N'aurait-elle pas pu en pincer pour un autre que lui, un enseignant ou un bureaucrate, par exemple ? Les célibataires ne manquaient pourtant pas à Stonerock. Des hommes sans doute plus rieurs et moins complexes que Noah, en plus.

Le bruit de la porte qui s'ouvrait et se refermait aussitôt interrompit le fil de ses pensées. Elle allait se retourner lorsque le témoin d'une des lignes s'alluma. Elle ajusta son casque et prit l'appel.

— Service de police de Stonerock. Je vous écoute.

— Un homme rôde dans mon jardin, armé d'une batte de base-ball, lui répondit une voix étouffée de femme.

— Voyez-vous distinctement l'individu ? Pouvez-vous me le décrire ?

— Non, il est caché par des buissons mais il a le regard fixé sur la maison.

Lucy dépêcha deux officiers sur place puis reprit l'appel, s'assurant que la femme avait bien fermé toutes ses fenêtres et verrouillé toutes ses portes.

Lorsque la patrouille la prévint qu'elle était bien arrivée, elle raccrocha et se retourna pour voir qui était entré un peu plus tôt. Il n'y avait personne, mais elle savait qui avait pénétré dans cette pièce. Les effluves d'une eau de toilette devenue familière qui flottaient encore dans l'air étaient un indice infaillible.

Son cœur se mit à battre la chamade comme à chaque fois qu'il était question de Noah. Quel âge avait-elle donc pour qu'il lui fasse tourner la tête aussi facilement ? N'avait-elle pas largement dépassé le stade de l'adolescence ?

L'âge n'avait rien à voir là-dedans lorsqu'il s'agissait du cœur. D'ailleurs, elle avait beau faire, elle échouait à se raisonner. Chaque fois qu'elle était en présence de Noah ou même qu'elle pensait à lui, elle brûlait d'en apprendre toujours davantage sur lui.

Perdue dans ses pensées, elle quitta son siège et étira ses membres engourdis.

— Je croyais que vous étiez de repos, aujourd'hui.

Elle pivota vers Noah qui se tenait sur le seuil, une tasse pleine de café à la main. Il l'épinglait d'un regard si pénétrant qu'elle en rougit violemment.

— Carla a prévenu qu'elle devait prolonger son congé, expliqua-t-elle en s'exhortant à se ressaisir.

— Vous ne deviez pas animer votre groupe de soutien, ce soir ?

— Si, mais tant pis. Kate et Tara devront se passer de moi.

L'espace de quelques secondes, elle crut qu'il allait partir, mais elle le vit traverser la pièce et s'approcher du bureau. C'était trop pour elle qui en arriva à espérer un appel qui mettrait fin à cette tension presque palpable. Elle afficha un air dégagé qui était bien loin de refléter son bouillonnement intérieur puis elle alla reprendre sa place, imitée de près par Noah qui s'installa à côté d'elle sans attendre d'y être invité.

— Comment occupez-vous votre temps libre ? demanda-t-il sans préambule.

La question la prit de court au moment où elle consultait l'heure à l'horloge murale. Noah avait vingt minutes d'avance sur son heure de service. Pourquoi avait-il choisi de passer ce temps en sa compagnie ?

— Comment j'occupe mon temps libre ? répéta-t-elle bêtement, faute de mieux. Eh bien, comme vous le savez, je m'occupe d'un groupe de soutien que je…

— Non, la coupa-t-il.

Elle le fixa, interloquée.

— Comment ça, non ?

Il posa sa tasse sur le bureau et se pencha vers Lucy, comme pour mieux se faire comprendre d'elle.

— Je sais que Helping Hands vous occupe beaucoup, mais ce n'est pas ce que je vous demande. Je voudrais savoir à quoi vous occupez votre temps, en dehors de votre travail ici et de votre association.

— J'étudie, répondit-elle. Je suis en dernière année de psychologie et…

Elle s'interrompit, le voyant cette fois secouer la tête.

— Quoi encore ?

— Vos loisirs, explicita-t-il. Quels sont vos loisirs ?

Elle ouvrit la bouche pour la refermer aussitôt. Elle avait beau chercher, rien ne lui venait à l'esprit. Elle avait pourtant bien dû faire quelque chose d'amusant, récemment. Avec ses amies, car elle n'en manquait pas. Mais, justement, elle ne se souvenait pas de la dernière fois où elle avait répondu à l'invitation de l'une d'elles pour sortir dîner ou aller danser quelque part.

— Je monte à cheval, finit-elle par répondre après un temps de réflexion. J'ai deux chevaux. Enfin... C'étaient ceux de mon mari mais maintenant ils sont à moi.

Elle accueillit avec soulagement l'appel d'une vieille dame qui pensait avoir égaré ses clés mais qui, au moment où elle exposait son problème, les retrouva au fond de son sac à main.

Lucy venait de raccrocher quand l'officier McCoy fit son apparition.

— Bonsoir, tout le monde ! salua-t-il à la ronde d'un ton jovial. Brrr... Il fait frisquet ce soir.

— Tu as raison, rétorqua Noah. Je ne m'habitue toujours pas au climat d'ici. Il va falloir que je songe à investir dans des vêtements plus chauds.

— Fais comme moi. Bois plus de café, lui conseilla McCoy qui, ne faisant que passer, les quitta aussitôt pour se rendre dans la salle du personnel où, précisément, se trouvait la machine à expressos.

— J'imagine que, venant du Texas, le climat doit vous paraître rigoureux, en effet, souligna Lucy.

— Tout est tellement différent du Texas, marmonna-t-il, un ton plus bas, comme pour lui-même.

Elle ne manqua pas de remarquer que son visage s'était rembruni et que ses traits s'étaient durcis. Si seulement elle pouvait lui faire entendre raison et le conduire à parler ; à se libérer d'un fardeau qui, de toute évidence, en même temps qu'il lui pesait, l'empêchait d'aller véritablement de l'avant. Mais, pour cela, elle devrait passer encore plus de temps avec lui, ce qui n'était pas une bonne idée. Passer le relais à Kate ou à Tara ? Imaginer l'une ou l'autre de ses amies en tête à tête avec Noah suffit à allumer en elle une pointe de jalousie qui lui transperça le cœur.

La voix de Noah la ramena brutalement sur terre.

— Vous semblez préoccupée.

— Qu'est-ce qui vous fait dire cela ?

— Vous avez l'air soucieuse depuis que je suis arrivé.

Soucieuse ? C'était ainsi qu'il percevait le trouble qu'il suscitait en elle ? Alors qu'elle avait le cœur et le corps tout chamboulés ? Décidément, elle avait perdu l'habitude des jeux de la séduction. Il faut dire que tout avait été si simple avec Evan. Elle n'avait eu qu'à le laisser faire. C'était lui qui avait pris l'initiative de l'aborder puis de l'inviter à sortir, quelque temps après. Il avait été son premier amour, et son dernier aussi. Alors, oui, elle pouvait dire qu'elle n'était pas à l'aise face à un Noah débordant de virilité qui la faisait frémir d'un désir qu'elle n'avait plus connu depuis la mort de son mari.

— Je ne suis pas soucieuse, assura-t-elle.

Noah reprit sa tasse et en but une gorgée sans lâcher Lucy du regard.

— Vous avez beau vous en défendre, je vois bien que quelque chose vous chiffonne, rétorqua-t-il. Cela dit, ce ne sont pas mes affaires.

Sur ce, il se leva, s'apprêtant à partir.

— Attendez un peu ! lui cria-t-elle, les nerfs prenant soudain le dessus. Si on parlait plutôt de vous ? Parce que c'est *vous* qui êtes soucieux, contrarié et tracassé ! Cela fait une semaine que nous faisons équipe et vous m'avez à peine dit deux mots. En plus, j'ai bien remarqué que vous parliez à tout le monde sauf à moi.

— Je vous ai parlé par radio tous les jours, argua-t-il sans grande conviction.

— Lorsque nous sommes en tête à tête, vous m'ignorez, s'entêta-t-elle - de manière puérile, elle en avait bien conscience.

Et avec un brin de mauvaise foi. Ne venait-il pas d'amorcer une discussion personnelle qu'elle avait volontairement éludée ?

— Vous savez, ici, nous formons une grande famille et je ne veux voir régner aucune tension.

Il l'affronta d'un regard perplexe.

— De quelle tension parlez-vous ?

Sentant le piège se refermer sur elle, Lucy prit le parti de lui répondre par une autre question.

— Ne me dites pas que vous ne savez pas de quoi je veux parler.

*Tu en as trop dit, ou pas assez. Le moment est venu de te jeter à l'eau, ma fille.*

— Parce que moi, je ne cherche pas à cacher mes sentiments, se lança-t-elle. Oui, après tout, pourquoi vous cacher plus longtemps que vous me plaisez beaucoup ? C'est bien naturel d'être attiré par quelqu'un, non ?

Quand elle le vit écarquiller les yeux de surprise, elle en fut mortifiée. Il avait l'air sous le choc, même. Au moins, elle avait la confirmation de ce qu'elle redoutait : l'attirance qu'elle éprouvait pour lui n'était pas partagée.

Au passage, elle maudit intérieurement sa psy de lui avoir conseillé de ne rien garder pour elle.

L'arrivée à point nommé de McCoy, tout guilleret, une tasse de café à la main, dissipa la tension, bien réelle cette fois, qui régnait dans la pièce.

Heureusement, les deux hommes ne s'attardèrent pas. Lucy les regarda partir, le cœur battant.

Elle avait dépassé les bornes et ne savait comment rattraper le coup. Maintenant, Noah savait à quoi s'en tenir avec elle et, à voir sa réaction, elle n'avait fait que le mettre dans l'embarras.

Super ! Comment allait-elle se sortir de cette impasse ?

Lucy adorait cuisiner. Sans se vanter, elle pouvait dire qu'elle n'était pas mauvaise du tout. Surtout en pâtisserie.

C'est la raison pour laquelle, ce jour-là, elle se trouvait devant la porte d'un ravissant cottage aux couleurs pastel, situé à la sortie de la ville. Son panier sous le bras, elle appuya sur le bouton de la sonnette.

Elle attendit, le cœur battant. Elle n'en revenait pas de son audace. Ne s'était-elle pas assez ridiculisée la veille pour qu'elle en redemande ?

Elle était sur le point de rebrousser chemin lorsque la porte s'ouvrit sur Noah.

— Lucy ? Que faites-vous ici ?

Elle fut partagée entre l'envie de prendre ses jambes à son cou - elle réalisait soudain la portée de son acte - et celle d'éclater de rire. Comment garder son sérieux face au diadème, aux boucles d'oreilles et au collier en plastique rose dont était affublé un homme aussi viril que Noah Spencer ?

L'arrivée d'une petite fille déguisée en princesse la tira d'embarras.

— Lucy, je vous présente ma fille, Emma, dit Noah d'un air penaud. Emma, voici Lucy, la dame avec qui je travaille.

Sa fille ? Noah avait une fille. Il ne lui en avait jamais parlé. Elle se sentit soudain vraiment idiote d'avoir débarqué comme cela, sans même s'être annoncée avant, violant l'intimité de son coéquipier.

Elle se pencha en avant pour se mettre à la hauteur de la fillette.

— Tu es magnifique ! s'extasia-t-elle. À ce que je vois, tu aimes bien jouer à te déguiser avec ton papa.

— Avant, je jouais avec maman mais elle est plus là, répondit Emma, la voix tremblante d'émotion. Papa veut bien jouer avec moi, mais il ne veut pas mettre de robe.

Imaginer Noah en robe la fit rire de bon cœur.

— Des fois, on joue aussi à la dînette, poursuivit l'enfant, visiblement enchantée de pouvoir dévoiler ses petits secrets à cette nouvelle venue.

Lucy remarqua les ravissantes fossettes qui creusaient ses joues - les mêmes que celles de son papa.

Elle fut parcourue d'une onde nostalgique qui lui serra le cœur. Elle et son mari avaient un jour caressé l'espoir de fonder une famille. Ils avaient acheté leur maison, l'imaginant remplie de cris d'enfants turbulents. Malheureusement, Evan était parti, la laissant seule avec leurs rêves inachevés de famille heureuse.

— Entrez, je vous en prie, dit Noah en s'écartant pour lui laisser le passage.

Emma fila dans sa chambre, probablement pour reprendre son jeu là où Lucy l'avait interrompu.

— Noah… Je suis désolée de débarquer comme ça, sans prévenir. Surtout après ce que je vous ai dit hier, mais… Excusez-moi, mais j'ai du mal à vous parler, déguisé comme vous l'êtes.

Il retira aussitôt le diadème et les boucles d'oreilles qu'il garda dans sa main mais oublia d'ôter le collier.

— Qu'est-ce qui vous amène, Lucy ?

L'inflexion de sa voix lorsqu'il prononça son nom lui envoya comme de délicieuses petites ondes électriques au creux des reins.

— J'ai fait des scones, répondit-elle en levant son panier devant lui. J'ignorais que vous aviez une petite fille. J'aurais fait des *monster cookies*, plutôt.

— Des *monster cookies* ? demanda-t-il en relevant un coin de la serviette qui protégeait les biscuits. Qu'est-ce que c'est ?

— Ce sont des biscuits au chocolat, décorés de smarties de couleurs censés leur donner une apparence de petits monstres. En général, les enfants en raffolent.

Il opina en silence en même temps qu'il prenait un des scones et croquait dedans à belles dents.

— Délicieux, commenta-t-il avant d'en prendre une deuxième bouchée. Vous y avez mis des cranberries ?

— Absolument, répondit-elle, flattée d'avoir affaire à un connaisseur. J'y ai ajouté une pointe d'écorce d'orange, également.

Une fois son scone avalé, il s'essuya les mains sur son jean, sans plus de façons.

— En vous invitant à entrer, je ne peux pas vous

garantir que vous ne finirez pas avec une couronne sur la tête et une assiette en plastique à la main.

— Cela ne me dérangerait pas, vous savez.

— Alors, venez, dit-il en lui prenant le panier des mains. Suivez-moi.

Mais elle resta plantée là, les mains enfoncées dans ses poches.

— Noah, je voudrais vous présenter mes excuses pour ce que je vous ai dit hier. Je ne voulais pas vous mettre dans l'embarras.

— Ce n'est pas ce que j'ai ressenti, rétorqua-t-il. J'ai été surpris, plutôt. Surpris et intrigué.

Tandis que l'air venait à lui manquer, Noah, lui, affichait la plus grande décontraction.

— Si vous enleviez votre manteau pour vous joindre à nous ? suggéra-t-il, la délivrant ainsi de ce moment de gêne. Emma et moi nous apprêtions à boire le thé. Elle doit trépigner d'impatience à l'idée de le prendre avec vous.

Lucy laissa échapper un petit rire nerveux.

— Comment refuser l'invitation d'un homme portant un aussi joli collier ? le taquina-t-elle en pointant du menton le colifichet qui enserrait encore son cou.

Emma refit son apparition, serrant contre elle un ours en peluche.

— Tu vas boire le thé avec nous ? demanda-t-elle à Lucy.

Cette petite fille si jolie, si spontanée, la renvoyait tellement à un désir de maternité qu'elle pensait enfoui en elle à tout jamais qu'elle en eut les larmes aux yeux.

Qui, du père ou de la fille, ravivait en elle le plus d'émotions, elle ne saurait le dire. La combinaison des deux la terrifiait, mais elle n'allait certainement pas se priver du plaisir de passer un bon moment en leur compagnie.

Sans compter que plus elle passerait de temps avec Noah, plus elle multiplierait ses chances de le convaincre de rejoindre Helping Hands. Et si elle échouait, elle pourrait toujours tenter de lui faire évacuer elle-même ce qu'il avait sur le cœur en le faisant parler. En privé.

Elle se moqua d'elle intérieurement. Qui croyait-elle berner ? Si elle souhaitait ardemment la compagnie de Noah Spencer, c'était parce qu'elle n'était pas insensible à son charme et parce qu'il était le premier homme à éveiller en elle un désir trop longtemps refoulé.

— Bien sûr que je vais rester jouer avec vous, répondit-elle en souriant à la fillette.

— Trop génial ! s'exclama cette dernière en sautant de joie. Je vais garder mon nounours sur mes genoux, comme ça, tu pourras prendre sa chaise.

Puis elle détala aussi vite qu'elle était apparue.

— Vous ne le savez pas encore, mais c'est un très grand honneur qu'elle vous fait là, expliqua Noah.

Lucy sourit tout en accrochant sa veste au portemanteau. Elle fit mine de ne pas remarquer le contraste saisissant que formaient le minuscule manteau à pois rose et blanc que côtoyait la veste en lainage de Noah qui, pour le coup, paraissait immense.

Elle découvrait une nouvelle facette de Noah qu'elle n'aurait jamais soupçonnée. Le fait qu'il ait perdu sa femme et qu'il élève seul sa fille expliquait pas mal de choses, notamment la réserve dont il faisait preuve à son égard.

Le moment n'était pas opportun d'analyser la situation

sous tous ses angles, conclut-elle. Le moment était venu de lâcher prise et de profiter de cette parenthèse de bonheur qui lui était offerte.

Noah se maudit en silence. Ou diable avait-il la tête ? Qu'est-ce qui lui avait pris d'ouvrir la porte de son intimité à Lucy ? En l'invitant comme il venait de le faire, il prenait le risque de rompre le semblant d'équilibre qu'il avait réussi, non sans mal, à établir.

Sa vie avait déjà subi tant de changements depuis quinze jours qu'il s'était installé à Stonerock ! Il avait dû s'habituer à un nouveau climat, plus rude que celui du Texas, à un nouveau travail, de nouveaux coéquipiers. Il avait dû accepter l'idée qu'il ne passerait plus son temps libre dans son ranch, à s'occuper de ses chevaux. Désormais, toute sa vie tournait autour de sa petite Emma. Privée trop tôt de sa maman, elle était devenue sa priorité et il entendait bien qu'elle le reste.

— Tu veux voir ma chambre, maintenant ? demanda Emma à Lucy après qu'ils en eurent terminé avec la cérémonie du thé.

Sans attendre de réponse, elle sauta au bas de sa chaise et prit Lucy par la main pour la conduire dans le couloir.

— Doucement, Emma, la reprit Noah avec douceur. Lucy n'avait pas prévu de rester. Elle a peut-être des choses à faire.

— Je serais très contente de voir ta chambre, déclara Lucy en guise de réponse.

— C'est papa qui a tout repeint, continua la petite avec une pointe de fierté. Et puis, il a mis des petites étoiles qui brillent la nuit au plafond, comme je lui ai demandé.

Noah consulta l'heure à l'horloge murale. C'était le moment où, d'habitude, il s'accordait un peu de repos avant d'aller prendre son service de nuit. Sur les conseils avisés de l'agent immobilier, il avait fait appel à une jeune retraitée qui habitait à deux rues de là pour garder Emma. Savoir qu'il avait affaire à une personne fiable et responsable, en qui il pouvait avoir toute confiance, était pour lui un immense soulagement. Chaque petite avancée positive dans cette nouvelle vie qu'il était en train de se construire dissipait un peu de ses angoisses et de ses inquiétudes.

Ses pensées dérivèrent vers Lucy. Ferait-elle équipe avec lui ce soir ? Il s'en voulut aussitôt de cette question. Lucy n'était même pas partie de chez lui que, déjà, il se demandait quand il allait la revoir.

Il n'était pas prêt à se lancer dans une relation amoureuse. Cela faisait à peine six mois qu'il avait perdu Cara. Il était bien trop tôt pour laisser éclore le désir encore timide qu'il avait de Lucy. Il ne s'interdisait cependant pas d'imaginer qu'un jour, peut-être, le contrôle lui échapperait, et alors…

Absorbé dans ses pensées, il alla rincer les tasses. C'était Cara qui avait instauré ce rituel du thé avec leur fille et il avait à cœur de le perpétuer. Dès qu'ils étaient arrivés à Stonerock, il avait foncé au supermarché du coin pour y acheter un nouveau service à thé. Et depuis, tous les jours, il sacrifiait à ce rituel qui ramenait invariablement le même sourire heureux sur le visage de sa fille.

Il laissa filer encore quelques minutes avant de

décider qu'il était temps d'aller délivrer Lucy de sa petite Emma. Privée de présence féminine - à l'exception de la nounou qui assurait les nuits –, elle devait se réjouir de la présence de Lucy.

Il les trouva assises côte à côte sur la banquette capitonnée qui se trouvait sous une des fenêtres. Lucy croulait sous des tonnes de bijoux en plastique.

— Ma chérie, as-tu demandé à Lucy si cela ne la dérangeait pas avant de la faire disparaître sous tous ces accessoires ? demanda Noah qui avait bien du mal à réprimer le fou rire qu'il sentait monter en lui.

Une nouvelle fois, ce fut Lucy qui répondit à la place d'Emma.

— Cela ne me dérange pas du tout. Emma et moi nous amusons comme des folles. En fait, cela fait bien longtemps que je n'ai pas été chouchoutée comme ça.

Voir sa fille partager un moment d'étroite complicité avec une femme qui n'était pas sa mère le chamboula. Il en ressentit une vive culpabilité. Il se sentait coupable de continuer à vivre et à ressentir des émotions ; coupable de n'avoir pas su protéger sa femme.

Il en avait pourtant sauvé des vies, en tant que policier au Texas ! Il avait pu lui parler après le passage du cyclone. Elle lui avait assuré que tout allait bien. Bon sang ! Il aurait dû…

Il interrompit le fil de ces pensées douloureuses. À quoi bon se fustiger encore une fois ? De toute façon, il devrait vivre toute sa vie avec cette culpabilité qui, tapie en lui, resurgissait à la moindre occasion.

D'un autre côté, il savait que c'était ce qu'aurait souhaité sa femme, le voir aller de l'avant. Pour lui, mais surtout pour leur fille.

— J'en suis heureux. Mais il est l'heure d'aller chez Mary, ma chérie.

Emma se mit à pleurnicher.

— Tout va bien, Emma, la rassura Lucy en posant une main sur ses petits genoux. Si tu veux, je pourrai revenir jouer avec toi.

Le petit visage morose d'Emma s'éclaira aussitôt.

— C'est vrai ? demanda-t-elle d'humeur soudain plus joyeuse.

— Si ton papa veut bien, oui.

Il ne répondit pas. Il pesa les deux options qui s'offraient à lui. D'un côté, il ne voulait pas que sa fille s'attache trop à Lucy ; de l'autre, il était heureux de la retrouver gaie comme un pinson.

Et puis, il ne voulait pas se mentir. Voir Lucy et Emma ensemble lui faisait baisser la garde, malgré lui.

Un flot d'émotions contradictoires le submergea. Il nageait en pleine confusion. S'il ne pouvait nier qu'il était attiré par Lucy, il avait beaucoup de mal, en revanche, à accepter ce qu'il considérait comme une faiblesse.

— Je vais être très occupée, ma chérie, mais ton papa et moi en parlerons quand nous serons au travail et nous essaierons de trouver une date, répondit Lucy. D'accord ?

Elle retira tous ses bijoux, les déposa sur la banquette, puis elle se pencha vers Emma.

— Je te remercie beaucoup de m'avoir montré ta chambre, dit-elle d'une voix douce. Elle est vraiment très jolie. Un jour, si ton papa est d'accord, je te montrerai mes chevaux.

Emma poussa un couinement de joie en même temps

qu'elle joignait ses deux petites mains en un geste de prière.

— C'est vrai ? On pourra y aller, papa ? Dis oui ! S'il te plaît ! S'il te plaît ! S'il te plaît !

Il éclata de rire devant tant de spontanéité innocente.

— Nous allons y réfléchir. Je te le promets.

Emma jeta ses bras autour du cou de Lucy, dans une étreinte si chargée d'amour qu'il en détourna le regard. Il n'était pas prêt à voir sa fille partager une telle complicité avec une étrangère, après juste une heure passée en sa compagnie. Que se passerait-il s'ils revoyaient Lucy régulièrement ? S'ils allaient au cinéma ou au parc avec elle, par exemple, donnant l'image d'une famille qu'ils n'étaient pas ?

— Merci pour ce bon moment passé avec vous, dit Lucy quand ils furent arrivés à la porte d'entrée. Cela compte beaucoup pour moi. Plus que vous ne pouvez l'imaginer.

Elle plongea un bref instant son regard dans le sien puis redescendit l'allée sans se retourner. Un regard chargé de quelque chose qui ressemblait à du regret. Ou à de la tristesse. Qu'est-ce qui pouvait bien l'affliger ainsi ? Il l'ignorait encore, mais il se faisait fort de la faire parler.

Car, d'elle ou de lui, il se demandait qui avait le plus besoin d'aide.

# - 4 -

— Tu ne crois quand même pas t'en tirer aussi facilement ?

C'était pourtant ce qu'espérait Lucy. Elle posa délicatement sur la table basse le plateau chargé de trois mugs remplis de chocolat chaud couronnés de chantilly qu'elle avait dans les mains, puis elle s'assit dans le fauteuil qui faisait face au canapé. C'était sa première soirée libre depuis des jours et elle entendait bien la passer sans avoir de comptes à rendre, fût-ce à ses meilleures amies.

— Nous y passerons le temps qu'il faudra, mais nous arriverons bien à te faire cracher le morceau, affirma Tara.

Lucy leva les yeux au ciel.

— Il n'y a rien à dire, je vous assure.

— Bien sûr, ricana Kate. Dans ce cas, que faisais-tu chez l'officier Spencer, hier après-midi ?

Rien, songea-t-elle. Elle avait bu du thé ; elle avait joué avec Emma ; elle était repartie comme elle était venue. Clap de fin.

— Regarde un peu la tête qu'elle fait, chuchota Tara à l'oreille de Kate, quand même assez fort pour être entendue de Lucy.

— Je crois qu'elle cherche un moyen de ne pas

répondre à nos questions, murmura Kate sur le même mode.

Lucy éclata de rire devant les mines faussement conspiratrices de ses amies.

— Vous voulez bien laisser tomber ? Je suis allée chez Noah pour lui apporter un panier de scones. C'est tout.

— Ceux aux cranberries et à l'écorce d'orange ? Tu viens de te trahir ! Ils sont à tomber et tu ne les offres qu'à de rares occasions. C'est bien la preuve flagrante que Noah ne te laisse pas indifférente.

Lucy prit le parti de ne pas mordre à l'hameçon. Elle savait à quoi s'attendre lorsqu'elle avait décidé de passer cette soirée entre filles. C'était la règle du jeu. Et si les rôles étaient inversés, il ne faisait aucun doute qu'elle réagirait de la même façon. Mais, pour la première fois, elle n'avait pas envie de se confier à ses amies. Que leur dirait-elle, de toute façon ? Qu'elle avait cru voir une étincelle d'intérêt passer dans le regard de Noah et que, depuis, plus rien ?

Pire, même, lorsqu'ils s'étaient retrouvés au poste de police, ce soir-là, il avait gardé plus de distance que d'habitude avec elle, allant presque jusqu'à l'ignorer.

— Alors ? insista Kate. Nous t'écoutons. Parle-nous au moins de lui. Parce que figure-toi que les langues commencent à se délier en ville. Le bruit court qu'il a une fille.

— Oui, concéda Lucy. Une petite Emma qui a quatre ans.

— Il est veuf ? demanda Tara en ramenant ses longues jambes sous elle.

— Oui. Mais je sais juste que sa femme est morte au passage d'un cyclone. Sur Noah, je n'en sais pas plus, à part qu'il avait un ranch au Texas mais que, là-bas aussi, il était policier. Il est très discret sur sa vie privée, vous savez. Il ne me raconte pas tout.

— Ça n'empêche que tu es allée chez lui et que tu es restée… Quoi… ? Une heure là-bas, rien qu'avec eux ?

— Exactement. Mais il ne s'est rien passé.

— Pas encore.

Lucy décida qu'il était temps de changer de sujet.

— Nous sommes toujours d'accord pour aller danser chez Gallagher's demain soir ? demanda-t-elle.

Tara acquiesça la première.

— Marley est avec son père en ce moment. Je suis libre comme l'air.

Tara et son mari, Sam, étaient mariés depuis peu lorsqu'ils avaient compris qu'ils étaient très différents l'un de l'autre et qu'ils n'attendaient pas les mêmes choses de la vie à deux. Il faut dire qu'ils s'étaient dit oui à l'issue d'une relation passionnelle commencée peu de temps auparavant. Peut-être avaient-ils confondu amour et alchimie ?

En tout cas, si les choses n'étaient pas faciles pour Tara, elle savait pouvoir compter sur le père de sa fille pour l'aider à l'élever.

Les trois amies se connaissaient depuis l'enfance. Kate et Lucy depuis que cette dernière avait coupé les cheveux de la première contre la volonté de sa mère. Cette même année, Tara avait emménagé avec ses parents à Stonerock. Tout de suite le courant était passé entre elles trois et, depuis cette époque, elles étaient inséparables.

— J'adore aller là-bas, dit Tara en sirotant une

gorgée de son chocolat. Surtout depuis que c'est Gray qui a pris la relève.

Grand, bien bâti, gentil et drôle, Gray était un célibataire très convoité. Pourtant, à ce jour, il n'avait toujours pas trouvé son âme sœur. Et pour cause. Son cœur ne battait que pour Kate qui prenait un malin plaisir à le rendre jaloux.

Et n'était-ce pas ce à quoi aspiraient tous les habitants de cette petite bourgade, à un moment ou à un autre de leur vie ? Trouver l'amour, se marier, fonder une famille. Mais les choses n'étaient pas toujours aussi simples, évidemment.

— Puisque nous sortons demain soir, si nous en profitions pour parler maintenant de l'organisation de la fête de Stonerock ? suggéra Lucy.

— Nous en avons déjà fini avec l'officier Spencer ? demanda Kate. Parce que je n'ai pas l'impression que nous en sachions beaucoup plus que lorsque nous sommes arrivées.

— Vous savez tout ce que vous avez besoin de savoir, trancha Lucy. Pour en revenir au festival, je pense que nous devrions limiter le nombre d'entrées. Qu'en pensez-vous ?

C'est ainsi que Lucy parvint à faire oublier à ses amies un sujet qu'elle voulait éviter. Tara et Kate allaient revenir à la charge, c'était certain ; mais, pour l'heure, Lucy accueillit ce moment de répit avec soulagement.

En ce qui la concernait, il lui suffisait de garder en tête que Noah ne s'intéressait pas à elle. Plus facile à dire qu'à faire ! Car l'image de Noah l'accompagnait partout, tout au long de ses journées et parfois de ses nuits.

La balle était dans son camp, conclut-elle. Mais allait-il seulement la saisir ?

La fête d'automne de Stonerock allait avoir lieu dans quelques jours et c'était Noah qui était chargé d'en assurer la sécurité. Il était déjà décidé qu'il ferait équipe avec le capitaine St. John. Tout s'organisait doucement. Il avait demandé à la nounou d'emmener Emma y faire un tour. Il y aurait des ateliers de maquillage, des stands de pâtisseries, quelques manèges et, le soir, un grand feu de joie qui clôturerait cette journée de fête.

Noah commençait à se sentir chez lui dans cette petite ville. Il commençait à trouver ses marques. Emma aussi, qui s'était fait quelques amies chez la nounou.

Et lui ? Pouvait-il considérer Lucy comme une amie ?

Mieux valait ne pas chercher de réponse à cette question. Il s'empara de son trousseau de clés et prit la sortie, refoulant comme il le pouvait les images de Lucy qui venaient le hanter chaque jour de manière plus récurrente.

Comme un fait exprès, alors qu'il se dirigeait vers son pick-up, il l'aperçut, immobile dans sa voiture. Le moteur ne tournait pas. Elle avait le front et les mains posés sur le volant. Son sang ne fit qu'un tour. Était-elle malade ? S'était-elle évanouie ?

Il courut jusqu'à sa voiture, frappa à la vitre. Lucy sursauta puis tourna vers lui son visage inondé de larmes.

— Lucy, qu'y a-t-il ?

Elle essuya ses joues mouillées du plat de la main.

— Rien, répondit-elle sans grande conviction. Ça va passer.

Noah se pencha un peu plus à la vitre, le bras posé sur le toit.

— Si cela vous fait pleurer, ça n'est pas « rien », fit-il remarquer.

— Une dame qui fréquente le groupe a perdu son chien, finit-elle par répondre.

En tant qu'éleveur, il connaissait la douleur de perdre une bête ; mais que Lucy soit aussi bouleversée par la perte d'un animal qui n'était pas le sien - qu'elle n'avait même peut-être jamais vu - était surprenant, pour ne pas dire étrange.

— Excusez-moi, poursuivit-elle en reniflant un peu. Ce sont les circonstances qui me font pleurer. Ce chien, Tammy était allée le chercher dans un refuge, juste après le décès de son mari. Pour se sentir un peu moins seule. Mais tout à l'heure il s'est échappé de la maison et il a traversé la rue juste au moment où un bus passait par là. Tammy vient juste de m'annoncer la nouvelle. Elle est tellement malheureuse d'avoir perdu son chien !

Encore une fois, il fut touché par l'empathie débordante dont faisait preuve Lucy. C'était une belle personne, douée d'une compassion hors du commun. Il avait l'occasion de s'en rendre compte à chacun des appels qu'elle recevait. Il l'avait vu aussi à la manière dont elle s'était occupée d'Emma quand elle était venue frapper à sa porte, avec son panier rempli de scones.

— Vous allez pouvoir rentrer chez vous ? demanda-t-il avec une pointe d'inquiétude.

— Oui. Ça va aller. Je vais d'abord faire un crochet

par chez Tammy pour m'assurer qu'elle va bien. Je ne veux pas la laisser seule dans un moment pareil.

Aller consoler une vieille dame alors qu'elle avait enchaîné les services de nuit et qu'elle passait ses journées à potasser ses cours… Voilà qui n'était pas bien raisonnable.

— Vous êtes fatiguée, Lucy. Ce n'est pas prudent de rouler dans votre état. Vous devriez rentrer directement chez vous pour vous reposer.

Pour toute réponse, elle mit le contact et donna quelques coups d'accélérateur.

— Je vous dis que ça va aller, rétorqua-t-elle avec un brin d'irritation. Je ne compte pas rester longtemps chez Tammy, mais il faut que je passe la voir. Elle est trop bouleversée. Elle a besoin de moi.

Comme Noah ne faisait pas un geste pour partir, elle le fusilla du regard.

— En tant qu'ami, laissez-moi vous donner un conseil, persista-t-il, feignant d'ignorer ses mains qui s'étaient crispées sur le volant.

— « Ami » ? répéta-t-elle en l'affrontant du regard. C'est ainsi que vous percevez les choses ?

Elle le provoquait, c'était évident. Mais il était bien décidé à ne pas rentrer dans son jeu.

— Rentrez directement chez vous vous reposer, répéta-t-il calmement. Lorsque vous vous réveillerez, prenez le temps de manger quelque chose. Alors, seulement, vous serez en état d'aller rendre visite à votre amie.

Contre toute attente, Lucy sembla prendre le temps de la réflexion.

— D'accord, lâcha-t-elle finalement d'un ton radouci.

Vous avez parfaitement raison. Mais je déteste tellement voir les gens malheureux ! J'ai mal pour eux.

Il refoula avec peine la boule d'émotion qui s'était formée dans sa gorge. Il détestait l'idée de savoir Lucy toute seule. Qui était là pour elle, pour la rassurer, la réconforter quand elle n'allait pas bien ? Avait-elle seulement une famille ? Des parents proches ? À part les amies avec qui elle avait fondé le groupe de soutien, elle n'en avait jamais fait mention. Ce n'était pas qu'ils discutaient vraiment de choses intimes tous les deux, mais c'était un sujet de discussion courant entre deux personnes qui ne se connaissaient pas vraiment.

Non, décidément, il n'aimait pas l'idée de la voir rentrer dans une maison vide, elle qui passait son temps à aider les autres. Que pouvait-il faire pour lui donner un peu en retour ? Lui proposer de passer pour voir Emma ? Mauvaise idée. Cela ne ferait que compliquer une situation qui n'était déjà pas très simple.

Il hésita encore un peu puis se lança :

— Voulez-vous venir à la maison ? s'entendit-il demander. Plus tard ? Lorsque vous aurez pu vous reposer un peu. Je pense que cela ferait plaisir à Emma.

*Bravo, Spencer ! Vraiment, bravo !*

— C'est vrai ? J'avoue que cela me ferait très plaisir, à moi aussi.

Sa bouche s'étira en un sourire radieux qui alluma en lui l'étincelle d'un désir qu'il pensait ne plus pouvoir connaître un jour.

— À plus tard, alors, dit-il d'un ton qu'il s'appliqua à garder neutre.

Voilà. Il venait d'inviter une femme à venir chez lui.

Lucy n'était pas idiote. Elle avait bien compris qu'il

s'était servi de sa fille comme d'un prétexte. Elle devait se dire qu'elle avait remporté la première manche.

S'il voulait s'en sortir indemne, il allait devoir remporter la seconde.

# - 5 -

— Merci, capitaine.

Cameron St John opina en silence.

— Inutile de me remercier, Lucy. Je suis vraiment désolé pour votre voiture.

Elle n'eut pas le cœur de regarder la dépanneuse s'éloigner avec sa voiture. Une voiture qu'elle n'avait même pas fini de payer !

Ses mains tremblaient encore de la peur qu'elle avait eue. Elle venait juste de quitter le poste de police quand un chauffard qui avait brûlé un feu rouge avait embouti son véhicule avant de prendre la fuite.

— Je regrette vraiment que vous n'ayez pas eu le temps de voir la tête de ce type, grommela St John. J'ai mis une patrouille sur le coup. Le choc a été rude. À mon avis, son véhicule doit être bien endommagé. Il ne va pas rester inaperçu bien longtemps.

Elle poussa un long soupir désabusé.

— Je suis désolée de ne pas pouvoir vous aider, dit-elle. Mais tout s'est passé si vite ! Je n'ai eu que le temps de voir que c'était un gros 4x4 noir.

Cameron lui tapota l'épaule, dans un geste qui se voulait réconfortant.

— Ne vous inquiétez pas. Nous finirons bien par mettre la main sur ce crétin.

C'était un des aspects qu'elle aimait le plus dans son métier. Cette impression qu'ils formaient tous une grande famille.

— Vous êtes certaine que vous ne voulez pas que j'appelle les secours ?

Elle secoua la tête.

— C'est gentil, mais ça va. C'est inutile de les déranger. En revanche, si vous pouviez me ramener chez moi…

— Pas de problème.

Moins de trente minutes plus tard, Cameron garait le véhicule de police devant chez elle.

— N'hésitez pas à prendre votre journée, demain, si vous avez besoin de vous reposer, dit-il.

— Merci mais ce ne sera pas nécessaire. En plus, Carla ne sera toujours pas rentrée.

— Peu importe. Nous trouverons bien quelqu'un pour vous remplacer.

— Tout va bien, répéta-t-elle. Je suis juste un peu secouée.

— En tout cas, si vous changez d'avis, n'hésitez pas.

— Merci, dit-elle en ouvrant sa portière.

Elle venait à peine de franchir sa porte que son téléphone portable se mit à sonner. Elle ignora l'appel. Elle n'était pas d'humeur à parler. Tout ce dont elle avait envie, c'était de prendre une douche et de s'écrouler dans son lit. Peut-être même qu'elle se coucherait directement.

Dès qu'elle se réveillerait, elle irait voir les chevaux pour s'assurer qu'ils ne manquaient pas d'eau ni de foin. Depuis la disparition d'Evan, elle avait à cœur de passer les voir tous les jours, comme le faisait son défunt mari. Elle se rendrait ensuite chez Tammy.

Et puis… Il y avait l'invitation de Noah. L'idée l'effleura d'annuler. Elle était épuisée, physiquement aussi bien que moralement. Elle ne se sentait pas suffisamment en forme pour offrir un visage souriant à la petite Emma qui serait en droit d'attendre d'elle une partenaire de jeux aussi enjouée qu'impliquée.

Quant à Noah… Elle ne voulait pas être juste une amie pour l'homme qui la faisait de nouveau se sentir femme depuis la disparition d'Evan.

Il n'existait aucune règle absolue en ce qui concernait les deuils. Chaque cas était différent. Chacun se relevait de cette épreuve à son propre rythme ; comme il le pouvait.

Perdue dans ses pensées, elle alla verrouiller sa porte. La réalité la rattrapa d'un coup : sans voiture, elle n'irait nulle part et il était hors de question qu'elle demande à Noah de venir la chercher pour la conduire là où elle souhaitait aller. Elle décida de lui envoyer un SMS pour lui dire que, finalement, elle déclinait son invitation.

Elle se rendit dans sa chambre, se déshabilla, puis enfila sa chemise de nuit - un vieux T-shirt informe qu'elle adorait. Enfin, elle se glissa entre les draps, prête à sombrer dans un profond sommeil réparateur.

C'est alors que la sonnette de l'entrée retentit. Qui cela pouvait-il bien être ? Pas un de ses voisins, ils savaient qu'elle travaillait de nuit et qu'elle filait se coucher quand elle rentrait chez elle. La sonnette retentit encore, de manière plus impérieuse, cette fois.

De toute évidence, il y avait urgence. Elle ne prit pas la peine de se rhabiller. Le T-shirt over size qui lui arrivait aux genoux ferait office de robe d'intérieur.

De toute façon, elle n'avait pas l'intention de s'éterniser pour se débarrasser de l'intrus.

Sans prendre le temps de chausser ses pantoufles, elle longea le couloir et gagna l'entrée. Elle reconnut tout de suite la silhouette qui se découpait à travers la porte vitrée.

À peine eut-elle ouvert la porte que Noah pénétra dans la pièce sans attendre d'y être invité. Il fit aller son regard fébrile sur elle puis posa ses deux mains à plat sur ses épaules.

— Pourquoi n'êtes-vous pas à l'hôpital ? attaqua-t-il d'emblée d'une voix où se mêlaient étroitement inquiétude et réprobation. Vous devriez être en observation, à l'heure qu'il est.

Elle aurait dû se douter que l'information ne tarderait pas à lui parvenir. Dans une petite ville comme Stonerock, tout se savait en un temps record.

— Je ne suis pas à l'hôpital parce que j'ai suivi votre conseil, figurez-vous, rétorqua-t-elle avec une pointe d'agressivité. Vous vous rappelez ? C'est vous qui m'avez dit de rentrer directement chez moi pour dormir. Ce que je m'apprêtais à faire, d'ailleurs.

— Épargnez-moi ce ton sarcastique. Cameron m'a dit que vous aviez eu un accident de voiture et que vous aviez refusé qu'il appelle les secours.

— Et vous, que faites-vous ici ? éluda-t-elle. Vous ne devriez pas être chez vous ?

— J'y étais quand j'ai eu vent de ce qui vous était arrivé. Il paraît qu'il y a délit de fuite ?

— Oui. En plus, ce crétin a pulvérisé ma voiture.

— Vous avez pu voir son visage ? Ou relever la plaque d'immatriculation ?

Elle répondit non de la tête en même temps qu'elle haussait ses épaules endolories.

— Cameron m'a posé les mêmes questions, mais je n'ai pas pu lui répondre.

— Stonerock n'est pas si grand. Un véhicule dont l'avant est embouti ne devrait pas rester inaperçu bien longtemps.

Il se tut et se passa une main dans les cheveux, dans un geste qui semblait trahir une grande nervosité.

— Ça va ? lui demanda Lucy. Vous avez l'air bizarre.

— Je n'ai pas l'air bizarre. Je m'inquiète pour vous, voilà tout. Qui dit que vous n'avez rien de sérieux puisque vous n'avez subi aucun examen médical ? Vous pouvez très bien faire une hémorragie interne à tout instant.

Elle tendit la main vers lui, mais ce simple mouvement lui arracha une petite plainte de douleur.

Il se précipita vers elle et la souleva du sol pour la prendre dans ses bras. Elle eut soudain l'impression d'être une héroïne enlevée par un beau chevalier.

— Bon sang ! Il faut absolument que quelqu'un vous examine.

— J'ai juste besoin d'aller me coucher, Noah. Je vais prendre un antalgique et m'endormir comme un bébé.

— Ce que vous pouvez être têtue ! ronchonna-t-il. Où est votre chambre ?

— J'ai beau être très sensible à votre charme, je vous préviens, je ne suis pas en état de faire des galipettes, le taquina-t-elle.

— Lucy, je vais finir par perdre patience. Dites-moi où est votre chambre.

— Première porte à gauche, dans le couloir, finit-elle par répondre en posant la tête sur son épaule.

Et si, pour une fois, elle lâchait prise et laissait Noah prendre soin d'elle ? Elle n'avait jamais connu ça avant, même pas avec Evan qui, pourtant, était un mari aimant.

La différence, c'était que Noah n'était pas son mari, même pas son amant, et qu'il n'avait en tête que de la mettre au lit comme une enfant pour qu'elle se repose.

Elle hésita. Le séduire ? Respecter sa volonté d'ignorer ses appels du pied ?

Elle n'eut pas à s'interroger bien longtemps. Déjà, Noah l'avait délicatement allongée sur son lit puis s'était relevé sans attendre.

— Où rangez-vous vos médicaments ? demanda-t-il.

— Là, dans le tiroir de la coiffeuse, répondit-elle en pointant le meuble du doigt.

Elle le regarda faire, trouvant étrange la présence d'un homme dans un lieu aussi intime que sa chambre à coucher. Il y avait si longtemps que personne n'en avait franchi le seuil !

Elle prit docilement le comprimé qu'il lui tendait, s'attendant à ce qu'il reparte. Mais il n'esquissa pas le moindre geste laissant à penser qu'il avait l'intention de le faire.

— Ça va aller, Noah. Vous pouvez rentrer chez vous. Emma doit être impatiente de vous retrouver.

— Elle est chez la nounou pour quelques heures encore.

Si elle n'était pas aussi patraque, elle tirerait bien profit de la situation. Enfin… Si elle ne craignait d'être rejetée une deuxième fois, surtout !

— Je crois que je vais d'abord aller prendre un bain, annonça-t-elle en se relevant. Et non, merci, je n'ai pas besoin de votre aide. C'est très gentil à vous d'être passé, mais vous pouvez partir sans crainte, maintenant.

— Sérieusement, Lucy. Vous ne voulez pas que je vous conduise à l'hôpital ?

— Sérieusement, Noah. Je suis très fatiguée, mais je le saurais si quelque chose n'allait pas.

Et puis, surtout, elle n'avait pas le courage de parlementer. Elle se leva, passa devant lui sans le regarder et alla s'enfermer dans la salle de bains.

Elle retira son T-shirt pendant que la baignoire se remplissait d'eau chaude qu'elle agrémenta de quelques gouttes d'huile essentielle de lavande. Elle se coula avec délice dans l'eau parfumée. D'ici à dix minutes la tension de ses muscles noués disparaîtrait et, alors, elle pourrait dormir tranquillement.

Aucun bruit ne lui parvenait de sa chambre. Noah avait dû partir. Tant mieux.

Elle enroula sa lourde chevelure en une torsade qu'elle fixa sur le haut de son crâne à l'aide d'une pince. Puis elle cala sa tête contre le coussin de bain gonflable, ferma les yeux et laissa l'eau chaude agir sur ses membres contusionnés.

Elle repensa à Noah. Sans doute, lorsqu'elle aurait récupéré après quelques heures de sommeil, serait-elle capable d'analyser la situation de manière plus objective. Mais pour l'heure elle n'avait ni la force ni l'énergie de réfléchir à quoi que ce soit.

Tandis qu'elle s'abandonnait à la douceur de ce moment, une idée la frappa, évidente : en dépit de sa fatigue - il venait d'achever son service –, et malgré le fait qu'il aurait pu aller chercher sa fille plus tôt chez la nounou, Noah était d'abord passé chez elle s'assurer que tout allait bien. Il n'avait pas fait que prendre de ses nouvelles ; il s'était inquiété pour elle. Il avait eu à cœur de la porter lui-même jusqu'à son lit pour qu'elle ne se fatigue pas plus, puis il avait veillé à ce qu'elle prenne un comprimé d'antalgique.

Quel sens donner à ce comportement ? Elle y réfléchirait le lendemain, à la première heure.

# - 6 -

Cela faisait trop longtemps que Lucy était dans la salle de bains. Noah se demanda ce qu'il devait faire. Attendre encore ? L'appeler ? Entrer, pour vérifier qu'elle était toujours en vie ?

Heureusement, il avait eu la présence d'esprit de passer un coup de fil à la nounou d'Emma. Il lui avait expliqué la situation et l'avait prévenue d'un retard éventuel. Il avait raccroché, rassuré - Emma n'était pas pressée de rentrer, occupée qu'elle était à lui préparer des cupcakes.

Il réprima un bâillement et étira les bras au-dessus de sa tête. Il avait beau être exténué, il avait du mal à retrouver son calme. Il avait été extrêmement choqué d'apprendre que Lucy avait été victime d'un chauffard. Cela l'avait ramené au drame qu'il avait vécu six mois plus tôt. Aussi, au lieu de se rendre directement chez la nounou pour y récupérer sa fille, avait-il préféré passer voir si Lucy allait bien.

Lorsqu'il avait appris que son état n'avait pas nécessité qu'elle soit transportée aux urgences il avait été soulagé mais n'avait pu s'empêcher d'aller vérifier par lui-même.

Et voilà qu'il se retrouvait dans l'intimité de sa chambre, à passer en revue les photos qu'elle avait disposées sur sa coiffeuse. Il n'avait pas mis les pieds dans la chambre d'une femme depuis le décès de Cara. Il avait beau s'en défendre, Lucy allumait en lui la flamme d'un désir qu'il s'échinait à refouler, parce qu'il se voulait encore fidèle à sa femme.

Cette culpabilité le quitterait-elle un jour ? Y avait-il une règle qui vous aidait à faire votre deuil ou en sortir ?

Il interrompit le fil de ses pensées pour consulter encore une fois l'heure à sa montre. Plus d'une heure déjà qu'il était là. Il traversa la pièce, contournant le lit king size qui trônait au milieu.

Il frappa de petits coups à la porte.

— Lucy, tout va bien ? demanda-t-il.

Pas de réponse. Il colla l'oreille à la porte mais aucun son ne lui parvint. Pas même celui du bruissement de l'eau.

— Lucy ! appela-t-il plus fort.

Toujours rien.

Il laissa passer une bonne minute puis décida qu'il était temps d'agir. Il abaissa la poignée et ouvrit la porte. Heureusement, elle n'était pas fermée à clé.

Lucy était toujours allongée dans la baignoire, les bras reposant sur le rebord, la tête inclinée sur le côté. Il s'approcha d'elle, le cœur battant. Il s'accroupit, fébrile, pour lui prendre le pouls. Le contact de ses doigts sur son poignet la fit sursauter violemment. Dieu merci, elle n'était qu'endormie !

Maintenant qu'elle était réveillée, il se sentait stupide et démuni de rester là, les bras ballants, le regard fixé sur le corps nu de Lucy.

— Noah ? dit-elle dans un souffle.

— Je croyais que vous vous étiez trouvée mal, s'empressa-t-il de répondre.

Elle cligna des yeux, semblant avoir du mal à sortir de la léthargie dans laquelle elle avait été plongée un long moment.

— Je crois bien que je me suis assoupie.

Elle se mit à frissonner, laissant supposer que l'eau était froide. Il s'empara d'un drap de bain qu'il lui tendit en prenant bien garde à maintenir la tête tournée sur le côté.

— Je suis désolé d'avoir débarqué comme ça, mais j'étais inquiet, je n'entendais aucun bruit.

— Je croyais que vous étiez parti, rétorqua-t-elle en s'enveloppant dans la serviette-éponge.

Il allait quitter la salle de bains lorsqu'il entendit Lucy pousser une petite plainte de douleur. Il se précipita vers elle.

— Ça va, affirma-t-elle en s'accrochant néanmoins au bras qu'il lui tendait. Je suis juste un peu plus courbatue que ce que je pensais.

Sans plus réfléchir, il la souleva de terre une nouvelle fois et la porta jusqu'à sa chambre. Il avait une perception aiguë de son corps souple et chaud contre le sien. De sa peau nue encore ruisselante d'eau qui mouillait son T-shirt. Une onde désir le traversa tout entier.

— Noah…

— Tout va bien. Je sais. Vous me l'avez déjà dit.

Pour la seconde fois, là encore, il la déposa délicatement sur son lit.

— Où avez-vous mal ?

Elle resserra la serviette sur elle, dans un geste plein de pudeur.

— À la hanche, répondit-elle.

Une rage sourde monta en lui à l'idée que quelqu'un avait lâchement pris la fuite après l'avoir blessée.

— Mais je peux rester seule, je vous assure. Rentrez chez vous.

À présent, il ne pouvait détacher les yeux de ce corps aux formes harmonieuses à demi dénudé. Son regard était comme aimanté par ce qu'il voyait.

— Non. Je vais rester ici, déclara-t-il.

— Je ne sais pas si le règlement autorise deux équipiers à dormir sous le même toit, lança-t-elle sur le mode de la plaisanterie. Quoique… Maintenant que vous m'avez vue nue…

— J'étais inquiet, se défendit-il. Et puis, nous sommes amis, non ?

— Mes amis ne rentrent pas dans la salle de bains lorsque je l'occupe, rétorqua-t-elle.

À présent, c'était sa bouche qui le fascinait. Une bouche aux lèvres pleines parfaitement ourlées, faites pour être embrassées. Il faut dire que Lucy ne lui facilitait pas la tâche en l'asticotant comme elle le faisait. Ne pouvait-elle pas juste accepter l'aide qu'il lui offrait sans le provoquer en permanence ?

— Habillez-vous, lui intima-t-il d'un ton plus brusque qu'il ne l'aurait voulu. Moi, je vais m'installer sur le canapé.

— Pourquoi tenez-vous tellement à vous occuper de moi ? demanda-t-elle.

Parce que sa femme aussi avait soutenu qu'elle allait bien malgré la migraine qui lui martelait les tempes. Et que, quelques heures après, elle était morte. Le coup que lui avait porté à la tête une planche emportée par les bourrasques alors qu'ils couraient tous les trois se réfugier dans leur abri anticyclonique lui avait été fatal.

— N'hésitez pas à m'appeler si vous avez besoin de moi, dit-il en guise de réponse.

Sur ce, il lui tourna le dos et s'apprêta à se rendre dans le salon.

— J'ignore dans quelles circonstances vous avez perdu votre femme, mais j'imagine que c'est ce qui vous rend si protecteur.

Il s'arrêta net mais ne se retourna pas.

— Vous n'avez pas besoin de les connaître.

Personne n'avait besoin de connaître les détails de sa vie au Texas. Il ignorait pourquoi, mais il avait à cœur de tenir secrète cette période de sa vie. C'était un peu comme si, en n'évoquant jamais ce sujet, il tenait à distance des souvenirs douloureux qu'il ne voulait pas voir surgir dans sa nouvelle vie.

— Vous avez raison, dit-elle d'une voix infiniment douce. Mais je sais ce que vous pouvez ressentir.

Il pivota d'un coup, surpris de la voir si près de lui. Elle n'avait pas pris la peine de se changer.

— Je ne crois pas, non, rétorqua-t-il. Nous n'avons pas vécu les mêmes drames, alors cessez de croire que vous pouvez faire quelque chose pour moi. Ce n'est pas vous qui parviendrez à me guérir, Lucy.

Il s'en voulut aussitôt des mots durs qu'il venait d'avoir pour elle. Mais ne comprenait-elle donc pas qu'il voulait garder ses émotions enfouies au plus profond de lui-même, là où elles ne pouvaient plus le faire souffrir ?

— Je ne cherche pas à vous guérir. Je veux juste que vous compreniez qu'un jour viendra où vous serez de nouveau heureux.

— Je suis heureux.

D'accord, il n'avait pas parlé d'un ton très convaincant. Surtout aux yeux de Lucy qui le fixait d'un air sceptique. Son regard glissa sur la photo de sa table de chevet où elle posait en robe de mariée aux côtés d'un homme qu'il supposa être son défunt mari. Le fait qu'elle gardait cette photo près de son lit - alors qu'elle était veuve depuis deux ans - prouvait bien qu'elle n'était pas tirée d'affaire, elle non plus.

— Puisque nous savons tous les deux que vous mentez, la discussion est close, déclara-t-elle.

Il recentra son attention sur elle. Lucy avait le don, exaspérant, de présenter plusieurs facettes contradictoires. Un moment elle était d'humeur taquine, la seconde d'après elle affichait un visage fermé. Et il ne savait jamais à laquelle de ces Lucy il allait avoir affaire.

— À moins que vous ayez quelque chose à ajouter ? dit-elle en maintenant fermement en place cette fichue serviette-éponge.

— J'aurais beaucoup à dire mais j'estime que ce n'est ni le lieu ni le moment, lança-t-il.

Sur ce, il lui tourna de nouveau le dos, s'apprêtant à sortir de la chambre, mais elle le retint par le bras.

— Allez, Noah, crachez le morceau. Dites ce que vous avez sur le cœur.

Son regard glissa sur elle, sur son corps à demi nu. Il ne pouvait s'en empêcher. Malgré lui, là encore, il huma le parfum grisant qui émanait d'elle et qui, s'il n'y prenait pas garde, pourrait bien lui faire perdre la tête.

Mais parler, il ne pouvait pas. Pas maintenant.

— Vous devriez aller enfiler quelque chose et vous

coucher, dit-il pour toute réponse. Nous reparlerons de tout cela une autre fois.

Quand il aurait la tête froide et serait certain que la situation ne pourrait pas lui échapper.

— Qu'entendez-vous par « cela » ? Vous voulez dire l'attirance que vous ressentez pour moi mais que vous vous acharnez à refouler ?

Voilà qu'elle redevenait Lucy la provocatrice.

— Je ne refoule rien du tout, répliqua-t-il d'un ton qu'il voulait neutre.

— Mais vous êtes attiré par moi. Avouez-le.

Il était prêt à rendre les armes. À quoi bon mentir plus longtemps ? Nier l'évidence ? Puisque tous deux savaient à quoi s'en tenir.

Pourtant, un reste de sagesse le fit se ressaisir.

— Habillez-vous et allez vous coucher, répéta-t-il en guise de conclusion.

Elle releva fièrement le menton et rétorqua, en le défiant du regard :

— C'est bien ce que je compte faire. Mais ce n'est pas la peine que vous restiez. J'ai passé l'âge de me faire materner et je n'ai que faire de votre pitié. Alors, si c'est la raison qui vous…

C'en était trop. Il couvrit sa bouche de la sienne pour la faire taire, s'exhortant à garder les bras ballants le long du corps pour ne pas céder à la tentation de lui arracher cette serviette, fragile rempart à sa nudité.

Elle exhala un léger soupir en même temps qu'elle s'abandonnait contre lui. Il brûlait de caresser ce corps aux courbes sensuelles ; d'en explorer chaque repli secret. C'était la première fois qu'il embrassait une femme depuis la disparition de Cara et, contre toute attente, cette fois il n'en ressentit aucune culpabilité.

Lorsque Lucy enroula ses bras autour de son cou et qu'elle se plaqua plus étroitement contre lui, se faisant ondulante, il sentit sa résistance flancher puis finir par voler en éclats. Il encadra son visage de ses deux mains et se pressa contre elle pour lui faire sentir la force de son désir. Puis, tout doucement, ses mains glissèrent sur ses épaules avant de s'aventurer sur la rondeur de ses seins. De ses doigts devenus fébriles, il entreprit de dénouer le nœud qui retenait la serviette, mais Lucy l'empêcha d'aller plus loin.

— Noah… Je… Je suis désolée, bredouilla-t-elle en secouant la tête. Je ne peux pas.

La réalité le rattrapa d'un coup. Comment s'était-il débrouillé pour laisser la situation lui échapper ainsi ? Pour en arriver là ? Dire qu'il avait tellement pris de précautions pour ne pas céder à la tentation et qu'en l'espace de quelques secondes à peine tout avait dérapé. Son regard se heurta à la photo du couple heureux qui semblait les narguer.

— J'ai… J'ai besoin d'être seule, dit-elle, toute tremblante, le regard fuyant.

Désemparé, il se passa une main nerveuse dans les cheveux.

— Lucy… Je comprends tout à fait ton désir d'aider les gens dans la détresse morale, mais ne crois-tu pas que tu devrais commencer par régler tes propres problèmes ?

Les muscles de ses mâchoires se contractèrent, mais elle resta silencieuse.

— Si tu as besoin de quelque chose, je serai chez moi, ajouta-t-il avant de prendre la direction de la porte.

Elle n'appellerait pas, bien sûr. Pas plus qu'elle ne lui confierait ce qui la tourmentait lorsqu'ils se retrouveraient au poste de police.

Pourtant, il faudrait bien qu'ils parlent un jour ou l'autre de ce qui venait de se passer entre eux. N'avaient-ils pas franchi une ligne qu'il avait pourtant voulue infranchissable ?

Il comprit soudain que les rôles s'étaient inversés. C'était à lui, à présent, d'essayer de faire prendre conscience à Lucy qu'elle était bien plus brisée qu'elle ne voulait l'admettre. C'était à lui d'essayer de la conduire sur le chemin de la guérison.

# - 7 -

— J'ai pensé que vous aimeriez savoir, dit Cameron St John.

Noah écoutait son supérieur d'une oreille distraite. Il était bien trop occupé à regarder sa fille jouer avec ses poupées. Elle babillait, heureuse de vivre. Il la couva d'un regard débordant d'amour, émerveillé de la voir s'adapter chaque jour un peu plus à sa nouvelle maison, à sa nouvelle vie. Si seulement les choses pouvaient être aussi faciles pour lui !

Il pourrait essayer. Commencer, par exemple à débarrasser sa chambre de tous les cartons qu'il y avait entreposés en arrivant. Pour Emma, il avait eu à cœur que le reste de la maison soit accueillant et chaleureux mais, jusque-là, il ne s'était pas encore résolu à déballer ses affaires personnelles de leurs cartons de déménagement.

Après le drame, il avait cru pouvoir rester au Texas. Il avait loué une maison, s'imaginant capable de démarrer une nouvelle vie. Il n'y était pas arrivé.

— Noah ?

La voix de Cameron le ramena brutalement sur terre.

— Je vous écoute.

— Je vous disais que cela vous intéresserait peut-être

d'apprendre que nous avons mis la main sur le chauffard qui a percuté la voiture de Lucy.

Pouvait-on lire si facilement en lui pour qu'une chose qu'il avait tant de mal à admettre soit évidente pour son entourage ?

— En effet, répondit-il. Je suis ravi de l'apprendre. Je vous remercie d'avoir pris la peine de me téléphoner.

— Je suis passé voir Lucy pour l'en informer, poursuivit Cameron. Elle ne viendra pas travailler aujourd'hui. Elle a pris sa soirée.

Aussitôt, des images de Lucy affluèrent. Il avait à peine dormi tant il était perturbé par le baiser qu'ils avaient échangé, puis par la réaction que ce baiser avait suscitée chez elle. Durant le court moment où il avait sombré dans le sommeil, il avait rêvé d'elle, de ce qui se serait passé si elle n'avait pas freiné des quatre fers.

Il s'était réveillé en nage, le cœur et le corps en transes, se maudissant d'avoir perdu le contrôle. Ils étaient allés trop loin alors que ni l'un ni l'autre n'étaient prêts.

D'ailleurs, honnêtement, il se demandait s'il serait allé au bout de son désir si Lucy n'avait pas changé d'avis. De toute évidence, ils ne pouvaient pas se consoler l'un l'autre de la perte de leurs conjoints respectifs. Raison de plus pour garder ses distances avec elle.

— Elle va bien ? s'enquit-il.

— Elle est encore bien courbatue et sa hanche la fait souffrir, répondit Cameron. C'est une sacrée recrue, notre Lucy ! Je vais la regretter lorsqu'elle nous quittera, une fois son diplôme en poche. C'est vraiment une chic fille, reprit-il après avoir marqué une courte pause. Parfois, je me dis qu'elle mériterait de trouver un gaillard solide pour veiller sur elle. Quelqu'un comme vous, par exemple.

Gêné, Noah ne fit aucun commentaire.

— Enfin… Ce que j'en dis…, termina Cameron. Ce n'est que mon avis. Allez, je vous laisse. Bonne journée, Spencer.

Noah mit fin à l'appel, songeur. Cameron ne pensait pas à mal en le taquinant comme il venait de le faire. Simplement, comme tous les gens heureux en ménage, il souhaitait ce même bonheur à tous les célibataires de son entourage.

— Papa, quand est-ce qu'on ira voir les chevaux dc Lucy ? demanda soudain Emma tout en continuant de jouer avec ses poupées. J'ai trop envie de faire une balade à cheval.

— Moi aussi, ma chérie.

Il était sincère. Il avait beau être policier depuis des années - depuis qu'il était sorti diplômé de l'Académie de police, à l'âge de vingt-trois ans - les chevaux avaient toujours fait partie intégrante de sa vie. Le ranch qui appartenait à son grand-père était devenu, à sa mort, celui de son père puis le sien. Avant le passage du cyclone, le simple ranch d'origine était devenu un grand centre d'élevage de chevaux autant que de bétail. Les gars du coin savaient pouvoir y trouver des bêtes de qualité.

Le cyclone lui avait fait tout perdre. Il avait dû repartir de zéro. Mais n'était-ce pas ce qu'avait vécu son grand-père avant lui, en venant s'installer sur cette terre qui lui était étrangère ?

Il eut soudain une conscience aiguë du fait que sa fille et lui n'occuperaient la maison qu'ils habitaient que de manière temporaire. Car il avait, chevillé au corps, le besoin presque viscéral de retrouver les grands espaces et de renouer avec la terre.

En abaissant les yeux sur sa fille, il se fit la promesse de lui acheter très vite un cheval, en attendant de pouvoir s'offrir les hectares de terres et le bétail dont il rêvait. Ce serait alors le point de départ d'une vie qu'ils avaient connue et qu'ils retrouveraient un jour.

Ce jour-là viendrait, il le savait. Il fallait juste qu'il se montre patient.

— C'est quand, qu'on ira ? insista Emma. J'ai peur de plus savoir monter à cheval si on n'y va pas bientôt.

Il s'assit par terre, à côté de sa fille. Dans un geste infiniment tendre, il coinça derrière son oreille une mèche de cheveux qui lui barrait le visage.

— Ça ne s'oublie pas, ma chérie. Quand on aime quelque chose de tout son cœur, on ne l'oublie jamais.

Le petit visage d'Emma s'éclaira d'un coup.

— Comme maman ? Je l'oublierai jamais ?

Le cœur de Noah se serra à lui faire mal. Sa petite fille s'inquiétait-elle vraiment d'oublier un jour sa maman ? C'était possible. Elle n'avait que quatre ans. Elle oublierait le son de sa voix, de son rire en cascade. Mais il se fit la promesse de veiller à garder vivante la mémoire de sa femme dans la vie de sa fille.

Refoulant la boule d'émotion qui s'était formée dans sa gorge, il prit Emma sur ses genoux et la serra tendrement contre lui.

— Comme maman, mon trésor, murmura-t-il dans ses cheveux. Elle sera toujours dans notre cœur. Comme le ranch et les chevaux. Et puis, tu sais, nous ne resterons pas ici toute notre vie. Un jour, nous aurons un autre ranch avec d'autres chevaux.

— Et une autre maman, aussi ?

Il s'immobilisa, pris de court. Jusque-là, il n'avait jamais pensé que sa fille éprouverait le besoin de voir une femme débarquer dans leur vie. Quelle perception pouvait-elle bien avoir de la mort ? De l'absence ? Elle était encore si petite !

Emma passa les bras autour du cou de son père, se faisant câline.

— Alors ? On peut aller chez Lucy ? Elle a dit qu'on pouvait y aller quand on voudrait.

Il inspira profondément. Quelle excuse pouvait-il bien servir à sa fille pour se défiler sans perdre la face ? Mais après tout, pourquoi vouloir se défiler ? Certes, les choses avaient dérapé entre Lucy et lui, mais tous deux étaient adultes. Ils ne pourraient pas s'éviter bien longtemps, ni fuir une discussion qui s'imposait. Il faudrait bien qu'ils se confrontent l'un à l'autre tôt ou tard.

— D'accord. Va vite enfiler tes bottes.

— Youpi ! ! ! exulta la fillette. Et si elle est pas chez elle ?

— Eh bien, nous irons en ville manger une glace. De toute façon, nous n'allons pas rester enfermés toute la journée.

Emma poussa un couinement de joie aigu en battant des mains puis, dans une pirouette, le visage fendu d'un large sourire, fila dans sa chambre pour se chausser.

Pendant ce temps, Noah ramassa les jouets qui traînaient sur le tapis et les rangea dans le coffre qui se trouvait à côté du canapé. Il faisait un temps magnifique. Ils avaient bien le droit de passer voir une amie, non ?

Une amie. Qui croyait-il tromper ? Il était temps qu'il accepte le fait que ce qui l'unissait à Lucy dépassait le cadre de la simple amitié. Il était impatient de la revoir. Point. Avait-elle la même envie ? Lui claquerait-elle la porte au nez ?

Il espérait que non mais, dans le cas contraire, il saurait jouer le jeu du détachement et de la légèreté. D'ailleurs, n'était-ce pas ce dont ils avaient l'un et l'autre besoin ?

Contrairement à ce qu'elle avait initialement prévu, Lucy n'était pas passée voir Tammy, mais elle avait pris de ses nouvelles par téléphone. Toutes deux avaient papoté un bon moment, l'une évoquant la disparition brutale de son animal de compagnie, l'autre l'accident de voiture dont elle avait été victime.

Lorsqu'elles avaient raccroché, Lucy s'était mise à cuisiner. Elle voulait essayer une nouvelle recette de brioche au gingembre qu'elle avait relevée dans un magazine.

Le volume de son enceinte à plein volume, elle pétrissait sa pâte en reprenant en chœur les vieux tubes des années 2000 qu'elle avait sélectionnés sur sa playlist.

Ses pensées dérivèrent soudain vers Noah. Elle essayait encore de comprendre pourquoi elle avait fait machine arrière. Qu'est-ce qui clochait chez elle ? Elle n'avait jamais été aussi attirée par un homme depuis la mort de son mari. Alors, pourquoi s'être défilée comme elle l'avait fait ?

Plus elle y réfléchissait, plus elle avait le sentiment que, de toute façon, Noah ne serait pas allé au bout. Aurait-il fini par la repousser comme elle-même l'avait repoussé ? Aurait-il laissé la culpabilité qui le rongeait prendre le dessus ?

Elle ignorait encore à quelles émotions elle avait obéi. Parce que le baiser que Noah et elle avaient échangé l'avait comblée au-delà même de ce qu'elle avait imaginé. Au contact de sa bouche sur la sienne, tout son corps s'était embrasé du feu d'un désir intense. C'était peut-être cette intensité qui lui avait fait peur. Peur de devenir dépendante d'un désir trop violent.

La sonnette de l'entrée retentit, la faisant brutalement revenir sur terre. Elle essuya ses mains pleines de farine sur son tablier de cuisine puis se dirigea vers la porte. En passant devant une fenêtre, elle reconnut tout de suite le pick-up noir garé dans l'allée. Son cœur se mit à battre la chamade.

Elle inspira profondément puis ouvrit, affichant un air qui se voulait dégagé. Noah n'était pas seul. Il était accompagné de sa petite Emma.

— Nous sommes heureux de te trouver chez toi, lança-t-il, un sourire aux lèvres. Nous nous sommes rappelé ton invitation, alors… nous voilà.

Sa désinvolture la choqua. Avait-il déjà oublié que, quelques heures plus tôt, ils s'étaient embrassés ? Qu'ils avaient été à deux doigts de faire l'amour ? De toute évidence, cela ne lui posait aucun problème. L'homme avait une capacité très nette à passer d'une chose à une autre sans état d'âme.

— Vous avez bien fait, parvint-elle à dire avec la même désinvolture.

Elle s'écarta pour les laisser entrer, se grisant au passage des effluves de son eau de toilette. Pourquoi fallait-il que tout chez cet homme éveille en elle les frissons d'un désir irrépressible ?

— Ça sent drôlement bon ! s'exclama-t-il dès qu'ils eurent franchi le seuil.

— J'étais en train de préparer des brioches.

Comme elle se dirigeait vers la cuisine, il posa sa fille au sol et saisit Lucy par le bras.

— Tu boites.

— Ce n'est rien. Juste ma hanche qui me fait un peu mal. Ça va passer.

Peu désireuse de s'étendre sur le sujet, elle s'empressa d'ajouter, s'adressant à Emma :

— Que dirais-tu de m'aider à finir ? Et ensuite, nous irons voir Gunner et Hawkeye. Ils vont être ravis de faire ta connaissance.

Une fois dans la cuisine, elle tira une chaise à elle et aida Emma à grimper dessus :

— Voilà. Comme cela, tu verras mieux.

Du coin de l'œil, Noah, resté un peu en retrait, l'observait sans rien dire.

Regrettait-il ce qui s'était passé entre eux ? Compte tenu de la manière dont ce rapprochement s'était terminé - par sa seule faute - il n'y aurait rien d'étonnant à cela. Pour une fois qu'il lâchait prise, il avait fallu qu'elle le mette dans une situation embarrassante.

— On peut faire des cookies ? demanda Emma.

— Nous allons d'abord terminer ces brioches, puis nous irons voir les chevaux. D'accord ?

— Emma, intervint Noah, n'en demande pas trop, tout de même. Je te rappelle que nous sommes venus voir les chevaux.

— Ton père a raison, ne put s'empêcher de relever Lucy d'un ton sarcastique. Vous êtes venus voir les chevaux. N'est-ce pas ?

Elle avait planté son regard dans celui de Noah qui le soutint sans ciller.

— En effet.

— Tu sais quoi, Emma ? Nous allons mettre un torchon sur cette pâte et la laisser reposer pendant que nous allons voir les chevaux. Profitons-en tant qu'il fait encore bon. Et jour.

— Et après, on fera des cookies ?

— Emma…, objecta doucement Noah.

Lucy envoya une pichenette sur le petit nez d'Emma.

— C'est promis. Et maintenant, allons vérifier que Gunner et Hawkeye ont encore de quoi manger et s'abreuver.

Après avoir aidé Emma à descendre de sa chaise, Noah lui tint la porte-moustiquaire ouverte. Elle se rua dehors, ses couettes se balançant de part et d'autre de son petit cou gracile.

— Attends, je vais t'aider, dit-il à Lucy tout en lui prenant le bras.

Elle ne le repoussa pas, trop heureuse de retrouver la brûlure délicieuse que suscitait le contact de sa main sur sa peau.

— Noah…, commença-t-elle, un brin hésitante. J'ai besoin de savoir. Tu n'es venu que pour montrer les chevaux à Emma ?

— Pas seulement. Je ne voulais pas voir s'éterniser cette tension entre nous. Mais, surtout, j'avais déjà envie de te revoir. Aussi simple et compliqué que cela soit.

Elle osa tourner la tête vers lui et le regarder dans les yeux.

— Dois-je comprendre que tout n'est pas fini entre nous ?

— Je te rappelle que c'est toi qui m'as repoussé ce matin.

— Je craignais que… Je ne savais pas trop comment tu allais réagir après…

Elle s'interrompit, incapable de revivre l'humiliation cuisante qu'elle leur avait infligée.

— Tu crois sérieusement que, parce que tu as changé d'avis, je ne me sens plus attiré par toi ? Ce n'est pas comme ça que ça marche, Lucy.

Il marqua une pause durant laquelle il sembla hésiter à poursuivre.

— J'ai eu beaucoup de mal à accepter le désir que tu fais naître en moi, finit-il par dire. Mais je comprends et respecte tes réticences. Je me dis que nous pouvons toujours redevenir les amis que nous étions jusqu'à ce matin.

Elle opina en silence.

— Oui, bien sûr. Tu sais, je ne pensais pas que nous en passerions par là le jour où je t'ai vu pour la première fois.

— Tu aurais sans doute préféré que je fréquente ton groupe de parole pour te donner une chance de me sauver. Je me trompe ?

— Disons que si tu avais parlé, ce soir-là, plutôt que fui, les choses auraient été différentes entre nous. Mais, pour être tout à fait honnête, je ne m'attendais pas à réagir comme je l'ai fait ce matin. J'ai été la première surprise, tu sais. Mais peu importe. Le fait est que tu m'as plu à la seconde où je t'ai vu mais tu as préféré prendre la fuite.

— Si j'ai pris la fuite, c'est parce que je te trouvais

trop désirable dans tes vêtements mouillés qui te collaient à la peau. J'ai fui pour ne pas céder à la tentation.

Surprise par ces mots auxquels elle ne s'attendait pas, elle ne trouva rien à répliquer. Elle regarda simplement Noah, parti rejoindre sa fille. Celle-ci, accoudée à la barrière, pointait du doigt les chevaux d'un geste fébrile.

Ainsi donc elle n'avait pas laissé Noah indifférent, mais il s'était battu contre cette attirance. Maintenant, les rôles étaient inversés. C'était elle qui refusait de céder à la tentation. Elle qui se demandait comment ils avaient pu en arriver là. Elle avait agi sur des impulsions, sans prendre le temps de réfléchir aux conséquences.

Elle fit aller son regard sur le couple touchant que formait ce père athlétique avec sa toute petite fille. Une boule d'émotion se noua dans sa gorge. Elle se surprit à rêver que… Peut-être… Un jour… Sans se voir vieillir avec Noah, elle se mit à nourrir l'espoir qu'ils pourraient un jour fonder la famille dont elle avait rêvé avec son mari.

Mais encore faudrait-il qu'elle parvienne à se débarrasser de l'angoisse qui ne la lâchait pas de revivre la souffrance insoutenable qu'elle avait vécue au moment de la disparition d'Evan.

# - 8 -

— Ma jument, elle s'appelait Daisy, dit Emma avec une pointe de tristesse dans la voix.

Noah la regardait babiller en flattant l'encolure de l'animal. Il comprit alors à quel point leur vie d'avant manquait à Emma.

— C'était une jument alezane, poursuivit-elle, pas peu fière de savoir prononcer ce mot un peu compliqué. Elle aimait bien que je lui donne des pommes à manger.

Une routine qu'ils avaient instaurée chaque soir et qu'ils n'auraient ratée pour rien au monde.

— Les animaux, c'est comme une partie de la famille, ajouta Lucy. Ces chevaux étaient à mon mari. J'ai pensé à les vendre lorsqu'il est mort, mais j'ai fini par les garder, comme un lien existant toujours entre lui et moi. Aujourd'hui, j'en suis très heureuse.

Noah comprenait ce besoin presque viscéral de vouloir se raccrocher à un aspect d'une vie qui appartenait à un passé révolu. Lui, c'était sa petite Emma. Il avait tellement de chance !

— Papa m'a dit que maman, elle sera toujours dans nos cœurs.

— Ton papa a raison. Quand on aime quelqu'un, c'est pour toute la vie. Moi aussi mon mari sera dans mon cœur toute ma vie. Il faut que tu saches qu'on a le droit d'être triste, mais on a aussi le droit d'être heureux.

— Voilà un conseil bien avisé, dit Noah qui s'était approché d'elles.

— Papa, il m'a promis que bientôt j'aurai un cheval rien qu'à moi. Comme avant. Mais d'abord, il faut qu'on trouve un ranch. Je crois que mon nouveau cheval, je l'appellerai Daisy, comme l'autre. J'aime trop ce nom !

— C'est un joli nom, en effet. Mais en attendant que ton papa t'achète une nouvelle Daisy, tu peux venir ici voir Gunner et Hawkeye autant que tu veux, pour grimper sur leur dos ou juste pour leur donner des pommes. Ils adorent avoir de la compagnie.

Les derniers rayons du soleil couchant éclaboussaient le paysage d'une lumière orangée. Noah décida qu'il était temps de partir.

— Nous devrions laisser Lucy, maintenant, Emma. Je crois qu'elle doit terminer ce qu'elle avait commencé quand nous sommes arrivés.

— J'ai promis à Emma que nous ferions des cookies, rétorqua Lucy. Laissez-moi le temps de ramener les chevaux à l'écurie et nous retournerons ensemble à la maison.

— Je ne voudrais pas te déranger.

— Une promesse est une promesse. Et puis, vous ne me dérangez pas du tout.

— Tu en es bien certaine ? insista-t-il alors qu'elle refermait la grille derrière eux.

— Tout à fait. Mais si tu as quelque chose à faire, n'hésite pas. Emma et moi nous débrouillerons très bien sans toi.

— Serais-tu en train de me mettre à l'écart, encore une fois ? la taquina-t-il.

Elle se mordit les lèvres, sans doute consciente de sa maladresse.

— Pas du tout, finit-elle par répondre. Mais c'est un fait que la vérité sort de la bouche des enfants. Je vais pouvoir l'interroger pour savoir si je t'intéresse autant que tu le prétends.

Ce trait d'humour le fit éclater d'un rire joyeux.

— Bien essayé ! Malheureusement, je n'ai rien d'autre à faire.

— En cherchant bien, je suis sûre que tu devrais trouver une occupation. Emma, serais-tu d'accord pour que nous passions un moment entre filles ?

La petite fille posa sur son père un regard suppliant.

— Dis oui, papa ! S'il te plaît. J'aime bien être avec Lucy, et puis on va faire des cookies.

Lucy affichait un sourire taquin, semblant dire à Noah que, à deux contre un, le combat était perdu d'avance. Il était d'accord. Il n'était pas si bête. Et puis, il aimait l'idée qu'Emma ait une figure féminine dans sa vie.

— C'est oui. Mais à une condition : je veux pouvoir goûter à ces cookies lorsque je reviendrai.

— Promis, dit Emma en formant avec ses petits doigts un cœur qu'elle posa sur le sien et qu'elle fit mine de faire battre.

À peine avait-il accepté qu'il se demandait dans quelle galère il s'était fourré. Sérieusement. Depuis six mois, il partageait sa vie entre son travail et sa fille. Et jusqu'à présent, cela lui avait plutôt convenu. Pourquoi vouloir changer cet équilibre encore fragile ? Quelle erreur monumentale était-il en train de commettre ?

— Tu es encore là ? se moqua gentiment Lucy. Ça va être difficile de rester entre filles si tu ne pars pas.

Emma éclata d'un rire en cascade, poussant son père à se pencher sur elle pour l'embrasser.

— J'y vais. Tu as mon numéro si jamais…

— Je n'en aurai pas besoin, trancha Lucy d'une voix qui se voulait sans doute rassurante. Donne-nous deux heures.

Il n'y avait pas grand monde en qui il avait assez confiance pour laisser sa si précieuse petite fille. Lucy en faisait partie. Il se fiait même tellement à elle qu'ils avaient failli coucher ensemble.

Comment allait-il tuer le temps pendant ces deux heures ? se demanda-t-il. C'est qu'il n'y avait pas grand-chose à faire dans cette petite ville, à part aller boire un verre. Il opta pour un café-restaurant dont on lui avait parlé au poste de police, où, paraît-il, on servait les meilleurs burgers du coin. Et puis, il profiterait de ce temps pour tenter d'analyser objectivement la situation.

Car mettre trop d'espoir dans cette nouvelle relation qui pouvait lui briser le cœur était un luxe qu'il ne pouvait se payer.

— Je vous sers une bière ?

— Un soda plutôt, s'il vous plaît.

Le barman prit un verre sur le porte-verres suspendu et le remplit de glaçons.

— Vous êtes le nouveau policier ? s'enquit-il.

— Exact. Je m'appelle Noah Spencer. C'est la première fois que je viens ici, mais on ne m'en a dit que du bien.

— Gray Gallagher, se présenta à son tour le serveur en prenant la main que Noah lui tendait.

— Vous êtes le propriétaire des lieux ?

— En effet. Je suis la troisième génération.

— Vraiment ?

Gray appuya ses paumes sur le marbre lisse du comptoir.

— C'est mon grand-père qui a ouvert ce bar à son retour de la guerre, expliqua-t-il. Mon père a pris la relève quand il a quitté le corps des marines, et maintenant c'est moi, après avoir fait l'armée.

Noah ne cacha pas son admiration.

— De toute évidence, c'est une tradition dans votre famille.

— Oui, nous avons tous été militaires, mais nous avons servi dans des corps différents.

Il s'apprêtait à poursuivre mais quelque chose, derrière l'épaule de Noah, attira son attention. Une lueur de jalousie passa dans son regard.

Intrigué, Noah se retourna et vit une jolie blonde qui dansait au milieu d'un groupe d'hommes.

— Il y a un problème ? demanda-t-il.

— Un problème qui remonte à un bon bout de temps, en effet, répondit Gray. Excusez-moi une seconde, ajouta-t-il en s'éclipsant.

Noah pensait le voir aller rejoindre la fille sur la piste de danse, mais il ne fit que s'arrêter au bout du comptoir pour parler à un client qui semblait déjà bien éméché.

Il en profita pour étudier la carte. Un maxiburger bacon oignons dégoulinant de sauce barbecue, voilà de quoi il avait envie.

— Vous avez choisi ? demanda Gray en revenant.

Il passa sa commande puis sortit son téléphone de la poche de sa veste. L'écran affichait plusieurs textos en attente. Tous provenaient de Lucy. Son cœur s'affola. Et s'il était arrivé quelque chose à Emma ? Il ouvrit ses messages et les lut, le cœur battant. Il s'était inquiété pour rien.

Un sourire attendri aux lèvres, il passa en revue les photos que Lucy lui avait envoyées. La première montrait Emma qui, hilare et disparaissant à demi derrière le tablier de cuisine qui l'enveloppait, tendait ses paumes pleines de farine à l'objectif. La deuxième était un selfie de Lucy et d'Emma, agitant les mains et semblant faire un concours de grimaces.

Une telle complicité se dégageait de ces clichés qu'il en fut bouleversé. Lucy et sa fille se connaissaient à peine mais semblaient déjà unies par un lien indéfectible. Et lui ? Quelle était la nature exacte de ce qu'il ressentait pour Lucy ? Quel mot mettre sur un sentiment qui allait bien au-delà de l'amitié ?

Comment pouvait-il… ? Il n'était pas prêt.

Il interrompit le fil de ses pensées pour faire défiler les photos restantes : Emma pétrissant une boule de pâte de toute la force de ses petites mains ; Emma versant de la pâte dans des moules à gâteaux en forme de cœur ; Emma brandissant devant elle un sachet rempli de copeaux de chocolat.

Soulagé, et heureux pour sa fille, il pivota sur son tabouret pour faire face à la piste de danse. La femme qui avait attisé la jalousie de Gray dansait maintenant un slow avec un des hommes du groupe. Elle était sexy dans sa jupe courte et sa chemise à carreaux dont elle avait noué les pans à la taille, mais elle ne suscitait aucun désir en lui. Contrairement à Lucy qu'il voyait pourtant la plupart du temps dans une tenue de travail qui ne la flattait pas particulièrement.

La serveuse venue lui apporter sa commande le tira de sa contemplation.

— Avez-vous besoin d'autre chose ? s'enquit-elle aimablement.

— Non. C'est parfait, merci, répondit-il sur le même mode.

Il venait d'envoyer un SMS à Lucy pour la remercier de s'occuper de sa fille comme elle le faisait, lorsque son attention fut attirée par du remue-ménage provenant de la piste de danse. Il se retourna et vit Gray, aux prises avec le cavalier de la jeune femme blonde.

Dédaignant son hamburger, il alla se joindre au barman.

— Un problème, Gray ? demanda-t-il pour la forme.

— Ça va aller, répondit Gray qui, à présent, tenait fermement l'homme par le col de sa chemise.

— Espèce d'allumeuse ! cria ce dernier à la fille. La prochaine fois, tu mettras des jupes plus longues !

Mâchoires contractées et lèvres pincées, Gray envoya son poing en direction de l'homme qui, ayant senti le coup venir, parvint à l'esquiver. Contrairement à Noah qui le prit en pleine figure.

— Bon sang ! s'écria Gray. Ça va ?

— Vous devriez retourner derrière votre comptoir et vous calmer un peu, dit Noah en guise de réponse. Je prends la relève.

Au lieu d'obéir, Gray darda sur l'homme un regard haineux qui ne présageait rien de bon.

— Tout de suite, Gallagher ! lui enjoignit Noah.

Le ton sans appel le fit plier. Il s'éloigna à contrecœur, fulminant entre ses dents serrées.

— Que s'est-il passé ? demanda Noah à l'homme.

— Vous avez bien vu ! Il a essayé de me frapper !

Noah n'était pas d'humeur. Son hamburger allait refroidir et il avait mieux à faire que d'écouter ce crétin lui débiter ses salades. Il doutait que Gray soit idiot au point de risquer la réputation de son établissement en levant la main sur un de ses clients. En plus, il n'avait jamais entendu dire que cet endroit était le théâtre de bagarres à répétition.

— Ne me prenez pas pour un idiot. Qu'avez-vous dit à cette fille ?

En guise de réponse, l'homme fixa sur lui un regard lourd de provocation.

— Vous feriez mieux d'y aller, dit Noah.

— Tu te prends pour qui ? Je partirai si je veux.

— Je suis le policier Spencer. Je vous recommande vivement de quitter ce lieu sans faire d'histoires.

L'homme lança un regard mauvais en direction de la fille.

— De toute façon, elle n'en vaut pas la peine.

— Taisez-vous, rétorqua fermement Noah. Allez-vous-en, maintenant, si vous ne voulez pas que je vous fasse embarquer par un collègue.

L'homme s'éloigna de mauvaise grâce en grommelant un chapelet d'injures.

Noah le suivit des yeux jusqu'à ce qu'il franchisse la porte d'entrée puis il se rendit à la table où la jeune femme avait retrouvé une amie. Maintenant qu'il la voyait de près il la reconnaissait. C'était une des amies de Lucy, présente le soir où il avait assisté au groupe de parole.

— Tout va bien, mesdames ? s'enquit-il.

L'amie de Lucy posa sur lui ses grands yeux bruns et lui adressa un sourire charmeur qui, sans aucun doute, devait faire plier tous les hommes. Pourtant, son corps à lui resta de marbre.

Elle se leva et lui tendit la main.

— Nous n'avons pas été à proprement parler présentés, dit-elle en guise d'introduction. Je suis Kate Morrison.

— Enchanté. Noah Spencer.

— Nous avons entendu parler de vous par Lucy, ajouta-t-elle.

Fantastique ! Tout ce qu'il aimait, vraiment, les ragots de filles sur sa personne.

— Et moi, je suis Tara Bailey.

Il tourna la tête vers une beauté brune assise en bout de banquette. Elle aussi était présente ce soir-là.

— Nous pensions que vous étiez avec Lucy. Comme elle n'a pas voulu sortir avec nous… Lucy ne refuse jamais de sortir avec nous.

Le problème avec les petites villes c'est que vous ne pouvez pas échapper aux commérages. Tout le monde sait tout sur tout le monde. Heureusement, elles ignoraient qu'Emma passait la soirée avec Lucy. Il imaginait d'ici ce qu'une indiscrétion pareille aurait donné sur la population de Stonerock !

— Comme vous voyez, je suis seul, leur fit-il remarquer. Si vous voulez bien m'excuser, j'ai un hamburger qui m'attend.

Il songea un instant à se faire emballer son repas

pour aller rejoindre Lucy et Emma, mais il y renonça en voyant la mine contrite de Gray.

— Je suis désolé pour… ça, s'excusa-t-il en pointant du menton la joue tuméfiée de Noah. Vous allez m'embarquer au poste de police ?

Noah secoua la tête.

— Si j'avais cru une seule seconde que ce coup de poing m'était destiné, vous y seriez déjà, vous pouvez me croire.

— Alors, pour me faire pardonner, laissez-moi vous inviter. La note est pour moi.

— Il n'en est pas question, rétorqua Noah en souriant. Méfiez-vous. Pour le coup, je pourrais porter plainte contre vous pour tentative de corruption.

Gray partit d'un éclat de rire sonore.

— Voulez-vous que je vous apporte un pack de glace ? Pour votre joue.

— Non, merci. Je m'en occuperai quand je serai rentré chez moi.

Il reprit place sur son tabouret et posa les coudes sur le comptoir.

— Vous voulez bien me raconter ce qui s'est passé, maintenant ?

— C'est quand j'ai vu ce crétin essayer de passer une main sous la jupe de Kate. J'avoue que j'ai vu rouge. D'autant plus qu'elle lui avait signifié qu'elle n'était pas d'accord.

— Kate et vous…

— Nous sortons ensemble. Nous nous sommes séparés quand je faisais mon service militaire, mais nous avons recommencé à nous voir depuis que je suis revenu. Le problème, c'est qu'elle sait comment jouer avec mes nerfs.

— Elle vous teste, c'est évident, commenta Noah en mordant dans son burger. Excusez-moi, je me mêle de ce qui ne me regarde pas.

Il prit une nouvelle bouchée de son sandwich. Délicieux, vraiment. Pas étonnant que l'endroit ait si bonne presse.

— Vous avez raison. On dirait qu'elle fait tout pour me rendre jaloux. Le pire, c'est que ça marche à tous les coups.

— Vous devriez lui rendre la pareille. Vous verrez bien si elle tient à vous.

— C'est bien la première fois qu'un client me donne un conseil. D'habitude c'est l'inverse.

— Je ne désespère pas que les rôles soient de nouveau inversés un jour. Je suis nouveau dans cette ville, mais je suppose que vous savez déjà tout de moi.

— J'ai entendu dire que vous aviez vécu une période difficile au Texas. Je suis vraiment désolé pour vous.

— Merci. C'est compliqué d'aller de l'avant, mais vous ne pouvez pas faire autrement quand vous êtes le père d'une petite fille de quatre ans qui attend de vous force et stabilité.

— Malheureusement, nous trimballons tous nos propres boulets, répliqua Gray en pointant du menton l'homme à qui il était allé parler un peu plus tôt et qui se trouvait toujours au bout du comptoir.

— Quelle est son histoire ?

— Il s'appelle Sam Bailey, commença Gray.

Bailey… Bailey… Ce nom lui disait quelque chose.

— C'est le même nom que celui de la femme qui est avec Kate. Je me trompe ?

— Non. Tara est l'ex-femme de Sam. Ils ont divorcé il y a un an. Le pauvre ne s'en remet pas.

— Je ne comprends pas. Que fait-il ici s'il sait que son ex y vient ?

Gray prit une lavette qu'il passa sur un coin du comptoir d'un geste mécanique.

— Il vient diner ici presque tous les soirs tellement il ne supporte pas de rester seul chez lui. Il en profite pour s'épancher. Quand je vous disais que je fais office de psychologue !

Noah lança un coup d'œil au Sam en question. En effet, il n'avait pas l'air en forme. Il connaissait la souffrance liée à la perte d'une épouse que l'on aimait plus que tout. Le vide en vous que rien ne pouvait venir combler. Il ne reverrait jamais Cara. La réalité était rude. Mais n'était-ce pas pire de perdre une femme pour qui vous n'existez plus ?

C'est perdu dans ses pensées qu'il termina son repas tandis que Gray s'empressait auprès de clients devenus nombreux à cette heure-là.

Au moment de partir, il laissa un généreux pourboire sur le comptoir.

— Un bon conseil, dit-il à Gray lorsque celui-ci revint vers lui. Ne cherchez plus les ennuis.

Gray arbora un sourire innocent.

— Quels ennuis ?

Ils s'échangèrent une poignée de main virile, puis Noah prit la sortie. Un lien venait de se créer entre eux.

Il porta la main à sa joue enflée. Il y avait bien longtemps qu'il ne s'était pas fait avoir comme un bleu.

Pourtant, il serait prêt à se sacrifier de nouveau si c'était pour sortir Gray d'un mauvais pas.

Cependant, s'ils pouvaient éviter d'en arriver là une nouvelle fois…

# - 9 -

Lucy était occupée à remplir des boîtes en plastique de cookies et de brioches - pour qu'Emma puisse les emporter chez elle - lorsque la porte s'ouvrit. Elle sourit à l'idée que Noah se sentait suffisamment à l'aise chez elle pour entrer sans frapper.

— Juste à t…

Elle referma la bouche à la seconde où elle vit la joue de Noah. Elle en oublia ce qu'elle était en train de faire pour s'approcher de lui. Elle tendit la main vers sa joue mais la laissa retomber aussitôt, inerte.

— Que s'est-il passé ? demanda-t-elle, le cœur battant.

— Disons que j'étais au mauvais endroit au mauvais moment, répondit-il en souriant.

Emma dégringola de son tabouret pour courir vers son père.

— Papa ! Tu t'es fait mal ?

— Tout va bien, mon trésor, s'empressa-t-il de la rassurer. Et non, je n'ai pas mal. Mais dites-moi, ça sent sacrément bon, ici ! J'espère que vous avez prévu de me faire goûter à ces merveilles.

Emma opina en silence, visiblement peu convaincue par les paroles rassurantes de son père. Quant à Lucy, elle ne pouvait quitter des yeux la joue enflée de Noah qui avait pris des teintes bleues et violacées. Noah lui fit silencieusement signe de se taire. Il lui raconterait plus tard.

Elle exhala un profond soupir puis retourna emballer ses pâtisseries. Sa cuisine était un véritable désastre mais elle s'en fichait.

Tara et Kate devaient être en train de danser comme des folles chez Gray, mais elle n'aurait pas passé un aussi bon moment si elle les avait accompagnées. Elle avait déjà gardé des enfants, bien sûr, mais elle ne s'était jamais autant amusée qu'avec Emma. Quels fous rires elles avaient piqués lorsqu'elles s'étaient éclaboussées de farine, qu'elles avaient léché les cuillères de chocolat en se barbouillant la bouche et laissé échapper des coquilles d'œufs dans la pâte !

Emma lui avait beaucoup parlé. De sa maman, de son ranch, de ce qu'elle faisait avec son papa quand il rentrait de son travail. Elle lui avait raconté qu'au Texas il arrêtait les méchants et qu'ici il faisait pareil. Elle lui avait confié sa contrariété à le voir quitter la maison tous les soirs, mais Lucy l'avait rassurée en lui certifiant que ça ne durerait pas. Que bientôt il travaillerait en journée, quand elle serait à l'école, et qu'ils pourraient alors passer toutes leurs soirées ensemble.

Il était probable que Noah aussi devait souffrir de ce mode de vie décalé. Mais il n'en avait jamais soufflé mot à personne. Même pas à elle. Il menait sa vie de papa célibataire sans se plaindre, offrant ce qu'il avait de mieux à sa petite fille.

Elle sentit son cœur fondre de tendresse pour cet homme si prévenant, si gentil, si doux. Pourquoi fallait-il que sa tête refuse ce que voulait son corps ? Cela faisait deux ans maintenant qu'Evan était parti. N'était-il pas temps d'aller de l'avant ? Ne serait-ce pas ce qu'aurait voulu son mari pour elle ? Qu'elle soit heureuse ?

Prise d'un courage subit, elle posa les boîtes sur le comptoir puis s'adressa à Emma :

— Ma chérie, tu veux bien aller voir la fin de ton dessin animé ? Il faut que je parle à ton papa.

La fillette interrogea son père du regard.

— Va, mon trésor, l'encouragea-t-il.

Lucy attendit qu'Emma soit dans le salon avant d'attaquer directement :

— Tu peux me dire ce qui s'est passé ?

— Je suis allé chez Gray Gallagher, répondit-il.

Elle blêmit d'un coup.

— C'est lui qui t'a frappé ?

— À vrai dire, c'est à cause de ton amie Kate. Elle aime bien le provoquer.

Une pointe de jalousie lui transperça le cœur. Elle savait exactement comment Kate se comportait avec les hommes qui lui plaisaient. Il faut dire qu'elle avait les moyens de ses ambitions. Aucun homme ne résistait à son charme irrésistible. Pourquoi Noah aurait-il échappé à la règle ?

— Tu l'as draguée ?

— Quoi ? Non, pas du tout. Elle dansait avec un type aux mains baladeuses. Gray n'a pas supporté. Je m'en suis mêlé… Et voilà.

Elle tendit sa main vers sa joue pour l'effleurer.

— Veux-tu que j'aille te chercher de la glace ou un comprimé d'antalgique ? demanda-t-elle avec douceur.

Sa peau tressaillit légèrement au contact de ses doigts. Leurs regards s'accrochèrent, brûlant d'un désir réciproque.

— Ce n'est pas la peine, répondit-il sans la lâcher des yeux. Je me sens beaucoup mieux.

Elle finit par poser tout doucement sa main sur sa joue.

— Gray est un chic type, dit-elle. Mais entre Kate et lui c'est compliqué.

— Plus compliqué qu'entre nous ?

C'était différent. Kate et Gray étaient faits l'un pour l'autre, c'était évident. Mais ça n'empêchait pas Kate d'aguicher les hommes et Gray de rentrer dans son jeu. « Ni avec toi, ni sans toi. » Telle semblait être leur devise.

Noah et elle nageaient en pleine confusion. Ils étaient en proie à un flot de sentiments contradictoires qui les empêchaient d'analyser objectivement la situation et donc de dépasser leurs craintes.

— Je dirais que ce n'est pas la même chose, finit-elle par répondre. Mais c'est tout aussi complexe.

Il acquiesça d'un hochement de tête.

— Je m'en veux d'avoir perdu le contrôle, ce matin, dit-il, son regard toujours plongé dans le sien.

— J'ai ma part de responsabilité, rétorqua-t-elle en laissant mollement retomber sa main. Mais je veux que tu saches que je n'ai pas joué avec toi, avec ton désir. Moi aussi, j'avais très envie de toi. Je ne comprends pas ce blocage.

— Ne t'excuse pas. Finalement, c'est mieux ainsi. C'est trop tôt. Je ne suis pas prêt. Je vivrais cela comme une trahison faite à ma femme.

Lucy était comme hypnotisée par ce regard sombre fixé sur elle qui semblait sonder son âme. Pourquoi fallait-il que la tête de Noah refuse ce que voulait son corps ?

Mais ne connaissait-elle pas le même problème ?

Elle croisa les bras, dans un geste défensif.

— Je crois que nous avons tous les deux peur de revivre le même traumatisme, décréta-t-elle. Nous ne voulons plus prendre le risque de souffrir à cause de l'autre.

— C'est vrai. Et puis, j'ai ma fille à protéger.

— C'est tout à ton honneur, Noah. Mais toi, que veux-tu exactement ? Le sais-tu seulement ?

— Peu importe ce que je veux. Emma est ma priorité et je ferai tout pour qu'elle ne souffre plus comme elle a souffert.

— Tu n'as parlé de nous à personne ? Je veux dire… Si Kate et Lucy savent que j'ai passé la soirée avec ta fille, elles pourraient s'imaginer que…

— Ne t'inquiète pas. Je n'ai rien dit. Personne n'a besoin de savoir que nous sommes les meilleurs amis au monde, n'est-ce pas ?

« Les meilleurs amis au monde », ironisa-t-elle en son for intérieur. Voilà qui ne manquait pas de sel quand on savait que les amis en question avaient été à deux doigts de faire l'amour et brûlaient encore d'un désir contenu.

— Je dois t'avouer que Kate et Tara m'ont un peu charriée à ton sujet mais je n'ai rien dit. D'ailleurs, il n'y avait rien à dire.

— Je comprends. Mais je te demanderai de continuer à être discrète. Je ne voudrais pas que des rumeurs circulent sur notre compte. D'autant plus qu'elles seraient sans fondement.

— Ne t'inquiète pas. De toute façon, il en faudrait plus que cela pour que ta réputation soit entachée. Tout

Stonerock chante tes louanges depuis que tu as sauvé un petit garçon de la noyade.

— Je n'ai fait que mon travail, dit-il modestement.

— En plus, je suppose que ton intervention de ce soir a évité une bagarre générale, poursuivit-elle. De quoi asseoir un peu plus une réputation qui n'est déjà plus à faire.

— Arrête, dit-il en riant. Tu vas finir par me faire rougir. D'autant plus que, même si je n'avais pas été là, Gray aurait agi comme je l'ai fait. Il aurait expulsé ce crétin de son établissement - sans y mettre les formes, je te l'accorde.

Une cascade de rires cristallins leur parvint du salon, interrompant leur discussion.

— Je suppose qu'Emma t'a demandé de lui passer son dessin animé préféré. Celui que nous avons déjà regardé ensemble une bonne dizaine de fois.

— C'est la première chose qu'elle m'a dite une fois les cookies au four. Elle voulait savoir si je l'avais déjà vu.

Il esquissa ce demi-sourire qu'elle adorait et qui creusait la fossette de ses joues.

— Elle est fan de ce film parce qu'il y a des chevaux qui lui rappellent sa jument.

Son cœur se serra à l'idée que, à quatre ans à peine, cette petite fille avait déjà perdu une bonne partie de ce qui faisait son univers. Elle ressentit soudain l'urgence de dire encore une fois à Noah qu'elle pouvait lui apporter tout le soutien dont il avait besoin.

— Noah, tu retrouveras le chemin du bonheur un jour, je te le garantis.

— Pourquoi me dis-tu ça ?

— Parce que moi aussi je suis passée par là. Alors,

je comprends ta tristesse, ta souffrance et le vide que tu peux ressentir. Pour le moment, tu es perdu. Tu penses que tu ne pourras plus jamais être heureux. Tu te demandes même si le bonheur existe encore pour toi. Moi aussi, j'ai connu la dépression, la culpabilité d'être vivante quand mon mari, lui, était mort. Si je m'en suis sortie, c'est grâce à mes amies. Sans elle, qui sait ce que je serais devenue ? Aussi, si tu as besoin de parler…

Il laissa passer quelques secondes de silence. Allait-il s'épancher ou, au contraire, se fermer un peu plus ?

— C'est la période la plus difficile que j'aie jamais eu à vivre, admit-il finalement. Il y a des jours où je suis incapable de me lever ; où la culpabilité est si forte qu'elle me submerge comme une vague géante prête à m'engloutir. Heureusement, j'ai Emma. C'est pour elle, et parce que je suis aujourd'hui à la fois son père et sa mère, que je n'ai pas le droit de me laisser aller.

La confiance qu'il lui témoignait enfin la submergea d'une émotion si intense qu'elle eut bien du mal à la refouler.

— En tant qu'amie, je peux te dire qu'il est très important de ne pas rester replié sur soi-même. Au contraire, il faut se forcer à communiquer, cela participe au processus de deuil.

— J'ai eu ma dose de communication avec ma psy, au Texas, rétorqua-t-il d'un ton sarcastique censé mettre un terme à ce qu'il devait estimer être un moment de faiblesse. Je crois qu'il vaut mieux que nous y allions. Merci beaucoup pour tout le temps que tu nous as accordé.

— Je l'ai fait avec plaisir. Revenez quand vous voulez.

Elle marqua une courte pause. Oserait-elle dire ce qui lui brûlait les lèvres ?

— J'aime bien la présence de ta fille, ajouta-t-elle finalement. Et la tienne aussi.

— Le plaisir est partagé.

Maintenant qu'elle était lancée, pourquoi s'arrêter ?

— La prochaine fois que tu ne travailleras pas, vous pourriez revenir, Emma et toi, pour une balade à cheval suivie d'un pique-nique.

— Pourquoi pas ? répondit-il évasivement.

— Tu es sûr que tu ne veux pas mettre un peu de glace sur ta joue avant de partir ?

Elle se trouvait pathétique. Prête à tout pour retarder un peu son départ.

— Ça ira, merci. Tu sais, j'en ai reçu d'autres et de plus sévères. Et toi, au fait ? Comment va ta hanche ?

— J'ai encore un peu mal, surtout quand je marche. Mais j'ai passé une si bonne soirée que j'en ai oublié la douleur.

Il la regarda un long moment fixement sans qu'elle puisse deviner quelles pensées lui traversaient l'esprit.

— Merci, finit-il par dire. Tu sais, je veux que tu saches que, même si je te laisse à penser le contraire, tu m'es d'un grand secours. Je ne te remercierai jamais assez pour les bons moments que tu fais passer à Emma. Je sais qu'elle est très heureuse de t'avoir dans sa vie.

— Moi aussi, je suis heureuse de vous avoir dans ma vie, dit-elle en posant sa main sur son bras.

Dans un geste aussi tendre qu'inattendu, il repoussa en arrière une mèche de cheveux qui lui tombait sur le front.

— Et toi, dit-il dans un souffle, qui s'occupe de toi ?

— Je n'ai pas besoin qu'on s'occupe de moi, affirma-t-elle d'un ton qu'elle espérait convaincant. Tu es certain de ne pas vouloir assister à notre prochaine réunion ? insista-t-elle, consciente de la brûlure de désir que le contact de sa main chaude sur son front avait laissée sur sa peau.

Il secoua la tête.

— Certain. Je te l'ai déjà dit. Je n'ai pas besoin de déballer mes états d'âme à des étrangers pour aller mieux.

Elle regretta son entêtement. S'il acceptait de venir une fois, une seule, il se rendrait compte que l'idée qu'il se faisait de ces réunions était totalement erronée. Les gens qui se rendaient à ces groupes de soutien ne venaient pas pour se lamenter, ni pour pleurer sur leur sort. Ils y venaient pour trouver un peu de compréhension et de chaleur humaine. Pour tenter de passer à autre chose. Noah aurait beaucoup de mal à faire son deuil s'il ne laissait rien voir de ses faiblesses ; s'il n'évacuait rien de ses émotions et de ses sentiments.

— Penses-y quand même.

— N'essaie pas d'être dans ma tête, Lucy. Je vais à mon propre rythme, et la manière dont je gère mon deuil ne regarde que moi et personne d'autre.

Sur ce, estimant le sujet clos, il se rendit dans le salon pour y chercher sa fille.

Lucy se hissa sur un tabouret, pensive. Après tout, Noah n'avait peut-être pas envie de passer à autre chose. Après qu'elle l'avait repoussé, c'était lui qui s'était confondu en excuses alors qu'elle était seule responsable de la tension que son attitude avait fait naître entre eux. Depuis, il lui serinait à tout bout de champ qu'ils étaient les meilleurs amis du monde. Il voulait laisser croire que les choses étaient claires.

À d'autres !

Pour elle, la discussion était loin d'être close.

Elle avait peut-être perdu une bataille mais certainement pas la guerre.

# - 10 -

— Ah bonjour, les filles. Vous voulez bien aller poser ce plateau de biscuits sur la table du fond ? demanda Lucy.

Pour toute réponse, Tara leva les yeux au ciel et Kate gloussa. Qu'est-ce qui leur prenait de rester plantées là, alors que la journée portes ouvertes allait démarrer dans moins d'une heure et qu'il restait tant de choses à faire ?

— Quoi ?

— Tu t'imagines que nous allons t'obéir bien docilement sans aborder le fait que Noah était chez Gray hier soir et que tous les deux ont bien sympathisé ?

— Par « sympathisé », je suppose que tu fais allusion au coup de poing que Noah a pris en pleine figure ?

Kate écarquilla les yeux en même temps qu'elle arrondissait la bouche sans qu'aucun son n'en sorte.

— Comment le sais-tu ? finit-elle par demander. Il est venu chez toi, après ?

— Ce n'est pas un sujet que j'aborderai avec vous, répondit-elle en traversant la salle avec son plateau, talonnée par ses amies.

— Pourquoi ? demanda Tara. Je suis sûre que tu as dû entendre parler de ce qui s'est passé là-bas. Comment Gray a perdu son sang-froid et comment Sam a éclusé des bières au comptoir toute la soirée.

Lucy prit le temps de déposer son plateau sur la table puis se tourna pour faire face à ses amies.

— En fait, dit-elle posément, j'ignorais que Sam se trouvait là-bas et je n'ai eu qu'une version abrégée de la bagarre qui y a eu lieu.

Pour Sam, elle aurait pu deviner. Depuis un an que Tara l'avait plaqué, il était fourré tous les soirs chez Gray, autant pour tenter de noyer son chagrin dans l'alcool que pour s'épancher sur l'épaule de son ami.

— Pourquoi vous acharnez-vous à aller là-bas ? questionna-t-elle. Quel plaisir trouvez-vous à tourmenter ces pauvres hommes ?

— Sam n'est pas toujours là-bas, se défendit Tara. Et quand il s'y trouve, il ne me voit même pas, trop occupé qu'il est à écluser bière sur bière.

Lucy salua la mauvaise foi de Tara. Comment pouvait-elle ignorer ce que toute la ville savait ? Il n'y avait pas que la mort de quelqu'un qui pouvait vous laisser à terre.

— Et toi, Kate ? Quelle excuse as-tu ? Tu sais que Gray est fou amoureux de toi depuis des années et tu ressens un malin plaisir à piquer sa jalousie.

Kate haussa les épaules.

— Je crois plutôt qu'il s'imagine que je lui appartiens. Et je déteste ça.

— À toi, maintenant, mademoiselle-la-morale, ironisa Tara. Nous avons pu voir ton Noah de près lorsqu'il est venu nous saluer à notre table. Il est sacrément sexy !

Lucy leva les yeux au ciel.

— Le moment n'est pas propice aux bavardages entre copines, éluda-t-elle. Je vous rappelle que les gens sont censés arriver d'ici moins d'une heure maintenant et que tout reste à faire.

— Le plateau est en place, observa Kate d'un ton ironique. C'est déjà un bon début.

Elle exhala un profond soupir. Elle connaissait suffisamment ses amies pour savoir qu'elles ne lâcheraient pas l'affaire tant qu'elle ne leur aurait pas donné de réponse jugée satisfaisante.

— Très bien. Mais je vais être brève. Noah est veuf. Il a perdu sa femme il y a six mois. Il a une petite fille de quatre ans, Emma, qu'il élève seul. Lui et moi sommes amis. Voilà, vous savez tout. Maintenant, si vous voulez bien, allons déplacer les chaises pour que les gens puissent circuler librement et placer les nouvelles brochures sur chacune des tables. Ça évitera que les gens aient à les chercher. Ah… La musique. Tu veux bien t'en occuper, Tara ? Trouve-nous une musique d'ambiance, juste pour que les premiers arrivés ne soient pas embarrassés par un silence trop pesant.

Kate et Tara s'échangèrent un regard sceptique qu'elle fit mine d'ignorer. Pour elle, le sujet Noah Spencer était clos et elle entendait bien qu'il le reste. D'ailleurs, qu'aurait-elle à en dire ?

Forte de cette détermination, elle prit le parti de ne pas tenir compte de la mine déconfite de ses amies et se mit à circuler autour de la salle, veillant à chaque détail manquant. Beaucoup de monde était attendu ce soir. Il faut dire qu'elles avaient inondé Stonerock de flyers pendant un bon mois. Elles avaient tellement à cœur que chacun sache que Helping Hands était là si les gens avaient besoin d'une oreille compatissante. Aussi triste que la réalité puisse paraître, tout le monde, à un moment ou à un autre de sa vie, perdait un parent, un proche ou un ami.

Le but de ce rassemblement était de voir si les besoins étaient grandissants. Car il n'y avait pas que la disparition de quelqu'un de votre entourage qui vous poussait à devoir faire un travail de deuil. Il y avait aussi les divorces, la perte d'un emploi, la dépression, l'anxiété. Les problèmes de la vie quotidienne étaient nombreux, et Lucy ne voulait pas que les gens en détresse se sentent seuls pour les surmonter.

Elle avait invité Noah, bien sûr, mais, sans grande surprise, il avait décliné l'invitation. Il avait beau prendre cela à la légère, elle savait, elle, que le mal-être existait bel et bien sous la surface lisse. À part le peu qui lui avait échappé à ce sujet, il n'évoquait jamais la mort de sa femme. Ce qui était bien la preuve, s'il en fallait, que le sujet était encore bien trop douloureux pour être abordé. Elle pouvait le comprendre. Comme Noah le lui avait fait remarquer, chacun allait à son propre rythme. Ce qui la dérangeait plus, c'était cette force de caractère dont il se croyait obligé de faire preuve en toute occasion. Elle aurait aimé que devant elle, au moins, il ne soit plus dans le contrôle permanent.

Elle interrompit le fil de ses pensées en voyant arriver les premiers invités. Parmi eux, les trois frères St. John. Il y avait l'aîné, Cameron, son supérieur hiérarchique. Eli, le cadet, médecin, qui avait repris le cabinet de leur père et enfin, Drake, le benjamin, capitaine des pompiers de Stonerock.

Ce furent Kate et Tara qui se chargèrent d'aller à leur rencontre tandis que Lucy remplissait la cafetière déjà vidée de son contenu.

— Quelle belle réussite !

Lucy se tourna vers Tammy qui, ce jour-là, était venue, accompagnée d'un jeune homme d'une trentaine d'années.

— Merci, répondit-elle en lui souriant. En effet, Il semble que le bouche-à-oreille ait bien fonctionné.

— Lucy, je voudrais vous présenter Todd, mon neveu. Il a perdu sa femme l'an dernier.

— Ravi de vous rencontrer, dit Todd en lui serrant la main.

— De même, Todd. Vous habitez à Stonerock ?

— Non, je suis de Nashville. Mais plus pour longtemps. Ma tante a réussi à me convaincre de venir m'installer ici.

Tammy caressa le bras de son neveu, dans un geste infiniment tendre.

— J'ai déjà dit à Todd tout le bien que je pensais de vous et de votre groupe de soutien, dit-elle. Il aura besoin de se faire des amis lorsqu'il sera ici.

Lucy comprit tout de suite où Tammy voulait en venir. Ce n'était pas la première fois qu'une âme charitable cherchait à la caser avec l'une ou l'autre de ses connaissances.

— Je suis certaine que cela va bien se passer, éluda-t-elle. Si vous voulez bien m'excuser, je dois aller accueillir mes autres invités.

— Nous pourrions nous parler un peu plus tard, proposa Todd avant qu'elle ait pu s'esquiver.

Elle esquissa un sourire poli.

— Merci d'être venu, dit-elle pour couper court à cette discussion. Il faut vraiment que j'aille rejoindre Tara et Kate.

Elle avait une vie bien remplie. Entre son travail, ses études et son groupe de soutien, elle n'avait pas une minute à elle, encore moins à consacrer à une hypothétique vie amoureuse. Jusque-là, cela avait été facile, elle n'avait encore jamais éprouvé de désir pour un autre homme que pour son mari.

Mais Noah Spencer avait débarqué dans sa vie. À la seconde où elle l'avait aperçu, ce soir-là, elle avait pressenti qu'il n'en faudrait pas beaucoup plus pour que sa petite vie tranquille prenne un cours plus tumultueux. Elle avait vu juste. Plus elle passait de temps en sa compagnie, plus ils devenaient proches et plus son cœur battait pour lui.

Elle essaya de refouler les images de Noah qui lui arrivaient par vagues successives. En vain. Noah hantait ses pensées, du matin au soir. Elle regrettait tellement qu'il ne soit pas là !

À plusieurs reprises, elle se surprit à le chercher du regard alors qu'elle savait pourtant qu'il ne viendrait pas. À chaque fois, elle en ressentit une vive déception. Bêtement, elle s'était imaginé qu'il aurait fait l'effort de venir pour elle.

N'était-ce pas ce que l'on pouvait attendre d'un ami ?

Elle lui en demandait trop, conclutt-elle. Que pouvait-elle exiger de lui ? Ils n'étaient même pas amants ! Se bercer d'illusions, ça oui, elle pouvait le faire.

La soirée terminée et les invités repartis, Lucy traversait le parking pour rejoindre sa voiture quand des bruits de pas derrière elle lui glacèrent le sang. L'endroit avait beau être bien éclairé, il n'en était pas moins désert. Elle tourna la tête, le cœur battant. C'était Todd, le neveu de Tammy. Elle en fut à la fois soulagée et irritée.

— Je suis désolé, je ne voulais pas vous faire peur, s'excusa-t-il.

Elle trouvait curieux autant qu'embarrassant que cet homme qu'elle ne connaissait pas soit venu l'attendre comme cela.

— Ce n'est rien, mentit-elle.

— Je voulais excuser ma tante d'avoir joué les entremetteuses. C'était très maladroit de sa part.

— Ne vous inquiétez pas pour ça. Ce n'est pas la première fois que je suis la cible de personnes bien intentionnées qui ne cherchent qu'à faire mon bonheur.

— Elle a cru bien faire. Ceci dit, ajouta-t-il après avoir marqué une courte pause, j'aimerais bien vous inviter à sortir quand je serai installé ici. Si vous êtes libre, bien entendu.

Todd était un bel homme, élégant, courtois et, de plus, le neveu de Tammy, qu'elle adorait. Le problème - car il y en avait un –, c'était qu'il la laissait de marbre. Elle ne ressentait pour lui rien de ce que Noah faisait naître en elle à chaque fois qu'elle était en sa présence.

— Ne me répondez pas tout de suite, s'empressa-t-il d'ajouter pour rompre le silence embarrassant qui avait suivi. Nous en reparlerons lorsque je vivrai à Stonerock de manière permanente.

Elle opina d'un hochement de tête puis regagna sa voiture tandis que Todd se dirigeait vers un pick-up noir.

Elle venait juste de se garer dans son allée quand le bip de son téléphone lui signala l'arrivée d'un texto.

Il paraît que tu as snobé un jeune homme pourtant charmant ? C'est plus sérieux que tu veux bien le dire avec Noah, alors.

Elle ne prendrait même pas la peine de répondre aux

commentaires de ses amies. Elle n'était pas d'humeur à alimenter leur curiosité.

Se saisissant de son sac à main et de son téléphone, elle rentra chez elle. Elle avait peu de temps devant elle pour se reposer un peu avant de repartir travailler. La perspective de passer toute une nuit sans Noah – elle savait qu'il était de repos ce soir-là - l'attristait. D'un autre côté, cela lui permettrait de tenter d'y voir plus clair dans l'écheveau de sentiments contradictoires qui bouillonnait en elle.

Car il y aurait un jour où l'amitié que Noah avait instaurée entre eux ferait long feu. Il serait alors temps de laisser parler leurs corps, à défaut de laisser parler leurs cœurs.

# - 11 -

— Je prends, répondit Noah. Je suis à cinq rues de là.

— Je viens d'arriver sur place, rétorqua l'officier McCoy.

Un court silence, puis la voix de Lucy se fit entendre.

— J'informe notre correspondante que vous êtes là, dit-elle.

Noah prit une autre direction. Il n'était pas nécessaire d'être deux pour porter assistance à une femme qui ne pouvait plus rentrer chez elle parce qu'elle était sortie en claquant la porte sans penser à prendre ses clés.

Il tourna dans Pine Street, s'exhortant à ne pas laisser ses pensées vagabonder. En vain.

Il échouait à oublier que Lucy s'était fait draguer par un homme au cours de la journée portes ouvertes de Helping Hands. Les nouvelles allaient vite dans les petites villes comme Stonerock et il n'avait pas fallu longtemps pour qu'il en soit informé.

La voix de Lucy le fit brutalement revenir sur terre. On venait de lui signaler un accrochage dans une des allées du parc. Son instinct de flic lui fit supposer qu'il ne devait pas s'agir que d'une simple collision. En effet, qui pouvait bien se promener en voiture dans un parc censé être désert, un jour de semaine, qui plus est à 1 heure du matin ?

Arrivé sur les lieux de l'accident, il constata la présence de deux femmes aux prises avec un homme passablement éméché qui commençait à se montrer menaçant.

Trente minutes plus tard, Noah avait réglé le problème en douceur. Une fois l'homme embarqué pour conduite en état d'ivresse, il remonta dans son véhicule et effectua un rapport par radio.

— Tout va bien ? demanda Lucy.

— Parfaitement bien, répondit-il avec une pointe d'agressivité.

— Il y a longtemps que tu n'as pas donné de nouvelles.

— Je te le répète, tout va bien. Terminé.

Il ne se sentait pas la force d'entamer une discussion d'ordre privé avec elle. Pas quand la seule idée qu'un homme ait pu l'approcher de trop près le mettait dans une rage froide irrationnelle.

Car, honnêtement, pourquoi la perspective que Lucy accepte l'invitation à sortir d'un autre homme que lui lui était-elle insupportable ? Belle, intelligente, attachante, il n'y avait rien d'anormal à ce que Lucy soit courtisée.

Il se passa une main lasse dans les cheveux. Il était fatigué. Il manquait de sommeil. Après quelques heures d'un repos bien mérité, il y verrait plus clair, c'était certain. Parce que, là, tout de suite, des images de Lucy avec un autre homme le rendaient fou de jalousie.

C'est alors que la réalité le rattrapa d'un coup. S'il persistait dans cette voie, il allait perdre Lucy. Pour de bon. Cette pensée eut sur lui l'effet d'un électrochoc.

Que voulait-il exactement ? Une relation purement physique ? Une amitié amoureuse ? Ou autre chose ? Bon sang ! Il n'en avait pas la moindre idée. Il savait juste qu'il ne voulait pas perdre Lucy. Qu'il éprouvait pour elle un désir qu'il avait de plus en plus de mal à feindre d'ignorer et que l'imaginer dans les bras d'un homme attisait en lui les braises d'une jalousie qui ne demandait qu'à s'enflammer.

Le reste de ses heures de service se passa paisiblement, sans incident notable. Lorsqu'il gara son véhicule devant le poste de police, le soleil se levait à l'horizon. Il avait hâte de rentrer chez lui. Les deux jours de repos qui l'attendaient seraient les bienvenus. Il en profiterait pour passer du temps avec Emma et faire avec elle toutes les choses qu'elle aimait. Organiser un pique-nique dans le parc, regarder un film d'animation, aller déjeuner dans son restaurant préféré. Tout un programme qui, il le savait, enchanterait sa petite fille.

En sortant de son véhicule, il remarqua qu'il n'avait plus aussi froid que d'habitude. Commençait-il à s'habituer au climat du coin ou étaient-ce les températures qui commençaient à grimper doucement ?

Quand il passa devant le bureau de régulation des appels, il vit que Lucy n'était pas là. Le garçon qui prenait la relève était déjà installé à sa place, casque sur les oreilles, prêt à intervenir.

Il trouva Lucy dans la salle du personnel. Sa veste sur le dos, elle rassemblait ses affaires, de toute évidence sur le point de partir. À son entrée, elle leva sur lui ses grands yeux verts et lui adressa un de ces sourires qu'il trouvait irrésistibles. Avait-elle eu ce même sourire pour ce type qui lui avait tourné autour ?

*Laisse tomber, Noah. Ressaisis-toi. Elle ne va pas rester seule toute sa vie parce que tu n'es pas fichu de prendre la décision qui s'impose.*

— Ça va ? lui demanda-t-elle de nouveau, de la même voix soucieuse.

Il acquiesça en silence. Remonté contre lui comme il l'était, mieux valait qu'il se taise, sans quoi les mots risqueraient de dépasser sa pensée.

Elle enroula son écharpe autour de son cou tout en le dévisageant.

— Nous nous sommes à peine parlé, ce soir. Qu'y a-t-il ?

Avant de lui répondre, il prit le temps de remplir de café un gobelet qu'il comptait emporter.

— Rien.

Il détourna la tête, incapable de soutenir son regard pénétrant sur lui.

— J'ai fait quelque chose qui t'a contrarié ? insista-t-elle.

Il se maudit intérieurement. Pour rien au monde, il ne voulait lui faire endosser le poids d'une culpabilité dont il était seul responsable.

— Non. Je suis juste pressé de rentrer. Je suis épuisé.

Sur ce, il sortit, son gobelet à la main, suivie de Lucy qui, de toute évidence, n'entendait pas lâcher l'affaire aussi facilement.

— Noah, si j'ai fait ou dit quelque chose qui t'a blessé, dis-le-moi. Et puis, regarde-moi quand je te parle, s'il te plaît.

Il pivota brusquement, les yeux brûlant d'une rage contenue.

— Tu n'as rien fait, d'accord ? C'est moi. Je m'en veux de laisser des rumeurs diriger ma vie.

— De quoi parles-tu ?

— Ce garçon, là… Ce garçon qui t'a proposé de

sortir avec lui, commença-t-il avant de s'interrompre brusquement. Excuse-moi. Cela ne regarde que toi si cet homme te plaît. Je n'ai pas le droit de t'interdire quoi que ce soit.

Elle resta immobile, comme pétrifiée par ce qu'elle venait d'entendre. Sa chevelure blonde qui flottait dans le vent lui faisait comme une auréole divine. Il y avait tant de pureté et de candeur en elle !

— Je t'en prie, ajouta-t-il, oublie ce que je viens de dire. Rentre chez toi, Lucy.

Au lieu de lui obéir, elle s'approcha un peu plus de lui et posa une main sur son bras.

— J'ai refusé, dit-elle. Je me fiche de ce type.

Il ferma les yeux, remerciant le ciel. Un profond soulagement l'envahit. Comme il se sentait léger, tout d'un coup !

— Comme je te l'ai dit, cela ne me regarde pas, assura-t-il néanmoins.

— Tu en es bien certain ? Parce que tu as l'air de prendre cela très à cœur, pour quelqu'un qui prétend que cela ne le regarde pas. Pourquoi n'admets-tu pas simplement que tu es jaloux ?

— Moi ? Jaloux ? Tu ne sais pas ce que tu dis.

— Donc, cela ne te ferait rien que je sorte avec un autre homme ? Je suppose que la réponse est non, poursuivit-elle devant son mutisme obstiné. Je pensais que tu étais sur le point d'admettre que nous étions en phase mais, visiblement, je me trompais.

Sur ce, elle se dirigea vers sa voiture et quitta le parking sans plus un regard pour lui.

Il se maudit cette fois tout haut. Il s'en voulait tellement de la manière dont il menait sa relation avec Lucy. Et pas que depuis le matin. Depuis le jour où leurs chemins s'étaient croisés pour la première fois. Un pas en avant, deux pas en arrière… Quel idiot il était !

Pourquoi s'acharnait-il à se torturer ainsi alors qu'il brûlait de désir pour elle ? Il était adulte. Il ne pouvait pas continuer à se voiler la face comme il le faisait.

Fort de cette certitude, il prit la direction de chez Lucy et arriva dans son allée juste au moment où elle sortait de sa voiture. Elle eut l'air surprise de le voir mais, très vite, fit comme s'il n'était pas là.

Il se précipita à sa suite, soucieux d'arriver avant qu'elle ne lui claque la porte au nez.

— Lucy, attends, s'il te plaît, dit-il en la suivant à l'intérieur.

— Je crois que nous nous sommes déjà tout dit, non ?

D'un geste sec, elle tira sur son écharpe qu'elle lança sur le comptoir de sa cuisine, en même temps que son sac à main.

— À moins que tu n'aies quelque chose à ajouter, j'estime que la discussion est close, trancha-t-elle en le regardant droit dans les yeux.

En guise de réponse, il combla la distance qui les séparait encore, puis posa les mains sur ses épaules, comme pour l'empêcher de lui échapper. Aussitôt, elle se plaqua contre lui, semblant avoir oublié les mots qu'elle venait de prononcer.

— Considère que j'ai quelque chose à ajouter, dit-il, sa bouche déjà sur la sienne.

Elle se mit à onduler doucement contre lui, envoûtante. Ses mains fébriles plongeaient dans sa chevelure tandis qu'elle s'abandonnait un peu plus. Il la souleva du sol et s'engagea dans le couloir qui desservait les chambres à coucher.

— Si tu n'en as pas envie, tu n'as qu'un mot à dire, Lucy, lui chuchota-t-il à l'oreille. Je respecterai ta décision. Sache cependant que je ne peux pas continuer comme cela.

Il lut la réponse dans l'éclat de son regard. C'était le signal dont il avait besoin.

— J'ai tellement envie de toi, rétorqua-t-elle dans un souffle.

Le désir qu'il avait d'elle aiguillonné par ces paroles, il fit les quelques mètres qui les séparaient encore de sa chambre.

— Pas là, dit-elle lorsqu'ils furent devant la porte.

Plus tard, Noah se souviendrait de son air fragile à ce moment-là. Il se rappellerait alors la photo du couple qu'elle formait avec son mari et il comprendrait les raisons pour lesquelles elle voulait garder la porte de cette chambre close. Mais, pour l'heure, rien d'autre n'existait que l'amour qu'ils s'apprêtaient à faire. Tout le reste se diluait dans le temps et l'espace.

Il la reposa délicatement au sol avant de l'adosser contre le mur de la chambre d'amis. Leurs bouches avides se prenaient dans des baisers ardents, ne se lâchant que pour mieux se reprendre. Les mains de Noah fouillaient sa chevelure dense, laissant filer des mèches soyeuses entre ses doigts.

Lucy s'agrippa à ses épaules en même temps qu'elle plaquait son corps un peu plus étroitement contre le sien. Noah n'avait pas été porté par un tel désir depuis bien longtemps. Serait-il capable de se contrôler ?

Les yeux fermés, ses lèvres toujours jointes à celles

de Noah, Lucy défit les premiers boutons de sa chemise de ses doigts impatients. Pas assez vite pour lui qui, après s'être légèrement écarté, finit de la déboutonner lui-même. Une fois torse nu, il retira ses chaussures puis défit l'étui qui contenait son arme de service et posa le tout délicatement par terre.

Les mains de Lucy s'attachèrent alors à baisser la fermeture Éclair de son pantalon.

— Attends… Tu es encore beaucoup trop habillée par rapport à moi.

Elle le regarda de ses grands yeux verts et se mordit la lèvre dans une moue aguichante dont elle n'avait même pas conscience. Mais elle n'esquissa pas le moindre geste pour se déshabiller.

— Tu hésites encore ? s'enquit-il en repoussant sa frange sur son front.

Elle secoua la tête.

— Non. Je me sens juste un peu nerveuse.

— Si cela peut te rassurer, moi aussi.

Il attrapa le bas de son T-shirt et le fit passer doucement par-dessus sa tête. Il riva son regard au sien, attentif à deviner le moindre signe qui lui dirait d'arrêter. Il avait beau se consumer de désir pour elle, il n'en restait pas moins un gentleman.

Une fois débarrassée de son T-shirt, elle retira à son tour ses chaussures puis son pantalon, qu'elle envoya valser de l'autre côté du couloir.

À présent, elle se tenait immobile, belle à damner un saint dans une ravissante parure en soie rose pâle.

— Tu es magnifique ! s'extasia-t-il dans un souffle.

Elle lui adressa un sourire qui, en même temps qu'il lui chavirait le cœur, lui ôta toute retenue. Il la souleva du sol aussi aisément que si elle avait été légère comme une plume et, ainsi chargé de son précieux fardeau, pénétra dans la chambre d'amis. Les rayons du soleil filtraient à travers les stores, projetant des jeux de lumières sur le lit où il la déposa avant de s'allonger à son côté.

— Je n'ai pas de préservatifs sur moi, murmura-t-il contre sa bouche. C'est que... Je ne m'attendais pas à cela.

Elle encadra son visage de ses deux mains, le regard voilé de désir.

— Je me fais suivre régulièrement par ma gynécologue et je prends la pilule. Tout va bien.

— De mon côté, j'ai dû subir un check-up complet en intégrant les forces de police de Stonerock, rétorqua-t-il. Tout va bien pour moi aussi.

Lucy fit courir ses mains devenues impatientes sur ses épaules larges puis le long de son dos. Ce contact l'électrisa tout entier. Tout aussi impatient qu'elle, il retira ce qui lui restait de vêtements puis ôta à Lucy sa culotte et son soutien-gorge, derniers remparts dérisoires à sa nudité. Il se cala entre ses jambes qu'elle avait entrouvertes pour mieux l'accueillir et enserra ses poignets de part et d'autre de sa tête, les yeux toujours rivés aux siens.

Pourtant, à l'instant où il la pénétra, il ferma les paupières et les garda ainsi tout le temps qu'ils firent l'amour. Pour l'heure, il pouvait lui donner son corps mais pas son cœur. Par loyauté pour sa femme, il s'interdisait tout sentiment.

Semblant bien loin d'imaginer les pensées qui le traversaient - ou feignant de les ignorer –, Lucy enroula ses jambes autour de sa taille et s'arc-bouta contre lui. À un instant, rompant la promesse qu'il s'était faite, il risqua un œil sur elle. Elle aussi avait les yeux fermés. Étaient-ils liés par la même culpabilité ?

Il refoula ces questionnements qu'il jugeait inopportuns. Surtout, profiter de ce moment de grâce qu'il était en train de vivre. Les gémissements de plaisir qui s'échappaient de la bouche entrouverte de Lucy aiguillonnèrent son désir. Il accéléra la cadence, s'enfonçant plus profondément en elle à chaque coup de reins qu'il lui donnait. Elle agrippa ses bras, enfonça ses ongles dans leur chair musculeuse. C'était si bon ! Emporté comme il l'était dans le tourbillon d'une volupté intense, il aurait voulu que ce moment dure l'éternité.

Quelques délicieuses minutes plus tard, Lucy surfait sur les vagues successives de l'orgasme. Il attendit de la sentir se détendre pour s'abandonner à son tour au plaisir qu'elle lui procurait. Leurs sens une fois assouvis, il se laissa glisser sur le côté et la prit dans ses bras.

Il resta immobile, incapable d'articuler le moindre mot.

Car, contrairement à ce qu'il pensait, coucher avec Lucy n'allait pas l'aider à passer à autre chose. Elle ne relevait pas du simple fantasme.

Lucy Brooks venait de s'intégrer un peu plus dans sa vie.

Et maintenant ?

Comment était-il censé réagir à cela ?

# - 12 -

Encore tout ensommeillée, Lucy roula sur elle-même. Sa main tâtonnante alla se poser sur un torse viril. Un sourire béat vint flotter sur ses lèvres tandis qu'elle se blottissait un peu plus…

Quoi ? Un torse viril ?

Elle ouvrit les yeux, le corps et les sens en alerte. Puis tout lui revint d'un coup. Noah et elle… Oui. Deux fois. De délicieux frissons vinrent lui chatouiller le creux des reins et le bas du ventre.

Il devait être tard. Elle le voyait au soleil qui, à présent, entrait à flots par les stores entrouverts. D'habitude, elle dormait les stores complètement fermés. D'habitude aussi, elle dormait seule, dans *sa* chambre.

À présent bien réveillée, elle s'écarta de Noah, attendant la morsure d'une culpabilité qui, pourtant, ne vint pas. Elle n'éprouvait ni culpabilité ni regret. Rien. Juste le bonheur d'être allée là où son instinct l'avait guidée. Il fallait s'y attendre. Cela faisait deux ans qu'Evan était parti. Elle avait vécu dans le deuil si longtemps ! Voilà. Le jour était arrivé où elle s'était délestée de ce fardeau qui avait pesé lourd sur ses épaules.

Elle s'assit au bord du lit, les jambes pendantes. Qu'allait-elle dire à Noah quand il se réveillerait ? Comment allaient-ils aborder le sujet ? Parce qu'il faudrait bien qu'ils parlent de ce qui s'était passé. Elle ne pouvait feindre l'indifférence, elle qui n'était pas du genre à prendre le sexe à la légère.

— Je suppose que tu es en train d'analyser la situation... De peser le pour et le contre... D'imaginer la suite...

Elle tourna la tête en direction de Noah. Il était étendu sur le dos, les mains croisées sous la nuque, les yeux fixés au plafond.

— Parce que toi non, peut-être, le taquina-t-elle. Tu ne te poses pas de questions ?

Son regard glissa vers elle.

— Non. Nous avons fait l'amour. Point.

— Deux fois.

— Deux fois. Et maintenant, nous allons redevenir les amis que nous étions et retourner à nos vies respectives.

Il parlait d'un ton détaché qui la glaça. Avait-il besoin de se montrer aussi froid avec elle ? Il était si différent de l'homme tendre et attentionné qu'il avait été quelques heures plus tôt !

Elle se sentit soudain vulnérable, nue comme elle l'était. Elle tira donc le drap sur elle et s'en enveloppa avant de se lever.

— Je crois qu'il est temps que tu partes, dit-elle en le regardant dans les yeux.

Sans doute alarmé par le ton cassant qu'elle avait utilisé, il s'assit et se passa une main dans les cheveux.

— Lucy... Nous savions exactement ce que nous faisions, non ?

Exact. Mais ce n'était pas une raison pour se montrer aussi distant. Et puis, qu'y pouvait-elle si elle était incapable de contrôler ses sentiments ?

Elle resserra le drap sur elle, refoulant avec peine les larmes qui menaçaient de couler.

— Je vais prendre une douche. Tu n'auras qu'à tirer la porte derrière toi.

Sur ces mots, elle se dirigea vers la salle de bains, le cœur battant et la gorge nouée.

— Lucy… Donne-moi un peu de temps.

Sa voix était si suppliante qu'elle s'arrêta net sur le seuil et se retourna. Une main posée sur l'encadrement de la porte, l'autre maintenant le drap en place sur sa poitrine, elle l'écouta poursuivre :

— En venant ici, je ne m'attendais pas à ce que nous fassions l'amour. Je ne suis pas prêt à te donner plus, Lucy.

— Moi non plus, je ne m'attendais pas à ça, admit-elle. Mais maintenant, nous y sommes. Nous avons franchi le pas.

Elle vit dans son regard une tristesse semblable à celle qui devait se deviner dans le sien.

— C'est toi qui es venu, Noah, lui rappela-t-elle. Tu m'as poursuivie jusque chez moi juste parce que tu ne supportais pas l'idée que je puisse sortir avec un autre homme. C'est bien la preuve que tu es prêt. Bien plus que tu ne veux bien l'admettre.

Il ne trouva rien à répondre à cela. Il resta muet, les lèvres pincées.

— Je ne t'ai pas forcée à venir dans mon lit, poursuivit-elle. Je voulais juste…

— Je n'ai rien prémédité, je te le jure. Je reconnais que j'étais jaloux. Tellement jaloux que cela m'a conduit à affronter la vérité : tu me rends fou de désir.

Ces paroles lui firent l'effet d'une flèche en plein cœur.

— Et maintenant que tu m'as eue, que comptes-tu faire ? J'espère que je t'ai permis de dépasser tes craintes, au moins ?

Il se leva d'un bond et, sans prendre la peine de se couvrir, alla se planter devant elle. Il la saisit par les épaules, la forçant à affronter son regard.

— Je ne me suis pas servi de toi, si c'est ce que tu insinues. Pourquoi crois-tu que je me suis enfui comme un voleur, le soir où je t'ai rencontrée ?

Lucy releva fièrement le menton et soutint son regard sans ciller.

— Parce que tu ne voulais pas rouvrir des plaies encore vives, répondit-elle sèchement.

— Tu n'as pas tort, mais ce n'est pas la seule raison.

La colère avait cédé la place à un regain de désir. Elle le vit à son regard redevenu ardent.

— J'ai eu envie de toi à la seconde où je t'ai vue, poursuivit-il. C'était tellement fort que ça m'a effrayé. C'est pour cela que je suis sorti. Mais tu m'as suivi.

Il l'attira à lui, dans un geste plein de tendresse.

— Bon sang, Lucy, je ne regrette pas une seconde le fait que nous ayons fait l'amour. Mais je l'admets humblement : je suis perdu. Je ne sais pas quoi faire, ni comment me comporter avec toi, ni quelle tournure donner à notre histoire.

Elle aurait aimé être en colère contre lui, mais Noah ne lui inspirait qu'une grande compassion. Elle n'arrivait pas à lui en vouloir de ce qu'elle reconnaissait comme étant un mécanisme de défense. Et puis, il n'avait pas cherché à se dérober. Il lui expliquait les choses simplement, comme il les ressentait. En fait, il était désarmant d'honnêteté.

— Au moins, cela a le mérite d'être clair, rétorqua-t-elle d'un ton radouci. Je te suis même reconnaissante de ta franchise. C'est un bon début.

Il ferma les yeux et posa son front sur le sien, visiblement soulagé.

— Si je m'écoutais, je partirais sur-le-champ, histoire de prendre un peu de distance pour tenter d'y voir plus clair.

— Mais… ?

Il lui mordilla la lèvre, faisant remonter en elle le feu d'un désir qui couvait.

— Mais je ne peux pas me résoudre à te quitter. J'ai trop envie de la prendre avec toi, cette douche.

Elle laissa glisser le drap au sol.

— Dans ce cas… Suis-moi.

C'était un système de récompense complètement tordu, pensait Lucy. Elle venait d'achever, en ligne, ses premiers partiels de psychologie. Elle en éprouva un profond soulagement. Elle allait pouvoir consacrer à autre chose les heures qu'elle avait jusque-là réservées à ses études.

En général, nettoyer sa maison lui vidait la tête. Elle allait se lancer dans le grand ménage qu'elle aurait dû faire la veille mais que, trop accaparée par la pensée presque obsessionnelle de Noah, elle avait sans cesse repoussé. À la place, elle était restée assise près de la fenêtre, tiraillée entre rêve et réalité. Hésitant entre laisser ses pensées vagabonder et analyser froidement la situation.

Elle n'était pas plus avancée aujourd'hui, mais elle

se sentait portée par une énergie positive. Quelques heures plus tard, son intérieur impeccablement propre, elle ressentait encore le besoin de se dépenser physiquement. Elle allait monter à cheval, se dit-elle sans grande conviction.

Assise en bout de table, elle abaissa les yeux sur son téléphone portable. Et si elle appelait Noah pour l'inviter à venir avec Emma, plutôt ? Mais là encore, elle hésita entre l'envie de lui parler et celle d'attendre qu'il soit le premier à manifester l'envie de la revoir.

Comment était-elle censée agir ? Elle n'était pas du genre à jouer les coquettes ni à se faire désirer, mais elle ne voulait pas non plus donner l'impression d'être intrusive ou insistante. Noah lui avait confié avoir besoin de temps. En réalité, elle aussi. Pas plus que lui, elle ne souhaitait brûler les étapes. Mais le besoin viscéral de ne pas rompre le lien, même pour un temps insignifiant, l'emportait sur la raison.

Quand elle y pensait ! Elle s'était pourtant juré de ne jamais plus tomber amoureuse d'un homme qui mettrait chaque jour sa vie en danger. Mais l'arrivée de Noah dans sa vie faisait vaciller ces grandes résolutions. C'était la première fois depuis la disparition d'Evan qu'un homme la faisait vibrer ainsi, de tout son corps, de toute son âme. Refouler ce désir lui était impossible. Pour l'heure, décida-t-elle, le mieux à faire était de prendre les choses comme elles venaient, sans trop se poser de questions, en ignorant les drapeaux rouges qui s'agitaient dans sa tête à intervalles réguliers, lui signalant un danger imminent.

Forte de cette décision, elle se saisit de son téléphone et envoya un court texto à Noah. Deux lignes claires et concises pour expliquer le but de ce message. S'il répondait, elle en serait ravie. S'il l'ignorait, elle se ferait une raison. Certes, elle mourait d'impatience de le revoir, mais elle avait une vie, tout de même ! Et sa fierté.

En attendant donc une réponse éventuelle de Noah, elle se rendit dans l'écurie où elle sella Gunner. Cette balade dans un paysage montagneux aux arbres vibrant des couleurs flamboyantes de l'automne allait lui faire un bien fou. Elle le savait. C'était toujours une bonne idée de se reconnecter avec la nature quand trop de pensées contradictoires vous encombraient l'esprit. Elle n'y verrait pas plus clair pour autant mais, au moins, elle oublierait pour un temps ce qui la tourmentait.

Elle mit Gunner au pas et renversa la tête en arrière, offrant avec bonheur son visage aux rayons du soleil et au petit vent frisquet qui soufflait des montagnes. La perfection de cette saison ne durerait pas. Bientôt, l'hiver serait là, et avec lui la neige qui recouvrirait tout le paysage d'un manteau blanc qui durerait des mois.

L'après-midi touchait à sa fin lorsqu'elle regagna l'écurie. Elle passa l'heure suivante à étriller ses chevaux en chantonnant. Elle se sentait plus détendue qu'elle ne l'avait été depuis des mois. Plus sereine, aussi.

Les chevaux enfermés dans leur box, elle éteignit les lumières et veilla à bien refermer la porte de l'écurie derrière elle. Elle venait juste d'arriver devant la porte de chez elle quand elle entendit un bruit de portière. Noah. Les battements de son cœur redoublèrent d'intensité.

Aussi, quelle ne fut pas sa déception quand, au lieu de Noah, ce fut Tara qui tourna à l'angle de la maison. Elle était accompagnée de sa fille qu'elle tenait par la main. Lucy adorait son amie, bien sûr, mais tout l'après-midi elle avait nourri l'espoir de voir débarquer Noah et la petite Emma.

Lorsque Tara fut tout près, elle remarqua à ses yeux rougis qu'elle avait pleuré.

— J'espère que cela ne te dérange pas que nous passions te voir sans t'avoir prévenue avant, s'excusa Tara. Marley et moi avons eu l'idée de venir te faire un petit coucou.

— Vous avez bien fait !

Lucy se pencha pour embrasser la petite fille qui traînait avec elle un éléphant en peluche presque aussi gros qu'elle.

— Tu veux aller voir les chevaux ou tu préfères regarder un dessin animé à la télé ? lui demanda-t-elle.

— Regarder un dessin animé. Je pourrais avoir une glace, aussi ?

— Bien sûr. Tu sais bien que j'en ai toujours en réserve. Tu peux filer dans la cuisine sortir le pot du congélateur, si tu veux. Dès que je serai rentrée avec ta maman, je viendrai te servir.

Marley ne se le fit pas dire deux fois. Elle lâcha la main de sa mère et courut à l'intérieur.

— Qu'y a-t-il, Tara ? s'enquit Lucy aussitôt qu'elles furent seules.

Tara secoua la tête.

— Je le déteste ! s'exclama-t-elle entre ses dents serrées. Je le déteste de toutes mes forces.

Voilà qui n'augurait rien de bon, car les larmes de Tara étaient des larmes de rage et pas de tristesse comme l'avait supposé Lucy.

— Que s'est-il passé ?

Le pas de Tara se fit plus nerveux alors qu'elles remontaient l'allée côte à côte. Elle grommela entre ses dents quelque chose d'inaudible avant d'articuler plus distinctement :

— Ce crétin m'a envoyé une carte. Une satanée carte écrite à la main, comme le fait encore l'ancienne génération.

Lucy se mordit l'intérieur de la joue pour ne pas rire. De toute évidence, Sam faisait tout pour reconquérir le cœur de sa femme. C'était aussi simple que cela. Elle trouvait dommage que Tara s'en offusque plutôt que de s'en réjouir.

— Que dit ce message ? demanda-t-elle.

En guise de réponse, Tara fouilla son sac et en sortit la carte qu'elle avait remise dans son enveloppe déchirée.

Lucy prit la carte et l'ouvrit. Elle représentait un coucher de soleil éclaboussant l'océan de couleurs incendiaires. Sam y avait écrit :

*Je n'ai pas oublié.*

Lucy leva un regard surpris sur son amie.

— C'est pour ça que tu pleures ?

— Évidemment. Avant de nous marier, nous allions souvent passer le week-end en bord de mer, dans l'une ou l'autre des stations balnéaires de la région.

Lucy s'en souvenait parfaitement. À cette époque, Tara était folle amoureuse de Sam.

— Qu'est-ce qui te met tellement en colère, là-dedans ?

Tara lui arracha presque la carte des mains.

— Ce qui me met en colère ? ! C'est qu'il complique les choses, tiens ! Je te rappelle que nous sommes divorcés. Alors, ce genre de carte pleine de nostalgie, destinée à me faire culpabiliser, je ne le supporte pas.

Lucy ignorait la véritable raison de cette rupture. Elle hésitait à croire la version de Tara selon laquelle Sam et elle s'étaient mariés trop tôt, et pour de mauvaises raisons. Si l'on en croyait Sam, il avait subi la décision de Tara. Heureusement, dès qu'il s'agissait de Marley, ils savaient l'un et l'autre mettre leurs rancœurs de côté pour protéger leur fille.

Lucy passa un bras amical sous celui de Tara.

— Allons voir un peu ce que nous avons à manger, suggéra-t-elle d'un ton enjoué. Et si tu es très sage, toi aussi tu auras droit à une boule de glace.

— Je préférerais aller boire un verre et danser chez Gallagher, ronchonna Tara d'une voix butée de petite fille.

Lucy ouvrit la porte et la lui tint ouverte.

— Malheureusement, tu vas devoir te contenter d'un dessin animé et d'une glace au chocolat, répliqua-t-elle en riant.

Pendant que Tara, résignée, apportait la glace et les cuillères dans le salon, Lucy alla vérifier son téléphone qu'elle avait mis à charger dans la cuisine.

Le cœur battant, elle vit que Noah lui avait envoyé trois SMS. Elle les ouvrit d'une main fébrile, tellement absorbée dans leur lecture qu'elle n'avait pas vu revenir Tara qui lisait en même temps qu'elle, par-dessus son épaule.

— Y aurait-il une tentative de rapprochement entre l'officier Spencer et toi ? demanda-t-elle d'un ton suspicieux. Tant mieux ! Voilà qui va me changer les idées. Je préfère parler de toi que de ma vie qui, de toute façon, est fichue.

— Tu exagères. Ta vie est loin d'être fichue. En ce qui concerne Noah et moi, il n'y a pas grand-chose à en dire.

C'était la première fois que Lucy mentait à son amie, mais la nuit qu'elle avait passée avec Noah n'était que le début d'une histoire qui n'irait peut-être pas plus loin que cela.

— Si je me fie à la teneur de ces messages, je dirais le contraire, rétorqua Tara. Noah disait quelque chose au sujet de sa fille. Vous vous êtes déjà rencontrées ?

— Il est passé avec elle, l'autre jour, répondit-elle évasivement. Elle voulait voir les chevaux. La pauvre petite était tellement contente que je leur ai proposé de revenir aujourd'hui, pour monter, cette fois. Noah me répondait justement qu'elle était invitée à l'anniversaire de l'une de ses amies.

Tara esquissa un sourire railleur.

— En tout cas, pour quelqu'un qui prétend ne pas être proche de Noah, tu en sais déjà beaucoup sur lui et sa famille.

La porte de la cuisine s'ouvrit à la volée puis se referma dans un claquement sec, épargnant à Lucy une discussion qu'elle voulait éviter.

— Quel crétin ! fulmina Kate en se dirigeant tout droit vers le frigidaire.

Tara interrogea du regard Lucy qui se contenta de hausser les épaules.

— Tu as un problème ? lui demanda-t-elle.

— Gray Gallagher peut bien aller se faire voir ! gronda Kate en guise de réponse.

— Surveille ton langage, la prévint Tara. Marley est à côté, elle pourrait t'entendre.

Kate regarda distraitement en direction du salon.

— Désolée. Ce type me rend folle, ajouta-t-elle. Il a vraiment le don de me faire sortir de mes gonds.

— Calme-toi. Je vais rajouter une cuillère, et tu vas tout nous raconter pendant que nous mangerons cette délicieuse glace que Lucy nous a tout spécialement réservée.

Kate referma la porte du réfrigérateur puis fixa un regard scrutateur sur ses deux amies.

— Au fait… Quelle est la raison de cette réunion au sommet ?

— Un homme, bien sûr, répondit Tara. Justement, j'étais en train d'essayer de faire parler Lucy quand tu nous as fait cette entrée fracassante.

Kate s'installa sur l'un des tabourets du comptoir, un large sourire aux lèvres.

— Voilà qui est intéressant ! Écoutons un peu ce qu'elle a à nous dire.

— Justement. J'ai déjà dit à Tara qu'il n'y avait rien à dire.

— Sauf que Noah et sa fille sont venus lui rendre visite pour voir les chevaux, ajouta Tara à l'adresse de Kate. Et aujourd'hui, il lui a envoyé trois textos.

— Non ? ! Il semblerait qu'il y ait du progrès alors. Remarque, je comprends. Non seulement ce Noah est bel homme mais, en plus, il est vraiment craquant avec son accent du Sud.

Lucy en savait quelque chose. Elle avait encore à l'oreille les mots tendres - ou crus, c'était selon - qu'il lui avait murmurés à l'oreille et qui la faisaient encore frissonner de désir.

— Pourquoi fais-tu cette tête ? questionna Kate en

scrutant attentivement son visage. Je sens que tu nous caches quelque chose.

Lucy laissa passer quelques secondes de silence puis finit par dire :

— Pas maintenant. Laissez-moi un peu de temps.

Les mêmes mots que Noah avait prononcés quelques heures plus tôt. Il avait raison. Pourquoi vouloir précipiter les choses ?

# - 13 -

— La prochaine fois, je vous demanderai d'être plus vigilante. Vous bloquez la borne d'incendie.

Noah détestait devoir verbaliser cette vieille dame, mais le commerçant qui avait alerté le poste de police l'avait déjà prévenue trois fois qu'en se garant à cet endroit elle était en infraction.

— Il n'y a pas de places de stationnement réservées aux handicapés dans cette rue, plaida la femme.

Il poussa un long soupir. C'était exact, il n'y en avait pas, mais ce n'était pas une raison pour enfreindre la loi.

— Vous êtes nouveau, ici, poursuivit la femme d'un ton devenu offensif. Vous ignorez sans doute qui je suis.

La compassion que cette femme lui avait inspirée s'évanouit d'un coup. S'il y avait bien une chose qu'il ne supportait pas, c'étaient les passe-droits.

— En effet, madame, j'ignore qui vous êtes, rétorqua-t-il, jambes bien campées au sol et bras croisés sur le torse. Ce que je sais, en revanche, c'est que personne n'est au-dessus des lois et que M. Harris en a assez que vous bloquiez l'entrée de son magasin.

— Mon mari est l'ancien maire de Stonerock, continua la femme d'un air hautain. Vous feriez mieux de réserver vos contraventions aux scélérats qui commettent de vrais délits dans cette ville.

Il se frotta doucement le front puis réajusta sa casquette, s'exhortant à garder son calme.

— Je ne choisis pas, vous savez. Et il n'y a pas de traitement de faveur. Tous les gens qui désobéissent à la loi sont passibles d'une contravention. Maintenant, je vais vous demander de changer votre véhicule de place. De mon côté, je ne manquerai pas de soulever le problème des places de stationnement.

Les lèvres pincées, le menton relevé, elle lui arracha presque la contravention des mains avant de tourner les talons et d'aller se glisser au volant de sa voiture. La seconde d'après, dans un coup d'accélérateur rageur, elle quittait sa place et tournait vingt mètres plus loin, sous le regard impavide de Noah.

Il secoua la tête. Enfin, son service touchait à sa fin ! Une fois qu'il serait repassé au poste de police, il serait libre pour vingt-quatre heures. Il s'en réjouissait d'avance. Son planning avait été si serré au cours de la semaine écoulée qu'il avait à peine eu le temps de voir Lucy en dehors des heures de travail. Elle lui manquait terriblement, preuve, s'il en fallait, qu'elle était pour lui bien plus qu'une amie.

Chaque fois qu'il entendait sa voix à la radio, des images de la nuit qu'ils avaient passée ensemble affluaient à sa mémoire.

Continuer à sauver les apparences, à feindre de n'être que de simples collègues s'avérait de jour en jour plus difficile. Il se sentait prêt à avancer avec elle ; à vivre leur relation au grand jour.

Fort de cette décision, il lui envoya un bref SMS qu'elle trouverait à son réveil. Lui aussi avait besoin de se reposer un peu avant d'aller récupérer sa fille chez la nounou.

Il descendait la rue principale quand il avisa Gray devant son établissement. Aidé de Sam, il était en train de sortir de son pick-up - qu'il avait garé à cheval sur le trottoir - ce qui ressemblait à un comptoir de bar.

Il alla se garer au parking qui se trouvait juste de l'autre côté de la rue et revint vers eux en courant.

— Besoin d'un coup de main, les gars ? leur demanda-t-il.

— Ce n'est pas de refus, accepta Gray.

— Nous ne serons pas trop de trois, renchérit Sam. Ce fichu comptoir pèse aussi lourd qu'un âne mort.

Joignant leurs forces, les trois hommes parvinrent à transporter à l'intérieur le comptoir qu'ils posèrent aussi délicatement qu'ils le purent sur l'assise de quatre chaises, alignées à intervalles réguliers. Tout en s'essuyant les mains sur son pantalon, Noah balaya la salle du regard. Désertée comme elle l'était à cette heure de la journée, elle était beaucoup plus grande que ce qu'elle lui avait paru le soir où il était venu.

— Nous ne nous sommes pas présentés, fit remarquer Noah en tendant une main cordiale à Sam. Noah Spencer.

— Sam Bailey, se présenta Sam à son tour. Merci pour le coup de main. Gray tenait absolument à placer ce comptoir dans l'arrière-salle aujourd'hui.

Gray caressa amoureusement le marbre lisse du comptoir.

— Tu as gagné une bière, alors ne te plains pas.

— Vous avez terminé votre service ? demanda Sam à Noah.

Noah opina, réprimant un bâillement avec peine.

— J'ai fait des heures sup, ce matin. Je rentrais chez moi quand je vous ai vus. Je peux rester encore si vous avez besoin de moi.

— C'est bon, répondit Gray. Nous avons fait le plus dur. Pour le reste, Sam et moi nous débrouillerons. Rentre plutôt te reposer. Tu as l'air épuisé.

— Je repasserai un peu plus tard. Moi aussi, j'aimerais bien avoir une bière gratuite, ajouta-t-il dans un clin d'œil.

Gray partit d'un éclat de rire sonore.

— Tu la mérites bien après ce que je t'ai fait l'autre soir.

— C'est vrai… J'avais oublié, dit Sam. Tout ça à cause de Kate. Tu ferais bien de passer à autre chose, mec. Cette fille n'est qu'une source d'ennuis.

— Et si ça me plaît, à moi, de me battre pour la garder ?

Sam secoua la tête, exprimant sans doute en silence toute son incompréhension. Noah n'était pas loin de penser la même chose. Pour lui, une relation amoureuse ne devait pas être une source de conflits - encore moins de bagarres - ou alors, c'est qu'il n'y comprenait rien.

— Tu as mon numéro, lança-t-il à Gray. Envoie-moi un texto si tu as besoin de moi.

Gray acquiesça d'un hochement de tête.

— D'accord. Merci.

Noah sortit du bar, d'humeur joyeuse. La journée s'annonçait belle. Il avait l'intention de faire passer une bonne journée à sa petite Emma. Puis, ensemble, ils iraient voir Lucy. Il avait déjà établi tout le programme. Mais, d'abord, il allait dormir quelques heures.

Ce moment de repos était indispensable s'il voulait avoir les idées claires quand il retrouverait Lucy. Car il pressentait que la voir évoluer dans son environnement familier, plutôt que dans le cadre du travail, susciterait en lui le même écheveau d'émotions que le matin qui avait suivi la nuit qu'ils avaient passée ensemble.

— C'est le plus beau jour de ma vie ! déclara Emma avec enthousiasme.

Lucy s'assura que la petite fille était bien en sécurité entre le pommeau de la selle et elle, avant de lancer Hawkeye au petit trot. Mais même là Emma n'afficha aucune crainte. Elle était parfaitement à l'aise sur sa monture.

— Tu es bien meilleure cavalière que moi, la félicita Lucy.

Tout comme Noah, qui avait fière allure sur Gunner. Avec son stetson noir aux larges bords, sa chemise à carreaux ouverte sur un T-shirt, son jean délavé et ses santiags, il était l'incarnation même du cow-boy viril et séduisant, tel qu'on pouvait se l'imaginer.

Penser qu'il avait accepté son invitation lui chavirait le cœur. Aux yeux de tous, ils n'étaient que de simples collègues de travail et Lucy trouvait excitante l'idée de ce secret entre eux.

Quant à Emma, elle fondait un peu plus de tendresse pour elle à chacune de leurs rencontres. Elle était si mignonne, si facile à contenter ! Un pot de crème glacée, quelques cookies faits maison, une promenade à cheval, et c'était la petite fille la plus heureuse du monde.

— La pluie n'est pas loin, annonça Noah en regardant les nuages noirs menaçants qui couraient dans le ciel.

— On ne va pas tarder à rentrer, rétorqua Lucy. Il faut en profiter. Le paysage est si beau en cette saison ! Les odeurs si puissantes ! J'aimerais rester dehors toute la nuit, si je pouvais.

— Tu as déjà campé ? demanda Emma qui tenait toujours fermement les rênes de sa monture. Une fois, on a campé avec papa et maman. C'était trop bien !

— J'adore ça, moi aussi, répondit-elle en coulant un regard oblique à Noah qui chevauchait à côté d'elles. L'automne est la meilleure saison pour ça. Il ne fait ni trop chaud, ni trop froid, les températures sont idéales.

— Quoique… S'il fait trop froid, je connais un moyen de nous réchauffer, commenta Noah en tournant la tête vers elle.

Ces paroles pleines de sous-entendus alliées au regard ardent qu'il gardait rivé sur elle lui envoyèrent de délicieuses ondes de désir au creux des reins. Plus elle voyait Noah, plus il comblait le vide que la mort d'Evan avait laissé en elle. La crainte de souffrir encore était toujours présente, mais l'espoir de retrouver enfin le bonheur auprès d'un homme s'imposait chaque jour un peu plus. Laissant derrière elle les relents de culpabilité qui l'habitait encore parfois, elle avait décidé de se tourner résolument vers un avenir plus radieux.

Entre ses cours de psychologie et les groupes de parole qu'elle animait, elle avait appris à cloisonner ses émotions. Elle savait désormais que les émotions positives chassaient les émotions négatives et qu'il fallait vivre intensément les moments de bonheur quand ils se présentaient. Noah et Emma représentaient désormais ces moments de bonheur.

— Papa a trop peur des souris, reprit Emma en se tournant à demi vers Lucy. Le jour où on a campé, une souris est rentrée dans notre tente. Maman a crié, moi aussi, et papa s'est précipité dehors.

Imaginant la scène, Lucy éclata de rire.

— C'est vrai ? Tu as peur des souris ? le taquina-t-elle.

Il haussa les épaules.

— Nous avons tous peur de quelque chose, admit-il simplement. Ce que je n'aime pas chez ces bestioles, c'est qu'elles sont insaisissables.

— Moi, ce sont les araignées qui me terrorisent, confia Lucy à son tour. À mes yeux, ce sont des créatures diaboliques.

— Et moi, vous savez ce que j'aime pas ? demanda Emma de sa petite voix flûtée. Ce sont les abeilles. Une fois, je me suis fait piquer et j'ai eu une allergie, et papa a dû m'emmener à l'hôpital. J'ai eu trop peur. Hein, papa ?

— Oui, trésor.

— Je comprends que tu n'aimes pas les abeilles, alors. C'est arrivé quand ?

— Juste avant qu'on vienne habiter ici, répondit Emma. Mon bras était tout rouge et tout gonflé, et je pouvais pas bien respirer.

— Ce jour-là, j'ai eu une peur bleue, confessa Noah.

Lucy comprenait aisément. Après avoir perdu sa femme, il avait dû paniquer à l'idée de savoir sa fille en danger.

Une grosse goutte de pluie vint s'écraser sur son bras, donnant le signal du retour.

— Il est temps de rentrer, annonça-t-elle en aidant Emma à diriger Hawkeye vers l'écurie. C'est même peut-être déjà un peu tard.

En effet, au moment où ils atteignaient l'écurie, ils étaient trempés. La pluie avait entraîné une chute brutale de la température qui les fit frissonner, Emma et elle.

— Rentrez vous réchauffer, dit Noah. Je vais m'occuper des chevaux.

— Non, rétorqua-t-elle. C'est à moi de le faire. Toi, rentre avec Emma, et séchez-vous.

Loin de lui obéir, il lui prit les rênes des mains, d'un geste qui n'entendait pas être discuté.

— J'insiste, dit-il d'un ton ferme. D'ailleurs, ce n'est pas une corvée pour moi. Cela me rappellera le temps où j'avais mon ranch et où je m'occupais de mes propres chevaux. Allez, ne discutez plus. Rentrez. Je vous rejoins.

Lucy n'avait jamais pensé que cette partie de sa vie pouvait manquer à Noah. Il n'y avait pas que la perte de sa femme qui avait laissé un vide en lui.

— Dans ce cas, nous allons préparer du chocolat chaud, dit-elle en prenant la petite Emma par la main. Que dirais-tu de mettre des chamallows dessus ?

Emma accepta avec enthousiasme.

— Ouiiiii ! J'en veux plein !

— Tu en auras autant que tu voudras. Prête à courir entre les gouttes ?

— Prête !

Il ne leur fallut qu'un court instant pour atteindre la maison, mais la pluie battante qui tombait maintenant en rafales ruisselait sur leurs vêtements trempés.

— Commençons par nous sécher, suggéra Lucy juste

avant de remarquer qu'Emma avait les yeux brouillés de larmes. Que se passe-t-il, ma chérie ?

— Il va y avoir un orage, tu crois ? demanda Emma en guise de réponse.

Lucy l'installa sur le comptoir et repoussa en arrière ses cheveux ruisselants d'eau.

— Je ne peux pas le dire, mais tu sais quoi ? Si la pluie se transforme en orage, tu n'auras rien à craindre. Je suis là, avec toi.

— Oui, mais papa, il est dehors, fit-elle remarquer à travers ses larmes.

— Pour le moment, il ne fait que pleuvoir, expliqua Lucy. La nature a besoin d'eau, tu sais ça ? C'est grâce à la pluie que les arbres changent de couleurs en automne, et c'est elle aussi qui fait pousser l'herbe que mangent les chevaux. Il ne faut pas avoir peur de la pluie.

— Tu as déjà vu une tornade ? demanda Emma tout bas. Ça commence pareil et puis après, ça fait beaucoup, beaucoup de bruit et ça fait très peur.

Emma ne jouait pas la comédie. Elle était réellement terrorisée. De toute évidence, elle souffrait d'un syndrome post-traumatique lié à la disparition tragique de sa mère. Noah avait-il conscience du fait que sa fille revivait à chaque orage le cauchemar qu'elle avait vécu ?

— Veux-tu que nous allions nous mettre à la fenêtre ? suggéra-t-elle. Comme cela, nous pourrons regarder ton papa desseller les chevaux et les étriller. Et tu pourras t'assurer que tout se passe bien.

Elle cala Emma sur sa hanche et la porta jusqu'à la fenêtre de la cuisine. Il était difficile de voir clairement à travers le rideau épais que formait la pluie battante, mais les lumières de l'écurie permettaient quand même de discerner la silhouette mouvante de Noah tandis qu'il allait d'un box à un autre. En le voyant s'affairer, Lucy devina à quel point la vie de rancher devait lui manquer.

Elle se disait qu'elle était à sa place entre Noah et Emma. Le premier avait besoin de passer un peu de temps seul, à s'occuper des chevaux, quand la seconde avait besoin de la présence de quelqu'un pour la rassurer. Elle serra la petite fille un peu plus fort contre elle.

— Tu avais l'habitude d'aider ton papa au ranch ? lui demanda-t-elle pour la distraire de sa peur.

La faire parler de souvenirs heureux était un bon moyen de la distraire de sa peur.

— Oui. Il m'installait sur un grand tabouret, et c'est moi qui tressais leur crinière, annonça la fillette, pas peu fière mais en gardant les yeux rivés sur l'écurie. Des fois, je leur mettais des jolis nœuds au bout de la queue. Et puis, papa m'avait acheté de la peinture spéciale et je leur peignais dessus.

— Comment cela ?

Emma consentit à détourner la tête quelques secondes pour lever sur Lucy un regard plein d'étoiles.

— C'était génial ! Un jour, j'ai peint un arc-en-ciel sur le flanc de Daisy. Et puis, on l'a lavée et c'est parti.

— Je ne savais pas que c'était possible, mais tu as raison, ça a l'air génial !

— On pourra peindre tes chevaux, un jour ? Papa t'expliquera quelle peinture il faut.

Lucy lui sourit en lui tapotant le bout du nez.

— Bien sûr.

Voyant que sa tactique marchait, Lucy continua d'orienter la discussion sur des sujets légers qui éloignaient Emma de ses craintes. Elles en étaient à se demander ce qu'elles allaient bien pouvoir dessiner sur le dos de Gunner et de Hawkeye quand Noah arriva enfin, tout ruisselant de pluie. Il essuya son visage de ses deux mains puis retira sa veste qu'il accrocha au portemanteau, près de la porte. Ce simple geste fit à Lucy l'effet d'un électrochoc.

La réalité était là. Noah et Emma avaient leur place dans sa maison. Elle eut soudain le sentiment que cette relation qui avait démarré de manière si chaotique allait déboucher sur quelque chose qu'elle n'avait pas anticipé.

— Tout va bien ? demanda-t-il alors que son stetson allait rejoindre sa veste.

— Parfaitement bien, répondit-elle. Emma et moi parlions de peindre les chevaux, un de ces jours. Du coup, nous n'avons pas encore préparé le chocolat.

— Nous pouvons rentrer, si tu veux. Je ne voudrais pas abuser de ton hospitalité.

— Tu plaisantes ! Je suis ravie de vous avoir. Et puis, j'ai tout mon temps maintenant que j'ai passé mes premiers partiels.

Noah lui adressa un sourire qui lui fit chavirer le cœur.

— Dans ce cas, nous acceptons ton invitation.

— Je vais vous chercher des serviettes de toilette.

Elle assit de nouveau Emma sur le comptoir puis se rendit dans la salle de bains. Tout cela était tellement… En fait, tout cela ressemblait en tout point à la vie de famille dont cllc avait rêvé un jour. Elle allait le préparer, ce chocolat chaud, et puis ils s'installeraient dans le salon pour visionner un film en attendant que la pluie se calme.

Elle sortit de la salle de bains au moment où Noah entrait dans sa chambre.

— Où est Emma ? demanda-t-elle.

— Toujours dans la cuisine, répondit-il. Lucy, que s'est-il passé pendant que j'étais à l'écurie ? Elle a eu peur de la pluie, c'est ça ?

Elle opina d'un hochement de tête avant de préciser :

— Elle craignait qu'il ne t'arrive quelque chose. Mais j'ai réussi à la faire parler d'autre chose.

Il lui prit une des serviettes des mains et, avec, se frictionna les cheveux, le visage et le cou.

— Elle redoute les tornades, expliqua-t-il. Elles sont fréquentes au Texas. C'est une des raisons pour lesquelles nous sommes venus nous installer ici. Pour y échapper.

Elle entortilla ses cheveux dans sa serviette avant de lui proposer d'un ton faussement dégagé :

— Tu peux venir ici pour monter à cheval aussi souvent que tu le voudras, Noah. J'imagine que la vie de rancher te manque.

Les lèvres de Noah s'étirèrent en un sourire reconnaissant. Il était tellement sexy avec sa barbe naissante ombrant ses joues et ses yeux presque noirs qui lui donnaient un air ténébreux. Plus elle passait de temps avec lui, plus elle devenait amoureuse. Et puis, il y avait Emma, aussi, à laquelle elle s'était déjà tellement attachée !

Et pourtant, quelle attitude adopter quand elle savait que Noah, lui, ne cherchait pas à se lancer dans une relation sérieuse ?

L'arrivée d'Emma coupa court à ses questionnements.

— On peut faire le chocolat chaud, maintenant ? demanda-t-elle.

Lucy prit la serviette mouillée des mains de Noah et alla la mettre dans le panier à linge avec la sienne.

— Tout à fait, répondit-elle. Et même, nous irons le boire, vautrés sur le canapé devant le film ou le dessin animé que tu auras choisi.

Emma poussa un cri de joie avant de sortir de la pièce en courant.

— Tu es bien certaine que nous ne te dérangeons pas ? insista Noah.

Elle alla se planter devant lui et plongea son regard dans le sien.

— Certaine, Noah Spencer, dit-elle avec un sourire dans la voix. Je te le répète ; je suis ravie de vous avoir ici, avec moi.

Il fit un pas vers elle, comblant la distance qui les séparait encore, puis il encadra son visage de ses deux mains en coupe.

— Comment en sommes-nous arrivés là ? demanda-t-il dans un souffle.

— C'est facile, répondit-elle sur un mode léger. J'ai abattu le mur que tu avais dressé entre nous.

Il se pencha vers elle et lui mordilla la lèvre avant de murmurer contre sa bouche.

— Lucy… Je ne peux rien te promettre, tu le sais.

Son cœur se serra, mais elle prit sur elle pour ne rien lui montrer de sa déception.

— Je ne te demande rien, rétorqua-t-elle d'un air bravache. Cependant… Tu pourrais envisager certaines possibilités.

— Je t'assure que je fais ce que je peux.

Elle se détacha de lui à regret.

— C'est un bon début.

Le laissant seul avec lui-même, elle se rendit dans la

cuisine. Noah avait besoin de réfléchir par lui-même. Si tous les deux prenaient ensemble le même risque, celui de se lancer dans une nouvelle relation amoureuse, peut-être parviendraient-ils enfin à être heureux ensemble.

# - 14 -

Au cours des deux semaines suivantes, le temps changea. Si Noah n'était pas encore habitué au climat capricieux de la région, en revanche, il s'était bien acclimaté à la population de Stonerock. Les gens d'ici ne lui faisaient plus sentir qu'il n'était pas du coin. Tout juste évoquaient-ils de temps en temps l'accent du Sud qui trahissait ses origines. Et lorsqu'ils le faisaient, c'était toujours sur le mode de la plaisanterie, pour le taquiner gentiment.

Il avait quelques heures de battement avant la reprise de son service, qu'il espérait pouvoir mettre à profit pour aller voir Lucy. Dans quelques mois, une fois tous ses diplômes en poche, elle quitterait son poste de régulatrice d'appels. S'il était heureux pour elle, ne plus faire équipe avec elle allait terriblement lui manquer.

Depuis la soirée qu'ils avaient passée ensemble avec Emma, ils se voyaient de manière régulière. Il passait lui rendre visite tous les jours, dès que son service le lui permettait. Il s'occupait alors des chevaux tandis qu'elle s'affairait dans la maison. Il mentirait s'il disait que renouer avec sa vie de rancher était la seule raison qui le poussait à aller chez Lucy.

Plus il la voyait, plus il s'abandonnait. Lucy lui avait montré comme il était facile - et bénéfique - de lâcher prise et de s'ouvrir à l'autre. Cette prise de conscience, c'était pour lui qu'elle la voulait, pas dans le but de le changer. Pour qu'il soit plus heureux et puisse aller de l'avant. Elle l'amenait doucement à déposer son fardeau, à se débarrasser de la culpabilité, tout en gardant vivant le souvenir de sa femme défunte.

Le fait qu'elle ne soit pas jalouse de Cara, qu'elle ne cherche pas à prendre sa place jouait énormément en sa faveur. Il aspirait à connaître de nouveau le bonheur. Tout comme il aspirait à aller de l'avant sans avoir l'impression de trahir sa femme ou de commettre une gigantesque erreur. Il en avait la certitude, aujourd'hui. En choisissant Lucy, il ne se trompait pas. Désormais, son cœur parlait pour lui. Il se sentait tomber amoureux d'elle un peu plus chaque jour. Et quand arrivait l'heure de la quitter, il lui tardait d'être au lendemain pour la revoir.

Il eut une bouffée de bonheur à la pensée de la surprise qu'il lui réservait. Ce soir, Emma passerait la nuit chez sa nounou qui avait organisé une soirée pyjama avec tous les enfants dont elle s'occupait. Ils avaient donc toute la nuit pour eux.

En chemin, il s'était arrêté chez le meilleur traiteur de la ville pour y prendre le menu préféré de Lucy. Par ces petites attentions, il souhaitait lui montrer à quel point elle comptait pour lui désormais. Mais aussi, qu'elle méritait que quelqu'un la dorlote, elle qui était toujours là pour les autres.

Tout à ses pensées, il alla se garer à l'arrière de la maison. C'était une habitude qu'il avait prise dès le début, à la demande de Lucy. Non parce qu'ils avaient le goût du mystère - libres l'un et l'autre, ils n'avaient aucune raison de se cacher –, mais par discrétion ; parce que, pour le moment, ils préféraient ne pas étaler leur relation au grand jour.

Chargé des sacs qui contenaient leur dîner, il se dirigea vers la maison. Comme à chaque fois, Lucy ouvrit la porte et l'attendit sous le porche. Ce soir-là, elle portait une robe à manches longues bleu marine, toute simple, et une paire de bottes marron. C'était la première fois qu'il la voyait dans une tenue aussi féminine. Il se sentit aussitôt submergé par un désir intense.

Il n'était qu'à quelques mètres de l'escalier lorsqu'elle lui demanda :

— Emma n'est pas avec toi ?

— Non. Ce soir, c'est juste toi et moi.

Il brandit les sacs devant lui.

— J'ai apporté le dîner : rôti de bœuf et pommes de terre rissolées. Qu'en dis-tu ?

Ses grands yeux verts pétillèrent d'une joie enfantine.

— Tu ne pouvais pas mieux choisir. C'est mon repas préféré. En plus, cela tombe bien, je n'avais préparé que le dessert.

Arrivé près d'elle, il cueillit un baiser léger sur ses lèvres souples et chaudes au délicieux goût de fruits.

— Pour le dessert, j'ai d'autres projets, murmura-t-il contre sa bouche.

— Seriez-vous venue ici dans l'espoir de me séduire, officier Spencer ?

Il la tint un peu plus serrée contre lui, se grisant de son parfum enivrant.

— Ma chérie, c'est toi qui m'as séduite à la seconde où j'ai mis les pieds dans les locaux de Helping Hands, il y a un mois de cela.

Un sourire enchanté aux lèvres, elle lui prit les sacs des mains et se rendit dans la cuisine. Le chaloupé de ses hanches sous sa robe fluide déclencha en lui toute une série de scénarios délicieux qui n'avaient rien à voir avec le dîner qui les attendait.

Il la suivit dans la cuisine et, à la seconde où elle eut déposé les sacs sur le comptoir, il la fit pivoter et l'attira à lui, l'enveloppant de ses bras musculeux. La force de son désir pour elle était si intense qu'il n'avait pas pris la peine de retirer sa veste. Un seul regard avait suffi pour savoir qu'il ne pourrait pas attendre bien longtemps. Ils s'étaient vus la veille, mais cette attente avait pour lui des airs d'éternité. Dès qu'il était en sa présence, il brûlait de la déshabiller, de la caresser, de la posséder. La présence d'Emma réfrénait ses ardeurs, mais ce soir, enfin, ils allaient pouvoir laisser libre cours à leurs fantasmes.

— Le dîner peut attendre, lui susurra-t-il à l'oreille. Qu'en penses-tu ?

Il n'attendit pas de réponse. Dans un geste leste, il la souleva du sol et la porta jusqu'à la chambre d'amis, là où il savait qu'il devait aller. Car si leurs sentiments avaient évolué, cette habitude, elle, persistait.

— Tu es tellement sexy dans cette tenue, dit-il. Tu me rends fou de désir.

Elle esquissa un sourire qui laissa voir à demi sa dentition parfaite. Son regard était voilé du même désir que celui qui l'emportait déjà loin des rivages de la réalité.

— Je voulais être belle pour toi, rétorqua-t-elle dans un souffle.

Il s'écarta légèrement d'elle, juste pour pouvoir plonger son regard dans le sien.

— Tu es toujours si belle, ma chérie. Tu n'as pas le moindre effort à faire.

Il couvrit sa bouche de la sienne tout en la déposant tout doucement au sol. De ses mains devenues fébriles, il fit passer sa robe par-dessus sa tête, révélant une parure en dentelle noire qui exacerba un peu plus l'excitation déjà intense qui l'électrisait tout entier.

Leurs lèvres toujours jointes, il la conduisit jusqu'au lit où il la déposa avant de s'allonger à son tour à son côté. Sans la quitter du regard, il commença à se déshabiller puis, lorsqu'il fut entièrement nu, il fit glisser la culotte de Lucy le long de ses jambes. Comme elle se redressait à demi pour retirer son soutien-gorge, il la repoussa doucement en arrière, la forçant à s'allonger de nouveau.

— Plus tard, lui dit-il d'une voix devenue rauque. J'ai envie de toi. Maintenant.

Il se positionna alors entre ses jambes écartées et la pénétra d'un coup de reins qui leur arracha un gémissement de plaisir partagé.

— Noah… Je t'…

Il scella sa bouche d'un baiser. Il n'était pas prêt à entendre les mots qu'elle s'apprêtait à dire. Il avait bien vu dans son regard, au-delà du désir fiévreux, l'expression d'un sentiment plus profond, mais il n'était pas préparé. Pour l'heure, il voulait juste vivre cette parenthèse magique sans se poser de questions. Le moment viendrait bien assez tôt où il exigerait de Lucy le lâcher-prise qu'elle exigeait de lui, ainsi que les réponses aux questions qu'il se posait.

Lucy effleura du bout des doigts le torse de Noah.

— J'ai faim, dit-elle dans un soupir d'aise. Si nous allions réchauffer ce délicieux repas que tu nous as apporté ?

— Nous pouvons aussi le manger froid, au lit, proposa-t-il en l'attirant à lui.

— Pourquoi pas ?

Sur ces mots, elle se redressa et abaissa sur lui un regard énamouré.

— Reste là, dit-elle. Je m'en occupe.

Il acquiesça d'un hochement de tête.

— D'accord.

Elle se leva et, dédaignant ses sous-vêtements, enfila sa robe qui gisait par terre. Elle se sentait légère et heureuse. Infiniment heureuse.

Une fois dans la cuisine, elle sortit les boîtes du sac en papier et les disposa sur le comptoir. Le délicieux fumet des plats préparés vint lui chatouiller les narines. Elle trouvait excitante cette idée de pique-nique en chambre qu'elle n'avait jamais expérimentée.

Elle alla chercher un des plateaux qui se trouvaient en haut du frigidaire et le chargea des boîtes. Inutile de prendre des assiettes. Ils piqueraient directement dans les boîtes. Quant au dessert… Elle reviendrait le chercher plus tard… Bien plus tard.

Fredonnant un air joyeux qu'elle aimait bien, mais attentive à ne pas renverser son plateau elle retourna dans la chambre. Elle était déserte. Noah devait être dans la salle de bains, supposa-t-elle. Elle déposa le plateau sur les draps froissés, souriant aux images de leurs corps entrelacés qui affluaient à sa mémoire.

Elle avait eu si peur ! Peur des sentiments profonds

que Noah faisait naître en elle mais aussi du flot d'émotions qui, en la submergeant, la plongeait dans une confusion dont elle avait eu bien du mal à sortir jusque-là. Car à présent elle savait. Elle savait qu'elle voulait former avec Noah et la petite Emma la famille dont elle avait toujours rêvé.

Pour la première fois depuis deux ans, elle sentait renaître l'espoir de connaître à nouveau l'amour. Elle était prête à prendre le risque d'avouer ses sentiments à Noah. Un peu plus tôt, elle avait été sur le point de lui dire qu'elle l'aimait, mais il l'avait bâillonnée d'un baiser fougueux.

Il l'avait embrassée, comme pour l'empêcher de parler. Comme s'il avait deviné ce qu'elle s'apprêtait à dire mais qu'il ne voulait pas l'entendre. Mais plus rien ne la retiendrait, maintenant. Et tant pis si Noah ne partageait pas ses sentiments. Il fallait qu'elle lui dise ce qu'elle avait dans le cœur.

— Lucy.

Noah l'appelait de sa chambre. Celle qu'elle s'était interdit de profaner par égard pour la mémoire de son défunt mari. Elle pénétra à l'intérieur, le cœur battant. Noah était assis au bord du lit. Il ne portait rien d'autre que son jean, qu'il n'avait pas pris la peine de fermer.

— Que fais-tu ici ? demanda-t-elle du pas de la porte.

Il la regarda droit dans les yeux.

— Tu ne m'as jamais autorisé à partager cette chambre avec toi, fit-il remarquer en guise de réponse.

Elle soutenait son regard, incapable de répondre. Que pouvait-elle répondre à cela, à part qu'aucun homme n'avait jamais pénétré ici depuis la mort d'Evan.

Noah se leva et fit quelques pas vers elle.

— Lucy… J'avoue que je ne comprends pas. Tout dans ton attitude me laisse à penser que tu as enfin tourné la page mais, pourtant, tu ne nous laisses pas faire l'amour dans ce lit.

Il avait beau rester distant de quelques mètres, elle voyait très nettement le mélange d'incompréhension et de découragement passer dans son regard.

« Faire l'amour. »

Ces deux petits mots lui donnèrent envie d'aller se jeter dans ses bras, mais elle était incapable d'esquisser le moindre pas. Elle était comme figée sur place.

— Tant que tu m'interdiras l'accès à cette chambre, poursuivit-il, cela signifiera que tu n'as pas laissé ton passé derrière toi. C'est toi qui m'as poussé à prendre des risques. Je l'ai fait. Mais si tu persistes à me tenir à distance, nous ne pourrons pas avancer ensemble, Lucy.

Elle franchit enfin le seuil pour s'approcher de lui.

— Je ne te tiens pas à distance, Noah, se défendit-elle. Tu es le premier homme avec qui j'ai couché depuis la disparition d'Evan. Le premier que j'ai laissé m'approcher d'aussi près.

Il se passa les mains sur le visage en exhalant un profond soupir.

— Tu me fais confiance sur un plan physique, commenta-t-il en rivant sur elle son regard devenu sombre. Mais dès qu'il s'agit de t'investir totalement dans cette relation, tu fuis. Grâce à toi, je me sens prêt à aller de l'avant, mais je crains bien que toi, tu n'en sois pas encore capable. Tu ne me fais pas confiance, Lucy.

Elle sentit les larmes lui monter aux yeux. Dans un geste défensif, elle enroula les bras autour d'elle.

Elle secoua la tête en signe de dénégation.

— C'est faux, Noah, répondit-elle d'une voix étranglée d'émotion. J'ai confiance en toi. Tu sais bien que je ne me suis jamais laissée aller comme je le fais avec toi.

— Je sais, oui. Tout comme je sais que, tant que tu laisseras cette photo sur ta table de chevet, aucun homme, pas même moi, n'aura le droit de pénétrer dans cette chambre, encore moins dans ton cœur.

Elle aurait aimé se défendre, trouver quelque chose à dire, mais elle restait muette. Noah avait raison. Elle avait beau s'en défendre, si elle restait accrochée à ce pan de sa vie, c'était pour ne pas trop s'investir émotionnellement.

— Tu t'occupes beaucoup des autres, Lucy. Peut-être est-il temps que tu commences à t'occuper de toi.

— C'est exactement ce que je fais, protesta-t-elle sans grande conviction.

Il s'approcha un peu plus d'elle et lui releva le menton pour la forcer à le regarder droit dans les yeux.

— Non, justement. Ne te voile pas la face. Tu as pris beaucoup d'importance dans ma vie, ajouta-t-il après avoir marqué une courte hésitation. Beaucoup plus que je n'aurais voulu. Grâce à toi, j'ai repris goût à certaines choses auxquelles j'avais renoncé.

En l'écoutant se mettre à nu devant elle comme il le faisait, Lucy sentit son cœur se serrer.

— Je ne sais pas pourquoi, mais tes paroles résonnent comme un clap de fin.

— Nous n'avançons pas au même pas, Lucy, répondit-il en prenant son visage entre ses mains, dans un geste infiniment tendre. Tu le voudrais bien, mais quelque chose te retient encore. En fait, tu n'es pas prête à te lancer dans une véritable relation.

L'était-elle ? Ne l'était-elle pas ?

— C'est toi qui tenais à ce que nous restions discrets, se défendit-elle mollement.

Il la serra contre lui puis effleura ses lèvres d'un baiser léger.

— Lucy, tu n'as vécu aucune histoire significative en deux ans. Ce qui est certain, c'est que je suis beaucoup mieux préparé que toi à aller de l'avant. Et crois-moi, ce n'était pas gagné d'avance.

Il relâcha son étreinte et recula d'un pas.

— Fais-moi signe quand tu te sentiras prête. Si tu l'es un jour.

Sur ces mots, il quitta la chambre, la laissant seule au bord de ce lit aux draps parfaitement tirés, les yeux rivés sur la photo du couple qu'elle formait avec son mari. Elle était si heureuse, à cette époque-là ! Elle avait des rêves plein la tête. Des rêves de maison retentissant de cris d'enfants. Des rêves de bonheurs infinis. Malheureusement, le sort en avait décidé autrement.

Elle traversa la pièce et s'effondra en larmes sur son lit. Elle entendit Noah s'affairer dans la pièce d'à-côté, puis son pas résonner dans le couloir et, enfin, la porte s'ouvrir et claquer derrière lui. Elle ferma les yeux et se mordit les lèvres pour ne pas céder au profond chagrin qui la submergeait, telle une vague immense.

Les larmes ruisselaient à présent sur ses joues sans qu'elle cherche à les essuyer. Pourquoi avait-il fallu qu'elle laisse partir Noah ? Pourquoi n'avait-elle pas tenté de le retenir ? Elle était pourtant prête à le laisser entrer dans sa vie. Depuis le premier jour, même.

D'une main tremblante d'émotion, elle prit le cadre argenté qu'elle avait choisi pour y glisser cette photo de son mariage. Sa préférée. Evan y arborait un sourire rayonnant de bonheur à ses côtés.

Elle avait aimé follement son mari. Elle l'aimerait toujours. Mais il fallait qu'elle le laisse partir pour de bon si elle voulait vraiment tourner la page. Elle eut soudain la certitude que c'était ce qu'il aurait voulu.

N'était-il pas trop tard ? Ne venait-elle pas de laisser passer la chance de sa vie de renouer avec le bonheur ?

# - 15 -

— Salut, Noah. Je ne pensais pas te voir ce soir.

Noah prit le tabouret voisin de celui de Sam tandis que Gray posait d'office deux bières décapsulées devant eux.

— Ce n'était pas prévu que je vienne, répondit-il. Mais comme Emma a été invitée à une soirée pyjama et que je n'avais pas mieux à faire…

Il aurait bien aimé que la soirée se passe comme c'était prévu, dans le lit de Lucy. Il en aurait profité pour lui avouer ses sentiments grandissants pour elle. Il se serait un peu plus ouvert à elle. Tout ce chemin, il l'avait parcouru grâce à elle. Sans son aide, il n'aurait sans doute pas fait le deuil de sa femme dans un laps de temps qui lui paraissait court. En outre, Lucy avait l'art et la manière de s'y prendre avec Emma qui, en sa compagnie, retrouvait sa légèreté de petite fille.

Cela faisait à peine une heure qu'il était parti de chez Lucy et, déjà, il se demandait s'il n'avait fait une erreur colossale. N'aurait-il pas dû rester ? Tenter de la pousser au dialogue et de mettre les choses à plat ? Peut-être. Mais penser qu'elle lui refusait son lit lui faisait mal. Il n'était pas un ami ni une relation quelconque. Quoique… Aux yeux de Lucy, peut-être l'était-il.

— Tu as un problème avec Lucy ? demanda Sam, les yeux fixés sur sa bière.

— Non, pourquoi ? Tu sais, Lucy n'est qu'une amie.

Une amie dont il avait encore le goût des baisers sur les lèvres. Une amie qui avait su se frayer un chemin jusqu'à son cœur et celui de sa fille.

— Vraiment ? lança Gray avec un sourire en coin. C'est une drôle de coïncidence alors, parce qu'elle vient juste d'arriver avec Kate et Tara.

Il tourna vivement la tête vers la piste de danse pour la chercher du regard, mais elle ne s'y trouvait pas, pas plus que Kate et Tara.

— C'est bien ce que je pensais, dit Gray en s'accoudant au comptoir. Qu'est-ce qui se passe avec Lucy ? Tu veux en parler ?

Noah pivota sur son tabouret et prit une gorgée de bière avant de répondre :

— Il n'y a pas grand-chose à en dire. Nous avons essayé, mais ça n'a pas marché. C'est tout.

— « C'est tout. »

Sam éclata de rire, visiblement peu convaincu.

— Rien n'est jamais simple avec les femmes, ajouta-t-il. Regarde-nous, avec Tara. Cela fait un an que nous sommes divorcés et, pourtant, c'est toujours aussi compliqué entre nous.

Il avait parlé d'un ton empli d'un désespoir profond qui laissait penser à Noah que la blessure était aussi vive qu'aux premiers jours de la séparation.

— Nous, c'est différent, rétorqua-t-il. Lucy et moi, nous ne nous connaissons pas depuis longtemps. Nous avons eu un coup de foudre l'un pour l'autre, mais c'est terminé.

— En tout cas, tu as l'air plus affecté que tu veux bien le dire, commenta Gray.

Noah se saisit de sa bière et la leva devant lui, dans un salut moqueur.

— En réalité, c'est vrai. Je suis très affecté.

Les trois hommes trinquèrent, scellant par ce geste une complicité toute masculine. Gray étant appelé à l'autre bout du comptoir par un groupe de jeunes femmes un brin aguicheuses, Noah se tourna vers Sam.

— Vous étiez mariés depuis combien de temps quand vous avez divorcé, Tara et toi ? demanda-t-il.

— Pas très longtemps, répondit Sam qui se mit à arracher par petits bouts l'étiquette de sa bouteille de bière. Deux ans, exactement. Nous nous sommes mariés juste avant la naissance de Marley. Je l'admets volontiers, c'était une erreur. Se marier parce qu'on attend un enfant, ce n'est jamais la solution pour tenter de recoller les morceaux.

Noah n'avait pas vécu une telle histoire. Lui, il était tombé amoureux, il s'était marié et il avait eu un enfant avec la femme qu'il aimait. Le schéma classique. Mais il ne jugeait pas. Chacun était libre de ses choix.

— Je ne voudrais pas me montrer indiscret, mais lui as-tu parlé de ce que tu ressens encore pour elle ?

Sam laissa échapper un rire sarcastique.

— Elle sait exactement ce que je ressens pour elle, répondit-il. Nous nous sommes mariés trop tôt, trop vite, alors que nous ne nous aimions pas vraiment. Enfin… C'est ce qu'elle dit. Parce que moi, je l'aimais… Je l'aime vraiment.

Le cœur de Noah se serra face à tant de désespoir. Et lui ? Était-ce de l'amour qu'il éprouvait pour Lucy ? Pour le moment, il l'ignorait. La seule certitude qu'il avait, c'était que le sentiment qui le liait à elle dépassait largement le cadre de l'amitié.

Qu'allait-il faire ?

Allait-il attendre qu'elle revienne vers lui ? Et lui ? À quel point était-il prêt à tourner la page de sa vie passée ?

Là encore, il pataugeait dans l'incertitude. Au décès de sa femme, il était certain de ne jamais sortir du long tunnel dans lequel cette disparition l'avait propulsé. Et puis, il avait rencontré Lucy et, avec elle, il avait entrevu une lumière au bout de ce tunnel. Cette lumière était toujours là ; pourtant, il était encore seul.

— Bats-toi pour elle.

La voix de Sam le ramena brutalement sur terre.

— Si tu tiens à elle, bats-toi, répéta Sam. C'est une fille super. Je ne sais pas grand-chose de votre histoire, mais… Bon sang, qu'est-ce que je te raconte ! Moi qui ne suis pas fichu de garder la femme que j'aime, je suis mal placé pour te donner des conseils.

Touché par la sollicitude dont Sam faisait preuve à son égard, Noah eut envie de se confier à lui.

— J'ai perdu ma femme il y a presque huit mois, commença-t-il. J'ai perdu ma femme, mais également le ranch dans lequel nous vivions. J'ai une petite fille de quatre ans. Elle s'appelle Emma. Elle est très attachée à Lucy. Toutes les deux… Elles ont des traits de caractère communs et elles s'entendent à merveille. Il y a déjà une grande complicité entre elles.

— Tara et moi ne sommes pas un exemple à suivre et c'est vrai que, dans notre cas, un enfant complique les choses. Mais heureusement, le plus souvent, ils cimentent un peu plus les couples.

— Je ne sais pas comment tu fais pour vivre une

situation pareille, écartelé entre ta fille et ta femme que tu aimes encore, rétorqua Noah d'une voix pleine de compassion. Mais il y a autre chose que je ne comprends pas : si tu veux reconquérir Tara, pourquoi ne lui dis-tu pas les choses très clairement ?

Sam lui répondit, les yeux toujours rivés sur l'étiquette de sa bouteille qu'il continuait très consciencieusement à éplucher.

— La situation est trop compliquée entre nous. Je crois que nous avons atteint un point de non-retour. On m'a offert un poste à Nashville, ajouta-t-il après avoir marqué une courte pause. Je crois que je vais accepter et quitter Stonerock.

Noah s'appuya des coudes sur le comptoir.

— Tara est au courant ? demanda-t-il.

— Pas encore. J'attends d'être sûr. La seule chose qui me retient de partir, c'est Marley. Je ne voudrais pas la perturber davantage. D'un autre côté, si je reste, c'est moi que je détruis.

Noah fit signe à Gray de leur servir deux autres bières avant de répondre.

— J'arrive du Texas, alors je comprends tes réticences à quitter le pays. Mais tu sais quoi, Sam ? Fais ce qui sera le mieux pour te permettre d'avancer sereinement.

— Je ne voudrais pas que tu te fasses une fausse idée de moi, rétorqua Sam. Si je traîne souvent par ici, c'est pour parler à Gray de mes problèmes. Je ne suis pas un ivrogne qui vient traîner ses guêtres dans un bar parce qu'il a perdu tout espoir de revivre un jour une vie heureuse.

— Je n'ai jamais pensé ça de toi.

— Toi peut-être. Mais les autres… Ceci dit, je me

fiche bien de ce que les gens de Stonerock pensent de moi. Gray et moi savons pourquoi je suis ici. C'est le principal.

Comme à propos, Gray revint vers eux, un large sourire aux lèvres.

— Vous avez fini de vous raconter vos vies, les gars ?

— Pour l'instant, répondit Noah sur le même mode léger.

— Tu veux savoir comment tu peux te mettre Lucy dans la poche ? dit Sam. En étant toi-même. Lucy est une fille saine et simple, toujours à l'écoute. Beaucoup trop à l'écoute, d'ailleurs. Elle est toujours là pour les autres, mais peu de gens sont là pour elle.

Noah approuva en silence. Il était d'accord. Et c'était bien là que se situait le nœud du problème. Lucy tenait à apporter son aide à tous les gens qui nageaient en pleine détresse mais, dès qu'il s'agissait d'elle, elle se voilait la face, refusant d'admettre qu'elle aussi avait besoin d'aide.

— C'est exact, finit-il par dire. Mais je sais que c'est un combat perdu d'avance. Lucy ne reconnaîtra jamais qu'elle a besoin de moi.

— Allez, mon vieux, ne baisse pas les bras, intervint Gray. Tout finira par s'arranger. J'en suis sûr.

Il ne répondit rien. Qu'aurait-il pu ajouter ? Ce n'était pas lui qui avait baissé les bras. Pas lui non plus qui avait érigé un mur infranchissable entre eux. Au contraire, même, il avait été sur le point de se mettre à nu devant Lucy. S'ils avaient pu aller plus loin dans la discussion, il lui aurait sans doute ouvert totalement son cœur.

Maintenant que la possibilité d'un avenir commun avec Lucy était réduite à néant, il ne lui restait plus qu'à reprendre sa vie d'avant, celle qu'il avait démarrée avec Emma en arrivant à Stonerock. Retrouver Lucy chaque jour dans le cadre exclusif de leur travail allait s'avérer difficile. Entendre sa voix encore plus. Mais qu'y pouvait-il si elle refusait de voir qu'il leur était possible depouvaient se guérir mutuellement de leurs blessures ? À moins d'un revirement de sa part, il ne lui restait qu'une solution : renoncer à elle.

— On nous signale une attaque à main armée à la banque centrale de Stonerock.

Il avait vu juste. Entendre la voix de Lucy percer le silence de l'habitacle était à chaque fois pour lui un véritable supplice. Quand il était arrivé au poste de police, tous deux s'étaient salués de loin, de manière aussi courtoise qu'ils le pouvaient, comme le feraient deux collègues ordinaires. Il craignait même que cette réserve affichée ne les conduise très vite à se comporter comme deux étrangers.

Le problème, c'est qu'ils n'étaient pas des étrangers l'un pour l'autre. Ils avaient été amants. Ils s'étaient confié leurs secrets, leurs craintes, leurs espoirs.

Il devait bien l'admettre. Lucy avait semé le trouble en lui. Pour combien de temps encore ?

*Ressaisis-toi, mon vieux. Tu as un cambriolage sur les bras.*

— Un employé affirme que le braqueur agit seul mais qu'il est armé, reprit Lucy. Il rapporte qu'il sortait des toilettes au moment où il a entendu un homme entrer et ordonner à un des guichetiers en service de le conduire dans la salle des coffres en le menaçant de son arme. Le témoin est retourné dans les toilettes où il s'est enfermé en laissant son téléphone allumé. En effet, j'entends le suspect parler, mais la communication est mauvaise. Je ne comprends pas ce qu'il dit.

Le sang de Noah ne fit qu'un tour. Il actionna la sirène et appuya sur la pédale d'accélérateur. La vie de deux personnes au moins était en danger. Pourvu que le criminel ne soit pas sous l'emprise d'une drogue quelconque, se surprit-il à espérer intérieurement. Les armes et la drogue ne faisaient jamais bon ménage. Il en savait quelque chose même si lui, au Texas et dans des situations similaires, n'avait connu que des dénouements heureux.

Il arriva sur les lieux en même temps que McCoy qui gara son véhicule à côté du sien dans un crissement de freins. Le casseur n'avait pas choisi cette banque au hasard. Il savait que c'était la seule qui ouvrait ses portes au public à 7 heures, ce qui permettait aux hommes d'affaires et aux commerçants d'effectuer des transactions avant l'ouverture de leurs locaux. Noah consulta l'heure à l'horloge du tableau de bord. Son service prenait fin dans moins d'une heure, mais il savait déjà que la situation ne serait pas réglée en moins de temps.

— McCoy et moi sommes arrivés sur place, annonça-t-il à Lucy. Les stores sont toujours baissés.

— Notre témoin pense que le braqueur a pris un des employés en otage, leur dit Lucy.

Le coup avait été prémédité, cela ne faisait aucun doute dans l'esprit de Noah. Et puis, c'était logique. Pénétrer dans la banque quand tous les sacs remplis de billets attendaient de l'être un peu plus avec les dépôts du petit matin, avant d'être récupérés et transférés par un véhicule de sécurité, tombait sous le sens.

Il jeta un regard circulaire au parking, cherchant un éventuel complice susceptible d'attendre au volant pour assurer une fuite sur les chapeaux de roues. Il eut beau scruter l'endroit, il ne vit rien d'alarmant. Il élargit son inspection aux rues environnantes. Dieu merci, elles étaient encore désertes à cette heure-là. Cela limiterait les dégâts au cas où le braqueur aurait dans l'idée de sortir, son arme à la main.

Un mouvement furtif derrière les stores attira soudain son attention.

— Notre homme vient de risquer un œil par la fenêtre, indiqua-t-il. Je confirme qu'il est armé.

— Je vous envoie deux patrouilles supplémentaires, déclara Lucy d'un ton professionnel avant d'ajouter plus bas, à sa seule intention : Sois prudent.

Elle lui avait adressé ces deux petits mots, très personnels, en sachant que les autres entendraient. Son cœur se mit à battre plus fort. Et s'il y avait de l'espoir malgré tout ?

Pourtant, il ne répondit rien. Le moment n'était pas bien choisi pour se laisser aller à nourrir l'espoir que Lucy avait changé d'avis. Il devait rester concentré.

Tandis que McCoy appelait la banque, espérant une réponse qui tardait à venir, Noah se plaça derrière sa portière entrouverte, de manière à avoir vue sur le côté et sur l'entrée principale du bâtiment. De son poste d'observation, il pouvait capter le moindre mouvement. Il était nerveux. Ce silence pesant signifiait que le braqueur se trouvait toujours à l'intérieur. Pourvu qu'il ne surprenne pas leur témoin dans sa cachette ! Cet homme leur était d'une aide précieuse. Il était le seul lien existant entre la banque et eux.

Soudain, il vit la porte de l'issue de secours s'entrouvrir tout doucement. Il porta la main à son arme, les yeux rivés sur la porte, prêt à intervenir. Du coin de l'œil, il vit McCoy adopter la même posture, lui aussi prêt à tirer. Ils étaient encore immobiles, aux aguets, quand deux autres voitures de police arrivèrent. Des portières claquèrent. Six hommes en jaillirent pour se mettre en position de défense.

Noah savait que, même si elle restait silencieuse, Lucy était toujours à l'autre bout de la ligne. Le silence était total autour d'eux, mais tous gardaient les yeux fixés sur la porte.

— Mouvement droit devant, annonça McCoy.

— Le témoin ne répond plus, leur signala Lucy.

Soudain, la porte s'ouvrit plus grand. Noah pria pour que la personne qui allait apparaître soit un des otages cherchant à fuir. Au moment même où cette pensée lui traversait l'esprit, il vit une main armée se lever dans leur direction puis tirer. Il y eut des échanges de coups de feu, puis, plus rien.

Noah venait de sombrer dans le néant.

# - 16 -

Les yeux rivés sur les écrans de contrôle, Lucy retenait sa respiration. Son cœur s'arrêta de battre quand les premiers coups de feu furent échangés.

— Je suis sûre que tout va bien se passer, dit Carla en lui tapotant gentiment l'épaule.

Ce n'était pas la première fois que Lucy vivait un tel événement en direct. Mais jamais encore elle n'avait eu aussi peur ni n'avait ressenti un tel sentiment d'impuissance. Elle avait terminé son service depuis une heure, laissant la place à Carla. Elle aurait pu rentrer chez elle, mais elle était restée figée sur place, incapable de faire le moindre pas qui l'aurait éloignée de cet écran.

Elle posa ses mains moites bien à plat sur ses cuisses. Son cœur battait à tout rompre en même temps qu'une boule d'angoisse l'empêchait de déglutir. Elle pria en silence pour que le témoin se manifeste ; pour entendre la voix de Noah au bout de la ligne. Elle pria pour que ce braquage trouve une issue heureuse et surtout pour que Noah s'en sorte sain et sauf. Son anxiété monta d'un cran. C'était plus qu'elle n'en pouvait supporter.

Elle ne voulait pas revivre un tel drame. Elle ne voulait pas perdre de nouveau l'homme qu'elle aimait. Elle se mordit les lèvres pour s'empêcher de pleurer. Plus que jamais, elle devait garder son sang-froid.

Une image d'Emma lui traversa l'esprit. Le sort ne pouvait pas être si cruel qu'il allait priver de son père cette petite fille déjà orpheline de sa mère.

— Nous avons un homme à terre.

Des gouttes de sueur perlèrent à son front. Son sang se glaça dans ses veines. Ça ne pouvait pas être vrai. Elle avait dû mal comprendre.

— Répétez, ordonna-t-elle, après s'être emparée du micro.

— L'officier Spencer est à terre, répéta la voix du capitaine St. John. Nous avons appelé les secours, ils ne devraient plus tarder, à présent. L'opération est terminée. Le suspect est maîtrisé, les otages indemnes. Nous avons sécurisé le périmètre.

— Quel est l'état de l'officier Spencer ? demanda Carla en prenant dans la sienne la main de Lucy qui, bouleversée, avait perdu l'usage de la parole.

Lorsque l'information était tombée, elle avait cru que son cœur allait s'arrêter de battre et que la terre allait s'ouvrir sous ses pieds. Elle s'était sentie mourir.

— Il revient à lui, répondit St. John. En se baissant pour éviter les tirs du braqueur, il s'est violemment cogné la tête contre sa portière. Il doit être transporté à l'hôpital pour y être examiné.

Noah s'était juste cogné la tête ? Lucy hésitait entre colère et soulagement. Dire qu'elle s'était imaginé Noah, gisant dans une mare de sang !

— Les secours seront sur place dans trois minutes, annonça Carla.

Lucy se félicita intérieurement de ne pas avoir eu à gérer la situation. Toute seule, elle aurait été incapable de garder la tête froide et de faire son travail correctement.

Le temps sembla s'écouler de nouveau normalement maintenant que la situation était sous contrôle et que les inquiétudes des uns et des autres s'étaient dissipées. Une fois les secours sur place et les blessures priorisées, le capitaine St. John fit un rapport circonstancié à Lucy. Il lui apprit que le casseur, qui avait agi seul, était blessé au bras mais que son état ne nécessitait pas d'hospitalisation. Quant à Noah, selon l'avis unanime des urgentistes, il n'y avait pas lieu de s'inquiéter. Néanmoins, il allait être placé sous observation.

C'était lui qui avait blessé le suspect. Lorsque celui-ci avait riposté, Noah, pour éviter le tir, avait perdu l'équilibre et sa tête avait heurté la portière derrière laquelle il s'était retranché. Le choc avait été assez violent pour qu'il perde connaissance l'espace de quelques secondes.

Elle éprouvait un profond soulagement mais elle brûlait d'aller vérifier par elle-même que Noah allait bien. Elle n'aspirait qu'à se trouver à ses côtés lorsqu'il serait à l'hôpital, puis, plus tard, lorsqu'elle serait tout à fait rassurée, à le raccompagner chez lui. Mais aurait-il envie de la voir ? Rien n'était moins sûr. Quand elle lui avait demandé d'être prudent, un peu plus tôt, il n'avait pas répondu. Il avait pourtant bien dû entendre l'inquiétude percer dans sa voix.

Finalement, elle décida de rentrer chez elle mais, une fois arrivée dans son salon, elle se mit à tourner en rond, ne sachant comment s'occuper. Elle n'avait pas de cours à préparer, et son planning au poste de police était déjà établi pour trois semaines. Elle était encore tellement sous le choc de ces dernières heures qu'elle n'avait pas sommeil.

Elle se retrouvait donc seule avec ses pensées, ce qui

n'était pas l'idéal. La tête toujours ailleurs, elle retira les vêtements qu'elle portait et enfila un pantalon de yoga et un sweat-shirt, plus confortables. Elle envisagea d'aller à l'écurie vérifier que Gunner et Hawkeye ne manquaient de rien, mais son estomac vide la rappela à l'ordre : elle n'avait rien mangé depuis des heures. Il était temps d'avaler quelque chose d'abord.

En s'asseyant au bord du lit pour enfiler des chaussettes, son regard se heurta à la photo de mariage qui se trouvait sur sa table de chevet. Il n'y avait rien de mal à garder des photos qui lui rappelaient une période heureuse de sa vie. Tout comme il n'y avait rien de mal à les laisser en évidence dans sa maison. Cependant, elle comprenait la position et les frustrations de Noah.

Cette compréhension des choses n'enlevait rien au fait qu'elle estimait avoir eu raison de ne pas laisser Noah entrer plus dans sa vie qu'il ne le faisait déjà. Quand elle avait assisté en direct à la scène du braquage, elle avait été prise d'une crise de panique. Cette scène tragique, elle l'avait déjà vécue et elle se refusait farouchement à vivre quotidiennement avec une telle angoisse chevillée au corps.

Noah avait eu raison de soulever le problème auquel elle était confrontée. Il avait eu raison de partir avant qu'ils ne s'attachent un peu plus l'un à l'autre. Plus vite elle quitterait son poste à la station de régulation, mieux ce serait pour elle. Car voir Noah chaque jour était pour elle un véritable crève-cœur. Il fallait qu'elle se libère totalement de lui. Elle ne voulait plus trembler à chaque instant à l'idée de perdre l'homme qu'elle aimait.

Laissant le cadre où il se trouvait, elle se rendit dans

la cuisine, puis, son repas frugal avalé, elle chaussa ses bottes en caoutchouc et se rendit dans l'écurie. Elle allait bien finir par épuiser l'énergie qui, pour l'heure, la maintenait encore bien trop éveillée pour qu'elle ait envie d'aller se coucher. Et puis, s'occuper des chevaux lui occuperait l'esprit.

Mais elle avait beau faire, ses pensées dérivaient sans cesse vers Noah. Avant, c'était Evan qui occupait toutes ses pensées, mais elle ne pouvait lutter contre l'évidence : à présent, c'était Noah qui occupait le devant de la scène. Elle savait qu'elle avait fait un grand pas en avant. Il n'en restait pas moins qu'elle l'avait accompli avec un homme qui risquait sa vie chaque jour.

Tandis qu'elle étrillait Gunner, elle imagina Emma lui peindre le flanc. L'image était si nette qu'un sourire attendri vint flotter sur ses lèvres.

Le bruit d'un véhicule qui remontait l'allée la fit s'arrêter net. Elle se précipita à la porte de l'écurie, le cœur battant la chamade. Ce pick-up noir, elle le connaissait si bien !

Elle regarda Noah en sortir, visiblement en pleine forme. Il était toujours en uniforme, signe qu'il n'avait pas pris la peine de passer chez lui en sortant de l'hôpital. Il se tenait là, à quelques mètres, comme si sa vie n'avait pas été en danger à peine quelques heures plus tôt. Cette désinvolture, elle ne pouvait tout simplement pas la vivre.

Elle n'esquissa pas le moindre geste pour aller à sa rencontre. Elle craignait trop, si elle le faisait, de se jeter dans ses bras et d'oublier les bonnes résolutions qu'elle avait prises. Comme il approchait, elle vit le pansement adhésif qui lui barrait le front, rappel du métier à risques qu'il pratiquait. Elle feignit d'ignorer les battements accélérés de son cœur.

— Ne devrais-tu pas être chez toi, à te reposer ? lui demanda-t-elle dès qu'il fut assez proche pour pouvoir l'entendre.

Il s'arrêta à quelques mètres d'elle, les mains plongées dans les poches de son pantalon.

— Non, c'est bien ici que je dois être, répondit-il. Carla m'a dit que tu avais eu très peur.

Elle maudit Carla de s'être montrée aussi indiscrète. Mais c'était l'inconvénient de travailler dans une ambiance familiale. Tout le monde avait son mot à dire sur tout.

— J'étais inquiète, en effet, rétorqua-t-elle d'un ton qu'elle s'appliqua à garder neutre. Mes amis et mes collègues avaient affaire à un homme armé.

Il fit encore un pas en avant, mais Lucy le stoppa dans sa progression, d'une main levée devant lui.

— Que viens-tu faire ici, Noah ?

— Je suis venu te parler et tu vas m'écouter.

Elle laissa retomber sa main le long de son corps, surprise par le ton abrupt qui, manifestement, n'entendait pas être discuté.

— Tu n'as pas à minimiser la peur que tu as éprouvée, Lucy, commença-t-il. Moi aussi, j'ai eu très peur. Et c'est bien normal quand on se trouve face à l'inconnu. Mais ça n'est pas ça le plus important. Le plus important, c'est que j'ai compris à ce moment-là que je ne pouvais pas vivre sans toi. J'ai déjà perdu quelqu'un que j'aimais. Aussi, je ne veux pas te perdre, toi.

Avait-elle bien compris ? Noah venait-il de lui avouer qu'il l'aimait ?

Enfin, il osait exprimer ses sentiments ! Et pour lui avouer l'amour qu'il lui portait !

Elle aurait voulu se jeter à son cou, lui crier sa joie, mais la raison l'en empêchait. Car le problème demeurait intact. Elle ne voulait plus partager la vie d'un homme qui risquait la mort à chaque instant.

Les yeux rivés aux siens, il combla la distance qui les séparait.

— Je comprends ce que tu ressens, Lucy. Je comprends que tu aies peur. Mais cette peur, je veux t'apprendre à la dépasser. Je vais être honnête avec toi. Je ne te propose pas le mariage, mais je ne veux pas vivre sans toi.

Ses yeux se remplirent de larmes. Cet homme étonnant, qui venait de vivre des heures difficiles, se tenait là, prêt à l'aider à combattre ses craintes. Elle débordait d'amour pour lui, mais des images du passé la retenaient encore de lui ouvrir ses bras et son cœur. Elle devait continuer à se protéger. Il y en allait de sa santé mentale. Deux ans s'étaient écoulés depuis le drame. En cédant à ses sentiments, elle réduirait à néant tout le chemin parcouru depuis.

— Je me suis fait la promesse de ne jamais plus tomber amoureuse d'un homme qui mettrait sa vie en danger tous les jours.

Elle s'interrompit un court instant pour avoir le temps de se ressaisir ou, du moins, en donner l'apparence.

— Ce que j'ai vécu aujourd'hui…

Submergée d'émotion, elle s'interrompit de nouveau. Elle secoua la tête puis lui tourna le dos, incapable de poursuivre.

— Tu ne peux pas aller contre tes sentiments, Lucy, dit-il avec douceur.

Il l'enveloppa de ses bras musculeux, dans un geste infiniment tendre qui lui chavira le cœur.

— Crois-tu que ce soit facile pour moi ? Moi aussi, je suis terrorisé mais, grâce à toi, je suis devenu plus fort.

Elle ferma les yeux pour empêcher les larmes de ruisseler sur ses joues. Puis elle enroula les bras autour de sa taille dans une posture qui se voulait défensive. Il lui serait tellement plus facile de se retourner et de se fondre dans les bras rassurants de Noah ! De le laisser l'aider à se décharger du fardeau qui l'accablait depuis trop longtemps.

Mais elle préférait agir autrement. Elle ne prendrait plus le risque de vivre avec un homme qui pouvait mourir à tout instant, la laissant une fois de plus seule et désespérée.

Forte de cette certitude, elle redressa les épaules et se retourna lentement vers Noah. Il plongea aussitôt son regard dans le sien. Ses traits tirés trahissaient la fatigue intense qu'il accusait.

— Je suis désolée, mais c'est impossible, Noah. D'ailleurs, je ne vois pas bien comment tu pourrais m'aider quand toi-même tu n'es pas guéri. Peut-être que tu mélanges tout. Que ce que tu éprouves pour moi est purement physique.

Il laissa échapper un rire chargé d'un mélange de sarcasme et de tristesse.

— Tu crois vraiment que je suis venu me battre pour te reconquérir, juste parce que j'aime faire l'amour avec toi ? Lucy, la vérité c'est que je suis fou amoureux de toi. Grâce à toi, j'entrevois de nouveau la possibilité d'être heureux avec une femme. Et cette femme c'est toi. Je n'en veux pas d'autre que toi. Crois-moi, je ne pensais pas qu'un tel miracle puisse m'arriver quand j'ai débarqué à Stonerock.

Comment résister plus longtemps à une telle déclaration ? Elle était sur le point de capituler quand le petit rectangle blanc du pansement s'imposa à elle, venant la narguer en même temps qu'il lui rappelait à quoi elle s'exposait si elle cédait.

Elle effleura sa tempe du bout des doigts.

— Tu ne m'as pas dit ce qu'avaient donné les examens ? Il n'y a aucun risque de commotion cérébrale ?

Il attrapa sa main et la garda un long moment dans la sienne.

— Non. Les examens n'ont rien donné. Tout va bien. Je m'en tire avec une bonne bosse. Mais c'est pour toi que je m'inquiète, pas pour moi.

Elle ravala le hoquet de larmes qui lui montait à la gorge.

— Tu aurais pu…

Il encadra son visage de ses mains et l'embrassa tendrement sur le front.

— Et toi, tu pourrais mourir au passage d'une tornade ou te tuer dans un accident de voiture, rétorqua-t-il. On ne peut pas vivre dans de telles terreurs, Lucy. Nous l'avons assez dit, il nous faut aller de l'avant et saisir les moments de bonheur quand ils se présentent. Si nous laissons passer cette chance de nous aimer, il n'est pas certain que nous retrouvions un jour l'amour.

Elle ne put retenir plus longtemps ses larmes qui se mirent à couler librement sur ses joues.

— Tu m'aimes vraiment, alors ?

Il esquissa un sourire tout en essuyant ses joues mouillées de ses pouces.

— Oui, je t'aime vraiment. Je le sentais au plus profond de moi, mais je ne voulais pas l'admettre. Aussi, si tu veux mettre un terme à notre relation parce que tu ne partages pas mes sentiments, je comprendrai. En revanche, si c'est parce que tu ne veux pas affronter tes vieux démons, je ne te laisserai pas faire.

— Je ne veux pas te perdre, Noah, hoqueta-t-elle entre deux sanglots.

Il l'attira tout contre lui et la serra dans ses bras, dans une étreinte qui se voulait rassurante.

— Moi non plus, je ne veux plus revivre le drame que j'ai vécu, dit-il. Mais je ne veux pas laisser passer la chance d'être heureux avec toi.

Elle se sentit tout à coup légère. Qu'il était bon de s'abandonner de nouveau contre l'homme qu'on aimait ! Elle se laissa aller contre Noah, se grisant de son odeur devenue si familière.

— J'essayais juste de me montrer pragmatique et de nous sauver, lança-t-elle en riant entre ses larmes. Si nous pouvions éviter de souffrir de nouveau...

— Ce n'est pas en voulant m'éloigner de toi que tu nous sauveras, mais en me gardant dans ta vie.

Comment résister à un tel argument ? Dire que c'était lui qui avait réussi là où elle avait échoué. Quelle ironie du sort, quand elle y pensait !

Elle s'écarta légèrement de lui pour pouvoir plonger son regard dans le sien.

— Finalement, j'ai décidé que tu valais que je prenne le risque, déclara-t-elle. Comme toi, je ne pensais pas qu'un tel miracle m'arriverait.

En guise de réponse, il la souleva du sol et prit ses lèvres dans un baiser porteur de promesses infinies.

Derrière eux, les chevaux se mirent à piaffer, semblant leur accorder leur bénédiction.

Lucy rayonnait d'un bonheur infini. Finalement, après tant de temps à se demander si le bonheur existait encore, elle l'avait rencontré en la personne du policier Noah Spencer. Ce baiser qu'ils échangeaient cristallisait toutes les émotions qu'ils avaient vécues au cours de cette journée mémorable.

— Je crois que je vais aller m'allonger un peu, dit-il contre sa bouche.

Puis il la fit glisser au sol, dans un geste d'une douceur infinie.

— Tu te sens bien ? s'enquit-elle avec une pointe d'inquiétude.

— Tout à fait bien. Je peux même t'aider à t'occuper des chevaux avant d'aller me reposer si tu veux.

Elle secoua la tête et passa les doigts entre ses cheveux soyeux.

— Merci, mais ce ne sera pas utile. J'étais juste venue les voir parce que j'étais trop énervée pour aller dormir.

La bouche de Noah glissa de sa bouche à son cou puis remonta jusqu'à son oreille.

— J'ai une meilleure idée, susurra-t-il.

Tandis qu'il la conduisait jusqu'à la maison, elle se sentit envahie par une douce sérénité. Enfin, elle était en paix avec elle-même.

Noah venait de s'arrêter devant la chambre d'amis, mais elle l'entraîna plus loin dans le couloir.

— Pas ici, dit-elle. À partir d'aujourd'hui, je te veux dans ma chambre. Dans mon lit.

Le regard de Noah chercha le sien et y resta accroché sans ciller.

— Tu en es bien certaine ?

Elle acquiesça en silence avant de répondre d'une voix émue :

— C'est ta place. C'est *notre* place. Je t'aime tant, Noah, ajouta-t-elle dans un souffle.

— Je t'aime aussi infiniment, Lucy.

Sur ces mots pleins de promesses, ils pénétrèrent dans leur chambre, main dans la main.

# Épilogue

— J'adore les surprises.

Emma sauta d'un bond hors du pick-up et courut pour rattraper son père qui se rendait à l'écurie. Cela faisait un mois maintenant que Lucy et Noah vivaient leur vie de couple au grand jour. Quand ils avaient annoncé la nouvelle, tous leurs collègues s'étaient moqués d'eux, soulignant le fait qu'ils s'en doutaient bien et que leur secret était un secret de polichinelle.

Depuis, Lucy, Emma et lui passaient beaucoup de temps ensemble. Ils organisaient des pique-niques, partaient en balade à cheval, allaient se promener au parc et mangeaient des plats qu'ils avaient préparés ensemble en regardant la télé. Ils avaient déjà des souvenirs plein la tête. Noah était si heureux qu'il songeait à passer à l'étape supérieure.

Lorsqu'il pénétra dans l'écurie, Lucy s'y trouvait déjà. Emma courut vers elle et enroula ses bras autour de ses jambes.

— Vous arrivez juste à temps, dit-elle en caressant les cheveux de la fillette. Vous voulez bien sortir Gunner, maintenant ?

— On va se promener à cheval ? demanda Emma.

Le visage de Lucy s'éclaira d'un large sourire qui, comme à chaque fois, fit chavirer le cœur de Noah. Il ne se lassait pas de sa fraîcheur, de sa gentillesse, de sa bienveillance. Elle était son oxygène. Son équilibre. L'élément essentiel à sa vie.

— Nous irons tout à l'heure, ma chérie. En attendant que je vous rejoigne, tu pourrais tresser sa queue.

Noah ouvrit la porte du box où se trouvait Gunner et le prit par les rênes. Tandis qu'il le conduisait à l'extérieur, son attention fut attirée par des marques sur son flanc gauche. Il s'approcha et, lorsqu'il vit de quoi il s'agissait, en resta bouche bée.

— Qu'est-ce qui est écrit ? demanda Emma de sa petite voix perçante.

Lucy s'approcha d'eux, Hawkeye sur les talons.

Noah n'en croyait pas ses yeux. En lettres dorées, Lucy avait écrit : « Veux-tu m'épouser ? »

Refoulant avec peine la boule d'émotion qui s'était formée dans sa gorge, il leva les yeux sur Lucy qui lui souriait, rayonnante de bonheur.

— Tu me demandes vraiment de t'épouser ?

— Oui. Je vous le demande à tous les deux.

— Qu'est-ce qu'il y a d'écrit ? répéta Emma qui sentait qu'un moment important se préparait.

— Lucy veut savoir si on veut bien se marier avec elle et former une vraie famille, traduisit Noah.

Les grands yeux bleus d'Emma s'écarquillèrent de surprise autant que de joie.

— C'est vrai ?

Lucy tendit à Noah les marqueurs qu'elle tenait à la main.

— Vous pouvez donner votre réponse sur Hawkeye, suggéra-t-elle.

Il s'empara du feutre doré et donna le rose à sa fille.

Il inscrivit sur le flanc de l'animal un « OUI » en lettres capitales, tandis qu'Emma y dessinait un smiley fendu d'un large sourire.

— C'est le plus beau jour de ma vie, assura la fillette en levant sur Lucy un regard débordant d'amour.

Il n'aurait su dire qui, de Lucy ou de lui, pleura le premier.

— Il faut que tu saches que j'avais l'intention de faire ma demande ce week-end, dit-il en lui prenant la main. J'avais mis Gray dans la confidence et il nous a organisé une soirée romantique.

— Avec lui ?

— Non, bien sûr, répondit-il en riant. Il m'a juste donné un coup de main pour que tout soit parfait.

Le sourire de Lucy s'élargit un peu plus, tandis que ses yeux brillaient de larmes.

— Je te fais le serment d'essayer de te surprendre toute ma vie, ajouta-t-il avec gravité. Tu nous rends tellement heureux, Emma et moi. Nous sommes les personnes les plus chanceuses au monde de t'avoir dans nos vies.

Toujours émue aux larmes, Lucy se baissa pour prendre la petite fille dans ses bras et l'embrassa tendrement.

— Moi aussi, j'ai beaucoup de chance de vous avoir dans ma vie, dit-elle.

— Est-ce que je pourrais bientôt avoir une autre Daisy ? demanda Emma.

— Nous allons y réfléchir sérieusement, ma chérie, répondit Noah en souriant à sa fille.

— Nous lui réserverons ce box, là, répliqua Lucy en désignant la stalle qui restait vacante.

Emma resserra ses petits bras autour du cou de Lucy.

— Je t'aime, moi aussi.

Lucy et Noah se cherchèrent du regard par-dessus la tête de la fillette. Rien ne pouvait être plus précieux que ce moment-là. Chacun lut dans les yeux de l'autre que leurs traumatismes étaient bien derrière eux désormais, et que rien ne pourrait venir assombrir leur bonheur.

Retrouvez prochainement,
dans votre collection

# PASSIONS

**Une femme à son image, de Katherine Garbera - N°971**

Lila est une discrète organisatrice d'événements. Zach, un célèbre influenceur. Ils n'ont rien en commun mais, le temps d'un festival sur Appaloosa Island, les voilà contraints de collaborer. En effet, Zach s'est laissé convaincre de prêter son image à la fête, à la seule condition que Lila accepte d'être initiée aux subtilités des réseaux sociaux. Or, à mesure que Zach lui dispense ses conseils et que le désir monte entre eux, Lila s'interroge : Zach est-il séduit par la femme qu'elle est ou par celle qu'il façonne à son image ?

**Fantasmes au paradis, de Karen Booth**

Allison est ravie de passer quelques jours dans les Bahamas. D'autant que Zane, son amour d'adolescence, y séjourne aussi ! Certes, Zane l'a toujours considérée comme la petite sœur intouchable de son meilleur ami, mais leurs retrouvailles au paradis ne sont-elles pas l'occasion pour eux de se rapprocher – enfin ? Alors qu'une tempête tropicale éclate dehors, Allison et Zane succombent au désir, pour une aventure hélas nécessairement éphémère…

---

**Six nuits pour le séduire, de Maureen Child - N°972**

Voilà cinq ans que Tessa est l'assistante de Noah Graystone… et cinq ans qu'elle l'aime en secret ! Ne voit-il pas en elle la femme vibrante de passion, celle qui rêve jour et nuit de se fondre dans ses bras ? Ne supportant plus cette situation, Tessa prend la dure décision de démissionner. Mais, lorsque Noah exige qu'elle l'accompagne à Londres pour un dernier voyage d'affaires, elle cède à son patron – tout en gardant le fol espoir de réussir enfin à le séduire…

**Dans les bras de Nate Fortune, de Michelle Major**

Bianca est désespérée. Maman célibataire d'un petit garçon de quatre ans, elle n'aura bientôt plus de toit ! Vers qui se tourner, si ce n'est vers Nate, le meilleur ami de son frère disparu ? Bien que ce dernier accepte sans hésiter de les héberger dans son ranch, son fils et elle, la situation se complique vite. En effet, l'attirance que Bianca ressent pour son hôte est évidente et réciproque, or Nate reste sur la réserve, comme s'il lui dissimulait un secret…

**Un rival si charmant, de Cat Schield - N°973**

Jamais Sienna n'aurait dû accepter de jouer les espionnes pour le compte de sa sœur. Car maintenant qu'elle se trouve à Charleston, face au plus bel homme qu'elle ait jamais rencontré, elle doute d'être capable de le séduire. Qu'adviendra-t-il d'elle, si l'impitoyable Ethan Watts découvre son secret – la véritable raison de sa présence chez lui ?

**Le rancher et la citadine, de Kathy Douglass**

Camille n'a pas le choix : elle doit fuir New York pour sauver sa vie. Pire, son seul allié est désormais son ennemi juré, Jericho Jones. Alors que ce dernier accepte, à contrecœur, de l'accueillir chez lui, Camille demeure sur ses gardes. Mais au fil des jours elle sent naître pour Jericho des sentiments intenses – et défendus. Car lorsque sa vie reprendra son cours normal elle n'aura plus aucune raison de se réfugier dans les bras du beau rancher…

---

**Leur liaison secrète, de Jules Bennett - N°974**

SÉRIE : SÉDUISANTS CÉLIBATAIRES 1/4

Star de la chanson, Hannah vient de signer avec le label Elite Records, dirigé par le puissant Will Sutherland. Si leur rencontre est électrique, en raison de l'arrogance insupportable de Will, elle se sent irrésistiblement attirée par lui. Toutefois Hannah sait qu'elle ne peut rien tenter, au risque de mettre en danger sa carrière… et son cœur !

**Pour une chanson de lui, de Jessica Lemmon**

SÉRIE : SÉDUISANTS CÉLIBATAIRES 2/4

Résolue à décrocher une promotion au sein de son journal, Presley est en quête d'un scoop. Or, si elle a trouvé le sujet idéal – Cash Sutherland, le célèbre chanteur auréolé de scandale –, interviewer cet homme la trouble au plus haut point. Car Cash n'est autre que celui qui lui a brisé le cœur dix ans plus tôt… Et, face à lui, une seule question lui brûle les lèvres : pourquoi l'a-t-il quittée ?

**L'amour comme seule victoire, de Maisey Yates - N°975**

Un pari stupide... qui menace de tourner à la catastrophe ! Anna est désemparée : quelle idiote elle a été de relever le défi lancé par ses frères, à savoir décrocher un rendez-vous galant ! Car maintenant qu'elle danse avec Chase, son meilleur ami, elle le regrette amèrement. Chase est si beau qu'elle est attirée par lui. Hélas, rien n'est possible entre eux. Si elle lui fait part de ses sentiments, Chase la repoussera...

**Un dilemme à surmonter, de Dani Wade**

Blottie entre les bras puissants de Zachary Gatlin, Sadie est dévorée par la culpabilité. Alors qu'elle aurait dû se cantonner à sa mission – rassembler les preuves qui empêcheront Zach d'hériter une immense fortune –, voilà qu'elle se retrouve dans une situation inéluctable. Non seulement elle a bafoué tous ses principes en usant de son pouvoir de séduction pour manipuler un homme, mais elle est également tombée amoureuse de lui au premier regard...

---

**Un bébé à chérir, de Sarah M. Anderson - N°976**

Liberty n'en croit pas ses yeux. Est-ce bien un nouveau-né qu'elle vient de trouver abandonné dans la rue, livré à lui-même ? Immédiatement, un sentiment d'injustice se met à brûler en elle : ce bébé, elle le sauvera, quitte à lui consacrer tout son temps ! Mais pour cela elle n'a pas le choix : elle doit demander son aide à Marcus, son patron. Marcus, qu'elle aime en secret depuis des mois, et qui ferait un père parfait pour cet adorable bébé...

**Pour une escapade avec toi, de Catherine Mann**

Vient-elle vraiment de passer une folle nuit entre les bras d'Henri, son époux, alors qu'elle a demandé le divorce quelques jours plus tôt ? Fiona doit l'admettre : son comportement manque cruellement de cohérence. Bien sûr, l'escapade à deux qu'il a tout spécialement organisée pour elle à La Nouvelle-Orléans plaidait en sa faveur. Mais Fiona ne peut pas jouer avec les sentiments d'Henri. Elle va donc devoir prendre une décision définitive, et vite...